꽃그늘 아래

이 혜 경 소 설 집

창비

꽃그늘 아래

초판 1쇄 발행/2002년 4월 30일
초판 6쇄 발행/2011년 6월 20일

지은이/이혜경
펴낸이/고세현
편집/유용민 염종선 문경미 신미희
펴낸곳/(주)창비
등록/1986년 8월 5일 제85호
주소/우편번호 413-832 경기도 파주시 교하읍 문발리 513-11
전화/031-955-3333
팩시밀리/영업 031-955-3399 · 편집 031-955-3400
홈페이지/www.changbi.com
전자우편/literat@changbi.com

ⓒ 이혜경 2002
ISBN 978-89-364-3665-0 03810

꽃그늘
아래

작가의 말

징검돌 하나를 더 내려놓는다. 텀벙 튀어오른 물이 앞섶을 적신다. 몇개를 더 나르면 저편 언덕에 이르게 될까. 문득 바빠지는 마음을 지그시 누르면서 바라보는 물빛이 서늘하다.

아는 이 거의 없는 곳에 살림을 부린 뒤, 심심하지 않냐는 물음을 종종 받았다. 나는, 후배가 텔레비전에서 보았다며 전해준 드라마의 대사를 빌려 대답했다. 나 심심한 거 재미있어. 보고 싶은 얼굴들이 떠오르면 근처의 도자기 가게에 가서 값이 헐한 머그잔이나 양념단지 따위를 되도록 긴 시간을 들여가며 골랐다. 그렇게 뭉그적거리면서 여기 실린 글의 대부분을 썼다.

첫 창작집에서 빼놓았던 「불의 전차」를 「어귀에서」로 제목을 바꿔 넣었다. 여럿의 글을 모은 책에 재수록까지 하고서도 정작 창작집엔 넣을 수 없었던 건 그야말로 '눈 가리고 아웅'이었다. 그 소설의 모델이 된 J에게 그즈음 소설 읽을 시간은 없었겠지만, 내 이름으로 나온 책이라면 눈길을 줄 것 같았다. 두 아이의 아빠가 되고 두 개의 가게를 운영하는 그는 이제 동창생들과 연락하고 지낸다. 선생님, 먹고살기 괜찮으세요? 글쓰는 일이 원래 배고픈 일이잖아요? 숭굴숭굴 웃으면서 그런 말을 건네오기도 한다. 그 무람없음까지도 내겐 고맙다. 그가 건딘 세월의 어느 한자락이 그의 눈에 띄어도, 이제는 지난 시절의 삽화쯤으로 여겨주려니.

어떤 이에게는 무심코 마시는 커피 한잔 값에 지나지 않는 책 한권, 그러나 자신을 위한 책 한권을 마련하는 일에도 짧지 않은 주저와 망설임을 거치는 당신이 있음을 잊지 않고 있다. 그런 당신이 하고많은 책 가운데 이 책을 집어들 수도 있다는 생각을 하면 등줄기가 시리다. 설 끓은 찌개를 손님 앞에 천연덕스럽게 내놓는 식당, 유통기한 지난 식품을 파는 슈퍼마켓, 무리하게 공기를 단축하고 부실한 자재를 사용한 건물…… 이 책을 읽고 난 당신이 이런 것들을 떠올린다면 어떡하나…… 불행히도 책은 가전제품이 아니라서 애프터써비스가 불가능하다. 다만 지금 이 마음을 잊지 않기를 바랄 뿐.

첫번째 책의 작가후기에서 감사의 말을 줄줄이 늘어놓으며 다음번엔 산뜻하게 마무리할 수 있을 줄 알았다. 세번째 책을 내는 지금도 여전히 사람들을 떠올리지 않을 수 없다.

원고의 부실함을 교정지에서 만회하려 드는 필자를 견뎌준 문예지 편집자들, 글쓰는 이에 대한 배려를 잊지 않는 창비 편집부, 내 정신의 현주소를 돌아보게 해준 정홍수씨, 때로는 절망으로 깊이 가라앉게 만들었고 때로는 너도 할 수 있지 않겠니? 가만가만 나를 일으켜주던 책의 저자들, 부분적 진실이 전체적 사실을 왜곡하리라는 걸 알면서도 소중한 기억을 나누어주고 지켜봐주는 친지들에게 감사드린다. 등판의 허전함이 기껍다. 돌 찾으러 가자.

2002년 4월 이혜경

차 례

막 파인더 안으로 들어온 얼굴을 끌어당기느라 서연이 줌 레버를 당겼을 때, 스르르 미끄러져 나오던 렌즈가 탁, 소리를 내며 걸렸

다. 고장이었다. 포대경처럼 내밀어진 렌즈도 셔터도 움쩍하지 않았다. 서연이 카메라의 저항에 당황하는 새, 곱슬머리가 이맛전에

고슬고슬한 여인은 파인더를 벗어났다. 여인은 안마당 한가운데 놓인, 담배며 꽃, 향 따위가 쌓여 있는 상 위에 기다란 향을 얹고

등을 보이며 사라졌다. 누구더라……

꽃그늘 아래

꽃그늘 아래

막 파인더 안으로 들어온 얼굴을 끌어당기느라 서연이 줌 레버를 당겼을 때, 스르르 미끄러져 나오던 렌즈가 탁, 소리를 내며 걸렸다. 고장이었다. 포대경처럼 내밀어진 렌즈도 셔터도 움쩍하지 않았다. 서연이 카메라의 저항에 당황하는 새, 곱슬머리가 이맛전에 고슬고슬한 여인은 파인더를 벗어났다. 여인은 안마당 한가운데 놓인, 담배며 꽃, 향 따위가 쌓여 있는 상 위에 기다란 향을 얹고 등을 보이며 사라졌다.

누구더라······

서연은 기억을 막연히 어루더듬었다. 동그스름한 얼굴에 광택나는 가무스름한 피부, 침착하다 못해 단단해 보이는 표정, 푸르스름한 입술에 베어문 미소. 살 빛깔이 조금 밝을 뿐 그 여인을 닮은 누군가와 인연 닿은 한시절이 분명히 있었다. 까닭 모를 초조감으로 겨드랑이에 배어난 땀 한오라기가 선뜩했다.

착란과 같은 기시감은 자카르타에 도착하면서부터 시작되었다. 바다에 잇단 시가지의, 숙은 볕 아래 초록빛 속에 박인 빨간 지붕들을 보며 착륙했는데, 좀 오래 걸린다 싶은 통관수속을 마치고 달곰쌉쌀한 공기가 느껴지는 공항 밖으로 나오니 그새 어둠이 밀려와 있었다. 마중 나온 기섭의 차를 타고 시내로 들어가면서, 서연은 밤은 원래 캄캄한 것이었구나, 새삼스럽게 깨달았다. 밀도 높은 어둠속에 한결 짙은 먹빛으로 분별되는 나무들. 시내가 가까워지는지 점점 빈발하는 불빛에 어둠이 밀려나던 즈음, 서연의 가슴이 철렁 내려앉았다. 허공에 뜬 커다란 두 눈이 서연을 응시하고 있었다. 기름한 눈초리며 선연한 눈동자가 영락없는 사람의 눈이었다.

"저게 뭐지요?"

채 가누지 못한 긴장이 돌출해, 자신이 듣기에도 부자연스러운 목소리였다. 앞자리에 앉아 있던 기섭이 돌아보며 뭔데요? 물었다.

"저기 떠 있는 불빛요. 무슨 눈 같은데……"

"아, 그거요? 아파트예요. 여긴 아파트를 대개 두 동, 많아야 세 동 정도씩 짓거든요. 모양새도 다 다르구요. 저건 아파트 맨 위의 장식조명일 겁니다. 언젠가 티베트를 거쳐온 친구 말로는 티베트 불상의 눈매와 닮았다더군요. 아마 설계한 사람이 그쪽에 관심이 있었던가보지요?"

그 크고 환한 눈 아래, 다른 빛깔의 블록을 넣은 양초처럼 점점이 박힌 여린 불빛들이 그제야 눈에 들어왔다. 그게 시초였다.

자카르타에서 이틀 묵고 족자카르타를 거쳐 발리로 오는 여정에서, 서연은 문득문득 한국에서 알고지낸 사람들을 연상하게 하는 얼굴들과 마주쳤다. 공항에서, 유적지에서, 호텔에서. 처음엔 착각이었지 싶었는데 그런 일이 거듭되자 서연 자신도 자신을 믿을 수 없는 기분이되었다. 묵은 빚장부 챙기듯 의욕 없이 가방을 꾸리는 서연에게, 그래도 명색이 해외여행인데 사진은 찍어와야 할 거 아냐, 하며 동생이 챙겨준 카메라를 꺼낼 마음을 낸 건, 식당 입구에 서서 손님을 맞는 여자를 졸업하고 한번도 못 만난 고등학교 후배로 착각하고 얼결에 웃어 보인 오늘 아침이었다.

고장난 카메라를 쥔 채 서연은 문득 열린 문밖, 한길을 내다보았다. 가이드가 나누어준 사롱을 반바지 위에 두른 관광객의 카메라와 비디오카메라는 볕 때문에 바스라질 것 같은 풍경을 찍느라 분주하게 작동중이었다. 서연은 그만, 나도 별수없었네, 하면서 혼자 무안을 탔다. 보이지 않는 세계를 보이는 세계만큼이나 중히 여기는 사람들의 땅에 와 있었다.

"그래도 수도니까 자카르타에서 이틀, 족자카르타에서 이틀, 발리에서 이틀, 그리고 자카르타로 돌아와 비행기를 갈아타고 한국으로…… 이게 여행사의 일반적인 코스라서 저도 이대로 잡아보았습니다. 족자카르타에선 제 후배인 강윤지가 안내해드릴 겁니다. 대학원 진학 준비하느라고 그쪽 대학에서 어학 코스를 밟고 있거든요. 마음 편히 가지셔도 돼요. 저희 마인어과가 조직 같은 분위기라는 건 들으셨죠? 운동하는 학과도 아닌데 줄빠따 맞고 대학 다녔다니까요. 저희 땐 그 정도는 아니었지만요. 서연씨 후배라고 생각하세요. 발리는 여행사에서 알아서 해드릴 거구요."

호텔로 가겠다는 서연을, 첫날만큼은 자기 집에서 묵어야 한다며 이끌고 간 기섭은 지도를 펼쳐놓고 가이드처럼 말했다. 서연의 기억과 공교롭게 겹치는 지명들이었다. 기섭은 그 지명의 또다른 의미에 대해서는 짐짓 묵살하면서, 족자카르타에는 유적지인 힌두사원과 불교사원이 유명하고 발리에 가면 집집마다 집안 형편에 맞춰 사당을 만들어놓았고…… 가이드식의 설명을 덧붙였다.

"발리는 주술이 성한 곳이에요. 인류학을 공부하는 선배, 들으셨는지 모르겠네요, 지금은 말레이시아의 대학에 가 있는 주철영 교수라고, 그 선배가 여기 있을 땐데 발리에서 주술행사를 구경한 적이 있어요. 외부인에게는 공개하지 않는 건데, 그 선배와 절친한 발리 사람 덕분에 볼 수 있었대요. 워낙 드문 기회라서 필름을 스무 롤이나 준비하고. 그날 열다섯 롤인가 찍고 현상을 맡겼는데 나중에 찾으러 가니 달랑 두 장뿐이더래요. 그나마 그 두 장도 뭐가 뭔지 알아볼 수 없이 형체만 흐릿하고. 그제야, 주술사가 나중에 잘 나오면 한장 달라며 묘하게 웃던 게 생각나더래요. 그렇다고 그 선배가 사진을 못 찍는 사람이냐 하면 그것도 아니었거든요."

"아이고, 또 시작이다. 두 번만 더 들으면 백번째네요, 그 얘기. 이이는 한국에서 손님만 오시면 꼭 이래요."

성게와 멍게를 합친 것처럼, 불긋한 빛깔의 털 같은 돌기로 뒤덮인 과일을 쟁반에 내오던 기섭의 아내가 타박했다.

"이 사람은 예수귀신밖에 모르는 사람이라서 무속 같은 건 미신으로 치부해요. 혹시…… 서연씨도 기독교인이신가요?"

"아니에요."

"다행입니다. 전 제가 실수한 거 아닌가 하고……"

"귀신 씨나락 까먹는 얘긴 그만 들으시고 이거나 좀 드셔보세요. 람부딴이라는 과일이에요. 껍질은 이렇게 손톱으로 벗기는 거예요. 한국사람 입에 잘 맞아요. 영모씨도……"

그녀는 흘러나오던 말을 얼른 입안으로 말아넣었다. 당황한 손끝에서 껍질이 벗겨지며 우윳빛 알갱이가 나왔다. 기섭이 무심한 듯 그녀의 무안을 가려주었다.

"참, 영모가 이 과일을 좋아했어요. 한국사람뿐 아니라 개미들도 좋아하지요. 잘 보시고 드세요. 개미까지 같이 드시는 건 책임 못 집니다."

"개미는 염려 안하셔도 돼요. 물로 씻었거든요. 근데 주교수님이 필름을 그렇게 쓰고도 사진을 두 장밖에 못 건진 건 이상하긴 해요. 그분 사진 솜씨는 거의 프로급이거든요. 저 사진만 해도 그분 작품인데……"

그녀가 가리킨 건 장식장 위에 놓인 아이 사진이었다. 유원지에라도 나갔는가, 한손에 조그만 플라스틱 물바가지를 든 아이가 입안에 머금은 물을 뱉어내고 있었다. 까르르, 양미간으로 모여드는 장난기와 신명이, 아이의 부푼 볼에서 뻗쳐나오는 물줄기의 생생함만큼이나 한눈에 드러나는 사진이었다. 그런데 열다섯 롤에서 두 장이라구?

막 잠으로 미끄러져들던 서연은 전화벨소리에 깨어났다. 잠들기 전까지 통화를 시도했지만 연결되지 않았던 영모에게서 온 것이라고 짐작하면서도 잠결에 놀란 심장은 떨어져나갈 것처럼 벌렁거렸다. 서연은 손으로 가슴을 누르며 수화기를 들었다.

"아는 한국사람네 집이야. 오늘 집들이에 왔다가 지신밟기 하느라고 전화 걸 겨를이 없었어. 실내에선 핸드폰이 안 터져서 마당으로 나와서 거는 거야. 귀신이 붙긴 붙은 집인가봐."

영모의 목소리엔 전에 없이 생기가 돋았다. 지신밟기? 귀신? 서연은 아예 몸을 일으켰다. 커튼을 치지 않은 창문 너머로 점점이 떠 있는 빨간 십자가가 도드라졌다.

"귀신? 웬 귀신?"

"여긴 귀신이 많대. 숲이 많고 습기가 많아서 귀신이 살기에 좋은 땅이래나봐. 전쟁이다 뭐다 해서 억울하게 죽은 사람들도 많고. 이사한 뒤로 그렇게 몸이 안 좋더래. 밤에도 잘 못 자겠고. 그런데 뒤뜰에 안 쓰는 우물이 하나 있는데 그게 영 마음에 걸리더래. 깊기도 엄청 깊고 이끼 낀 게 내가 봐도 음산하긴 했어. 그래서 우리가 작정하고 그놈의 귀신들 작신작신 밟아줬지."

"어떻게?"

"양기 센 남자들이 떼거리로 몰려와서 우물 옆에서 온갖 소란을 다 피웠지, 불을 환히 켜놓고 고성방가에 우물에 술까지 퍼부었지, 마지막이 하이라이트였어. 다같이 우물을 빙 둘러싸고 그 우물에 오줌을 넣거든. 아마 귀신도 지금쯤 앗 뜨거라, 도망쳤을 거야. 어차피 자동 펌프를 쓰니까 메울 우물이었거든."

술기운인지 귀신을 축출한 신명인지가 여울지는 목소리로 잘 자, 내 꿈 꿔, 평소엔 안하던 낯간지러운 말까지 남기고 영모는 수화기 너머로 사라져버렸다. 서연은 한동안 수화기에 송송송 뚫린 구멍을 맹하니 들여다보았다. 참내, 귀신이라니. 서연이야말로 잠결에 홀린 듯했다. 영모가 그런 이야기에 쏠린다는 게 뜻밖이었다. 영모는 그 흔한 사주 한번 보지 않는 성품이었다. 귀신보다는 귀신 이야기를 하는 영모의 몰두 때문에, 서연은 막연한 불안을 느끼며 잠을 설쳤다. 그게 시작이었다.

"2차대전 땐데, 이 도시를 공습한다는 정보가 왕궁으로 들어왔대. 그러자 도시 안의 한다하는 주술사들이 왕궁으로 모여들었대. 그 사람들이 왕궁 마당에 동그랗게 둘러앉아서, 다같이 하늘에 주술을 걸었대."

"그랬대? 그래서?"

"어떻게 되었을 것 같아?"

"공습하러 온 비행기가 줄줄이 추락?"

"아니, 그 비행기들은 여기 상공을 빙빙 돌았는데, 바로 위에 있으면서도 공습 목표인 이 도시를 찾아내지 못했다는 거야. 그래서 결국 돌아가고, 오래된 유적들은 안전하게 보존되었대. 여긴 인도네시아의 경주 같은 곳이거든."

"근데 자긴 그 이야길 믿는 거야?"

"좀 터무니없다는 거 아는데, 믿게 되네. 이리 오게 되면 너도 믿게 될걸?"

앙금이 든 그릇을 흔든 것처럼 미미하게 일어나는 불안을 서연은 가벼운 비아냥으로 털었다. 목이며 혀끝이 꺼끌거렸다.

"사람 망가지는 거 잠깐이다. 그렇게 더워, 거기가? 잘하면 한국인 주술사 한명 나오겠다. 내 앞날이 어찌 되려는지 좀 물어봐줄래?"

한밤중에 듣는 주술 이야기는 마음속에 뉘엿뉘엿 그늘을 드리웠다. 영모가 귀신 이야기를 믿다니. 영모와 같이 있었어야 하는 건 아닌가, 하는 불안이 펄럭 스치기도 했다.

족자카르타에서 가죽제품 공장을 하던 선배가 병을 얻자 대신 관리해줄 겸 떠났던 영모는 거기에 눌러앉겠다는 결정을 내리면서 결혼을 서둘렀다. 서연은 미루적거렸다. 그때 나 만날 때, 한국을 뜨겠다고 누구보다도 열심히 회화공부하던 여자가 누구였더라? 일하는 사람이 있어서 더운데 밥 짓지 않아도 된다, 열대과일이 얼마나 많은데 등등을 내세우며 꼬드기던 영모는 나중엔 그들이 만나던 때를 환기시키며 가볍게 비아냥거렸다. 서연은 직장에서 몸을 빼기가 쉽지 않다는 등의 이유를 들어가며 예정대로 1년 뒤를 고집했다. 날마다 주고받는 메일, 늦은밤의 긴 통화. 연인에게 1년은, 떨어져 있다는 것 때문에 사랑이 미적지근해지기에도 반대로 더 애틋해지기에도 충분한 시간이었다.

여자가 말야, 바람이 살랑살랑 불면 잔물결도 치고, 누가 물수제비 뜨느라 짱돌 던지면 물도 튀기고 그래야지, 그렇게 쇳덩이마냥 단단해서야 어디 남자들이 무서워서 접근을 하겠냐?
어느 선배의 말이 아니더라도, 대학시절 내내, 서연은 지나치게 이성적이라는 말을 들으며 지냈다. 연애말고도 할일이 많았던 그때, 그런 말을 들을 때마다 서연은 다짐했었다. 나중에 난 아주 열정적인 사랑을 할 거야,라고. 졸업하자마자 서연은 연애에 돌입했다. 이미 서연쪽에서 사랑할 만반의 준비가 되어 있었으므로, 상대방이 어떤 사람인가는 크게 문제가 되지 않았다. 대학시절 내내 속에서 가꾸고 키워온 사랑을 퍼붓기만 하면 되었으니까. 쇳덩이를 맑고 발갛게 달구던 열정. 그 열기가 식으며 검푸른 쇳덩이로 되돌아가는 데엔 그리 오랜 시간이 걸리지 않았다. 발갛게 달궈져 불꽃 튀던 기억을 잊을 수 없던 서연은 또다른 꽃불에 몸을 던졌다. 이 사람이 처음이었으면 얼마나 좋았을까 싶은 아쉬움에 서연은 사랑하는 일에 전력을 다했다. 마라톤 코스를 단거리경주의 속도로 치달은 사랑은 쉬 종말을 맞곤 했다. 맨 나중에 만난 남자는 최악이었다. 처음 본 사람들과도 쉽게 어울리는 서연의 기질에 대해 그 남자는 말했다. 사람들이 네가 좋아서 그러는 줄 알아? 워낙 네가 속없이 구니까 그냥 봐주는 거지. 반듯한 쇄골뼈가 훤히 드러나는 블라우스를 입은 서연을 보면, 그건 가슴이 받쳐주는 룸쌀롱 아가씨들이나 그렇게 입지. 광대뼈가 도드라지고 윤곽이 짙어서 자칫 억세 보이는 인상을 가진 서연에게, 저 여자 좀 봐. 얼마나 오목조목 정감있는 얼굴이냐. 얼굴이 안되면 화장이라도 좀 여자답게 해야지…… 그렇게 비참하게 만드는 그 남자 곁을 서연은 떠나지 못했다. 지나치게 이성적이라는 말을 듣던 서연이, 대학을 졸업한 지 6년쯤 지난 그때, 그러고 있었다. 푸른옷을 좋아하는 서연은 그 남자가 좋아하는 분홍 계통의 옷을 참으며 입어냈고, 개성있는 광대뼈를 죽이는 화장법을 익혔고, 사람들과 만날 때면 적당히 막을 쳤다. 그리하여 서연이 애써 노력하지 않아도 그 남자가 바라던 여자와 비슷해졌다고 생각할 즈음 그 남자는 결별을 선언했다. 넌 변했어. 이젠 그전만큼 매력이 없어.

자기를 꺾고 비틀어 그의 눈에 맞추려 애쓴 여자에게 그 남자가 마지막 남긴 말은 공황을 일으켰다. 기름때 묻은 헌 티셔츠처럼 버려진 여자. 그때 나타난 게 영모였다. 기억으로부터 자유로워지겠다고, 이 나라를 뜨겠다고 퇴근 후에 영어회화를 배우러 다니던 학원에서, 영모가 처음부터 눈에 띈 건 아니었다. 영모는 오히려 가장 눈에 안 띄는 사람이었다. 어느날 보니까 영모가, 자기 자신조차 사랑할 수 없는 불모의 날들을 살아내는 서연 곁에 와 있었다. 두 손 모두고 선 성당의 복사처럼 그렇게 조용히 서연을 지켜보면서. 영모는 딱딱하게 굳어버린 땅을 파헤쳐 공기가 통하게 하고, 무성하게 벋어서 볕을 가리는 넝쿨들을 걷어내고, 그리고 조심조심 씨앗을 심고 흙을 북돋웠다.

서연은 회복기 환자처럼 조심스럽게 자기를 추슬렀다. 굳어버린 흙속에서 조심스럽게 발아하는, 세상에 대한 그리고 사람에 대한 신뢰. 하지만 배신으로 제 안에 생성된 독을 짜내려면 시간이 필요했다. 영모의 사랑은 뭉근했으나 서연은 거기 섞여 있을 열정의 변덕이 두려웠다. 어린 싹이 애벌레의 식욕, 무심한 호밋날, 가뭄과 홍수…… 그 모든 것을 견뎌내야만 열매를 맺듯, 사랑의 완성을 위해선 자칫하면 사랑을 부식하려 드는 일상과 시간의 독성을 견뎌내야 했다. 서연은 영모를 혼자 보냈다. 함께하고 싶은 마음이 하도 커서, 그에 대한 사랑이 너무 커서 섣불리 함께할 수 없었다는 걸 영모에게 말하지 않은 채. 그가 없다는 것 때문에 텅 비어버린 도시에서, 다 팽개치고 달려가고 싶은 그리움이 훅 끼쳐오는 나날을, 서연은 쐐기풀로 옷을 잣는 여자처럼 꼼짝도 않고 견뎌냈다. 담금질과 단근질의 나날. 그 날들이 어떤 바람에도 흔들리지 않고 어떤 물결에도 쏠리지 않으며 걸핏하면 녹을 만들어 부스러뜨리려는 시간에도 견딜 수 있도록 그들의 사랑을 연단(煉丹)하리라고 믿으면서.

예년 같으면 와와 피어났을 산수유 꽃망울이 늦추위로 팽팽히 응축한 치악산에서 서연은 영모의 급작스러운 죽음과 맞닥뜨렸다. 친구와 함께한 가벼운 산행길이었다. 약초원으로 막 들어설 때 핸드폰이 울렸다. 영모의 대학동창인 기섭이었다. 주말, 발리에 있는 친구를 만나러, 바다낚시, 익사…… 지나가는 등산복의 원색이 만개한 모란꽃 덤불처럼 흔들렸다. 결혼식을 두 달 앞둔, 4월 1일이었다. 머시멜로처럼 부드러운 미소를 띠며 목을 조르는 사람을 볼 때의 공포. 지독한 농담 같은 소식에 응어리지는 뱃속. 그럴 줄 알았다, 그럴 줄 알았다고, 허공에서 누군가가 커다랗고 붉은 혀를 끌끌 찼다.

호르르, 갑자기 조그만 회오리바람이 일어서 산수유나무 발치를 덮고 있던 마른잎들을 허공으로 둥글게 말아올렸다. 그러면서 옆으로 움직였다. 천천히, 그러나 영원히 흩어지지 않을 것 같은 장력을 지니고. 어질머리에 휘둘리는 서연의 눈엔 그 작은 회오리바람이 말아올린 마른잎 안에 영혼이 들어 있는 것으로 보였다. 영모씨야? 대답 좀 해봐. 당신인 걸 알게 해줘, 제발. 회오리바람은 대답도 없이, 그러나 떠나지도 않은 채 빙글거리면서 서연의 주위를 감싸고 돌았다. 서연이 그쪽으로 몇발짝 다가서는 순간, 회오리는 민박집의 토방을 휩쓸면서 하늘 쪽으로 올라갔다. 작은 회오리의 기류에서 벗어난, 찢기고 바스라진 낙엽이 팔랑거리면서 내려앉았다. 영혼의 전언이었을까. 서연은 입을 틀어막고 주저앉았다. 언젠가 이맘때, 영모와 같이 왔을 때, 꿈결처럼 노랗게 떠 있는 산수유꽃을 바라보다 서연을 부르던 목소리. 서연아. 왜? 돌아보자 그는 꿈에서 깨어난 얼굴로 말했다. 아니, 그냥. 그냥 불러봤어. 그때, 봄햇살 아래 담박하게 빛나던 그의 얼굴. 빛 닿지 않는 물속으로 빨려들어가며 공포에 지질렸을 그 얼굴. 속이 꺽꺽 막혔다. 눈물 흐르지 않는 마른 울음.

그가 회오리 같은 기운에 휘말려 심해로 끌려들어가던 그때, 그 소름 돋게 외롭던 때에 곁에 있지 못했다는 자책, 사랑이 왔을 때 일부러 거리를 두려 했던 오만이 어김없는 일상을 이어가는 서연의 살을 내리게 했다. 잠들기 전에 일부러 그의 사진을 오래오래 들여다보고, 그리고 베개 밑에 넣고 잠들기도 했다. 꿈속에서라도 그를 만나, 함께 떠나지 못한 것을, 감히 사랑을 시험대에 올린 것을 사죄하고 싶었다. 그러나 그는 서연의 생에서 매몰차게 빠져나가기로 결심한 것 같았다. 그를 찾아 헤매다, 그인 듯한 사람의 모습을 확인하려다 안타까운 순간에 잠에서 깨어나면, 커다란 갈고리에 꼼짝없이 쥐어잡힌 그녀의 심장은 아주 작은 기억에만 닿아도 쫘악 금이 갔다. 그였을까. 그가 꿈에 나타난 것일까. 그는 왜 한번도 온전한 모습을 보여주지 않는 걸까. 그렇게 온전히 멸한 것일까. 깨어질 듯 아픈 머리를 유리창에 대고 식히다 보면 밤풍경은 적막했고 마른 울음이 속을 쥐어뜯었다. 그렇게 건조한 봄이 가고 여름에 들어설 무렵, 기섭의 이메일을 받았다.

이 말을 전해야 할지 말아야 할지 참 망설였는데요, 아무래도 서연 씨가 알고 계셔야 할 것 같군요. 영모가 살던 집에 영모로 보이는 사람이 자꾸만 나타난다는 거예요. 지금 살고 있는 후배도 그렇고 이웃에 사는 이들도 어스름에 누가 들어가는 걸 보았는데 영모 같더라며, 형제가 왔냐고 물어오더래요. 그런데 그날 집은 비어 있었거든요. 이런저런 이야기들로 미루어보건대, 아무래도 영모가 못 떠나고 있는 거 아닌가 싶어요.

기섭은 떠듬떠듬, 액정화면으로도 느껴질 만큼 조심스럽게 말을 풀어가고 있었다. 올해 들어 처음으로 민소매 옷을 입은 서연의 팔에 대번에 소름이 돋았다. 소름을 쓸어내는 손바닥이 차디찼다. 십자말풀이, 더이상 풀어나가지 못하게 만들던 막힌 단어, 바로 그 한 단어인 셈이었다. 어쩌면 그는 그 땅을 못 떠나서 내게 오지 않는 건지도 몰라. 내 사랑이 모자라서가 아니었는지도 몰라…… 그렇게 읊조리자 이상하게도 위로가 되었다. 서연은 여름휴가를 그쪽으로 가겠노라고 답신을 보냈다.

바람이 불었는가. 보랏빛 꽃잎이 우수수, 서연의 머리와 어깨에 쏟아져내렸다. 바로 곁에서 걷던 윤지가 갑자기 쪼그리고 앉았을 때였다. 몇걸음 앞선 꼴이 된 서연을 겨눈 듯 꽃이 쏟아져 덤불을 이룬 것이다. 영모가 살던 집에서 채 한 블록도 되지 않는 곳이었다.

그 집은 그냥 보아도 어둑하고 스산했다. 오래된 암록색 타일 바닥에서 냉기가 뻗쳐왔다. 옆집 담벼락과 붙은 틈새의 좁다란 안뜰 벽면엔 노루뿔 같은 관엽식물이 아무 의욕 없이 치렁치렁 늘어지고 있었다. 침대에 눕는 것말고는 아무것도 하고 싶지 않아질 것 같은 곳이었다. 천장에서 탈탈탈탈 돌아가는 구식 팬이 무력하게 공기를 휘젓고 있었다.

이 집의 무엇이, 이 땅의 무엇이 그의 영혼을 붙들고 있는가. 말소리가 울릴 것처럼 휑하고 삭막한 이 거실에서 영모는 재빠르게 대지를 덮어버리며 기습해오는 열대의 밤을 맞았을 것이다. 그가 서연에게 메일을 쓰는 동안 밤은 얼마나 정밀하게 깊어갔을지, 키 큰 나뭇가지와 정원의 풀덤불 속에 몸을 숨긴 곤충들이 자기의 존재를 알리느라 어떤 소리를 냈을지, 서연은 느껴보고 싶었다. 그러나 서연의 머릿속은 회반죽을 개어 이긴 무덤 내벽처럼 굳어 아무것도 감지되지 않았다. 서연은 대나무를 엮어 만든 의자에 앉아, 벅차오는 숨을 가늘게 뽑았다.

가정부가 유리컵에 마실 것을 담아 내왔다. 마흔살쯤 되었을까, 서늘하게 넓은 이마에 품이 넉넉한 양미간, 짙은 눈썹 아래 수줍음이 남아 있었다. 가정부는 서연 앞에 찻잔을 내려놓으며 미소를 지었다. 속으로 번지는 미소였다. 그 미소에서 서연은 자기가 누구인지 그리고 왜 왔는지 알고 있다는 느낌을 받았다. 종이꽃을 만들기 위해 접은 습자지 끝동을 물감 푼 물에 담근 것처럼 진분홍빛 서러움이 번졌다. 들큰한 공기와 서늘한 타일바닥, 피부에 느껴지는 낯섦에도 불구하고 서연은 자기가 이곳에 실재하지 않는 것만 같았다.

우리 살 곳은 따로 구했어. 우리 식으로 하면 연립주택인데, 손바닥 만하지만 수영장도 있어. 저 멀리 야자나무가 죽 늘어선 게 벌판 같은 기분도 나고, 해질 무렵이면 그 벌판에 놀이 좌악 펼쳐질 거야…… 영모가 말한 그 집은 어디쯤일까. 지금은 누가 살고 있을까. 곁에 앉은 윤지에게 묻고 싶었지만 서연은 묻지 못했다.

시골역사 같은 족자카르타의 공항에서 한국사람으로 보이는 여자는 쉬 눈에 띄지 않았다. 검은 피부색 때문에 얼핏 표정을 짐작하기 어려운 사람들에게 눈을 주고 두리번거리는데 왼쪽 살쩍이 당겨왔다. 거기, 작은 기념품가게 옆, 외진 곳에서 얼굴 하나가 떠올랐다. 상대적으로 흰 피부와 도드라진 눈망울, 짙은 눈썹. 어디에서라도 눈에 띌, 그러나 쉽사리 말 붙일 수 없는 얼굴이었다. 서연과 눈이 마주치자 여자는 빠른 걸음으로 다가왔다. 한서연씨죠? 저는 영모오빠 후배 강윤지예요. 호텔에 가서 짐을 풀고 난 뒤, 음료수를 마실 때에도 윤지는 책을 읽을 때처럼 억양 없이 말했다. 우선 저랑 같이 영모오빠 살던 집에 가보시구요, 저녁은 이곳의 명물인 중국식당에서 드시는 게 어떨까요? 껍질째 튀긴 게요리가 일품이거든요. 괜찮으시죠? 과목 자체는 흥미롭지만 하필 지금 해야 하는 게 숙제라서 몸을 비틀며 책상 앞에 앉는 아이 같았다. 맡은 구역의 관광지는 빠짐없이 탐방하고 유적지에 대한 설명은 충실하지만 예상하지 못한 질문에는 대답을 건너뛸 것 같은 가이드. 다음 코스는 영모가 쓰던 방이었다.

"지금 사시는 분께 양해를 구했으니까 천천히 구경하셔도 돼요. 저 방이 영모오빠가 쓰던 방이에요. 한번 보시겠어요?"

방까지? 싫었지만 서연은 말없이 일어섰다. 유난히 기다란 방은 장롱과 침대가 놓여 있을 뿐 휑했다. 사용하는 흔적이 없는 빈 방인데도 창문은 열려 있었다. 아침이면 영모가 열었을 창문이었다. 그 창문 너머, 진열장을 덧붙인 자전거를 탄 빵장수가 지나가고 있었다. 빵장수들의 로고송이라는 「람바다」의 경쾌한 곡조에 맞춰서 페달을 밟으며. 한때 여기서 내다보았을 한 목숨의 부재를 밟으며. 그 방과 가정부의 살림채가 붙어 있는 안뜰까지 두루 돌아보면서 서연은 온몸의 세포를 다 열어놓으려 애썼다. 밤에 오면 좀 나았을까. 가정부의 배웅을 받으며 그 집에서 나올 때까지도 영모는 느껴지지 않았다. 몇발짝 나서다 서연이 뒤돌아보았을 때, 가정부는 그때까지도 문간에 서서 서연을 바래고 있었다.

돌이 들어갔는지, 벗어서 탈탈 턴 운동화를 발에 꿰며 일어서던 윤지가 꽃덤불이 되어버린 서연을 보더니 얼먹은 얼굴이 되었다. 때맞춰, 이슬람사원에서 기도소리가 울려퍼졌다. 뱃속 저 깊은 곳에서 이끌어낸 낮은 소리가 길게 끌리고, 그 소리가 갈고리로 낚아채는 것처럼 한 소절 끊긴 뒤에야 윤지는 스르르 표정을 풀었다.

"어머, 꼭 화관 쓰신 것 같아요."

명랑하게 튀는 목소리와 달리 윤지의 눈 안에 꽃그늘인지, 그늘이 어른거렸다. 서연은 어깨 위에 얹힌 꽃을 집어들었다. 절반쯤 말라 바스라진 꽃은 초롱 모양이었다. 사람 키의 네다섯배는 될 나무에서 피어난 꽃치고는 작고 섬세했다.

"이게 무슨 꽃이에요?"

"많이 본 꽃인데 이름은 몰라요. 아무튼 너무 멋져요, 언니."

윤지는 손바닥까지 쳐가며 말했다. 윤지에게서 처음으로 듣는 언니,

소리였다. 꼭 불러야 할 때면 윤지는 저기요,라며 말끝을 흐렸었다.

"그거 아세요? 여기 아이들은요, 어떤 사람이 자기를 사랑하게 해 달라고 기도할 때에 꽃을 바치면서 기도한대요."

"그래요?"

윤지가 서연의 어깨를 쓸어 꽃을 제 손바닥에 옮겼다. 종 모양의 꽃 잎이 윤지의 손바닥에서 바스락거렸다. 짙고 긴 속눈썹 아래 윤지의 눈동자가 아득하게 흔들렸다. 윤지는 마르며 탈색하는 꽃에 겨우 남은 보랏빛 같은 목소리로 말했다.

"그리고요, 여긴 흑마술도 성행하는데요, 누군가에게 저주를 퍼부을 때도 꽃이 쓰인대요. 재미있지요? 똑같은 꽃이 그렇게 달리 쓰일 수 있다니."

윤지는 꽃을 옮긴 양손을 이마 높이까지 쳐들었다가 운동회 때 종이를 붙여 만든 커다란 공을 터뜨리듯 확 열어버렸다. 끼뜨려진 꽃잎이 하르르 떨며 지상으로 내려앉았다.

죽은이를 태우고 갈 수레는 한낮의 볕 아래 화려하다 못해 요기스럽다. 얼기설기 엮은 대나무 위에 얹힌 상여는 높다란 누각 모양이다. 세상에 존재하는 빛깔이란 빛깔은 모두 끌어모은 것처럼 난만한 상여. 금박으로 무늬를 놓은 색색의 종이를 바른 상여지붕 네 귀엔 종이를 오려 만든 등롱이 하늘거렸다. 상여 귀퉁이마다 꽂아놓은 노랑, 보라, 파랑, 분홍…… 종이꽃, 죽은이를 위해 만든 꽃의 화려한 채색이 오히려 적막했다.

"조금 있으면 장례식장으로 출발할 겁니다. 사당에 잠깐 들러서 제사도 지내구요."

가이드가 설명했다. 사람의 힘으로는 어찌해볼 길 없이 닥치는 재앙을 막고 행복을 빌기 위해 집집마다 모신 조상신들. 그들의 영혼은 형편에 따라 더러는 풀로 더러는 기와로 지붕을 인 조그만 사당에서 머무른다고 했다. 머지않아, 오늘 장례의 주인공을 위한 사당이 저 틈에 다시 세워질 것이다. 비디오 촬영에 몰두해 있던 서양 남자가 가이드에게 물었다.

"언제 죽었나요?"

"사흘 전이랍니다. 죽은 사람 나이는 여든살이구요."

호상이라서 그런가, 아니면 죽음 이후의 또다른 삶을 믿는 이들이라서 그런가. 집 안팎 어디에서도 우는 사람은 보이지 않았다. 마침내 상여가 움직이고, 친척과 문상객들은 느릿느릿 그 뒤를 따르기 시작했다. 부서지는 볕 아래 홀로 화려하게 솟아 우줄우줄 떠가는 상여, 그 뒤를 따르는 무리가 입은 윗도리의 어두운 빛깔. 그 속에 섞여 열심히 사진을 찍는 관광객들. 왠지 몸을 허공으로 밀어올리는 이상한 부력이 느껴져서, 서연은 샌들 신은 발에 꾹꾹 힘을 주어 땅을 디뎠다. 윤지는 지금 무얼 하고 있을까.

"전 전에도 보았거든요. 그리고 제 오랜 꿈은요, 누사두아 해변에 혼자 누워 오가는 사람들 구경만 하면서 한나절을 보내는 것이랍니다. 차가운 콜라나 마셔가면서요. 친구들하고 오면 늘 같이 몰려다니느라고 그럴 수가 없거든요. 오늘 그 꿈을 이뤄보려고요."

가이드답게 딱딱 끊어가며, 그러나 싹싹한 표정으로 말한 윤지는 호텔 앞에서 기다리던 여행사의 차에 서연을 혼자 태웠다. 서연은 굳이 권하지 않고 혼자 차에 올랐다. 차문을 닫아주며 윤지는 덧붙였다. 끝나고 돌아오시면 절 못 알아보실 거예요. 전 탱자탱자 놀면서 탱글 탱글 태우고 있겠습니다. 차가 호텔 마당을 빙 돌 때, 로비로 올라가는 계단에 서서 윤지는 반듯하게 편 손바닥을 아이처럼 흔들었다. 서연은 영모의 눈으로 그런 윤지를 보았다. 사랑스러웠다. 동그란 원통에 말린 채 포장을 뜯지 않은 은박지처럼 구겨져본 적 없는 영혼, 제 비밀을 가두고 있는 게 버거워서 끝내 그걸 부려놓은 순진한 영혼에겐 혼자서 바다를 내다볼 시간도 필요할 것이다.

언니가 괜찮다면 저도 발리에 같이 가고 싶은데요. 윤지가 운을 뗀 건 족자카르타 시내의 사원과 궁전을 돌아다니고, 영모가 자주 갔다는 커피집에서 커피를 마시면서였다. 윤지가 드러내지 않으려 애쓰는데도 서연에겐 윤지의 감정이 높은 파고를 오르내리는 게 감지되었다. 그게 윤지의 천성인지 아니면 낯가림인지 몰라서 조금 버겁긴 했지만 윤지의 동행을 굳이 마다할 이유는 없었다.

발리에 도착해서 호텔 로비에 비치된 관광 리플릿을 뒤적이던 윤지는 리플릿 한장을 서연 앞에 밀어놓았다. 퍼런 단색 인쇄가 초라하면서도 원색으로 치장된 다른 리플릿 틈에서 오히려 그 초라함으로 도드라지는 리플릿이었다. 날이면 날마다 있는 기회가 아니랍니다. 운이 좋으신가봐요. 발리에서 이루어지는 화장장례식이에요. 내일이네요. 장례식? 짧게 되묻고 리플릿을 보는 서연의 눈꺼풀 속이 시큰해졌다. 네, 이걸 보려고 다른 나라에서 비행기 타고 오는 사람들도 있으니까요. 다른 건 안 보시더라도 이건 보셔야 해요. 보실 거죠? 윤지는 제 마음대로 결정을 내렸다. 예정된 일정을 취소하고, 여행사에 연락해서 화장장례 참가신청을 하고…… 분주한 윤지를 보며 서연은, 충동적인 것으로 보이던 이 동행이 어쩌면 충동만은 아닐지도 모른다는 걸 깨달았다. 마음대로 결정을 내리고 서연이 알아들을 수 없는 말로 통화하는 윤지에게서 느껴지는 활기는 왠지 아슬했다.

 "나, 영모오빠 참 많이 좋아했어요. 좋아한단 말로는 부족할 정도로. 그렇게 누군가를 바란 건 처음이었어요. 그때, 오빠가 주말에 발리에 간다고 했을 때, 전 정말로 따라오고 싶었어요. 언니가 있다는 거 알면서도, 그런데도 그랬어요. 영모오빠가 조금이라도 여지를 보여주었다면 냉큼 나섰을 거예요. 가끔 그런 생각해요. 그때 내가 따라왔더라면 뭔가가 달라지지 않았을까. 어쩌면 영모오빠가 내 사람이 되었을지도 모르고, 그게 아니더라도, 최악의 경우 오빠를 보지 못하게 된다 하더라도, 최소한 오빠가 세상 어딘가에서 숨쉬고 있게 했을지는 모른다고요."

 그날 밤, 두꺼운 철판으로 만든 커다란 드럼통을 울리는 것처럼 억센 파도 소리가 들리는 바닷가에서, 윤지는 기어이 말했다. 달의 숨결 따라 밀려오고 밀려가는 물결. 파도 소리가 철썩,이 아니라 텅, 터엉 들려왔다. 목숨을 삼켜 무정한 무정물로 토해내는 바다. 검은 바다를 바라보며, 뜻밖에 술이 세다 싶게 많이 마신 윤지가 또박또박 토해내는 회한. 서연은 바다로 향했던 눈을 거두지 않았다. 그럴 수 있었으리라. 영모는 굳은 땅에서 말라가는 초목을 보면 그게 누구네 나무든 우선 물을 떠다 적셔주기부터 할 사람이었으니. 물을 빨아들이는 뿌리의 강렬한 흡인력으로 윤지는 영모에게 쏠렸을 것이다. 텅, 터엉. 무서웠겠구나, 그냥 바라보는 것만으로도 무서운데…… 그 물속에 끌려들어가던 순간의 영모에겐지 아니면 영모를 열망하던 나날의 윤지에겐지 모르게, 서연은 속으로 말하고 있었다. 아득한 수평선에 아주 작은 불빛 한점이 떠 있었다. 지나가는 배일까. 저 배에선 이 바닷가의 불빛들이 어떤 모양으로 비쳐질까.

끝없이 이어질 듯 흐르던 대열이 주춤 밀리는 기색이더니, 무슨 일인가, 서연이 고개를 들어 저만큼 앞서 있는 상여를 보는 순간, 평지에서 홱 솟구친 돌개바람처럼, 평온해 보이는 못 깊은 곳에서 사람을 빨아들이는 음험한 소용돌이처럼, 상여꾼들이 상여를 메고 휘돌았다. 이제까지 느릿느릿 움직이던 속도에서 매몰차게 솟구쳐, 악착같다 싶은 빠르기로. 한 바퀴, 두 바퀴, 세 바퀴. 서연은 그만 아찔, 다리에 힘이 풀렸다. 영모의 부음을 받던 날 마른잎 말아올리던 회오리가 서연의 머리를 흔든다. 팔십년을 살아낸, 한번도 만나지 못한 오늘 장례의 주인공에겐지 아니면 못다한 마음 때문에 가슴에 옹이진 영모에겐지 모르는 채, 서연은 엄지발가락이 뻐근해질 정도로 힘을 주고 서서 웅얼거렸다. 가는구나, 가려 하는구나, 이제 정녕 떠나가는구나. 문득, 윤지가 이 장면을 보여주려 발리에 동행한 게 아닌가, 그리고 이 장면을 피하느라 호텔에 남은 게 아닌가 하는 생각이 빠르게 스쳤다. 그만 가세요. 윤지의 젖은 목소리가 발목을 감았다.

그만 가세요. 나직한 윤지의 목소리에 서연은 비로소 밤바다에서 눈을 돌렸다. 모레면 떠날 참이었다. 윤지도 알고 있는 사실이었다. 그러나 윤지의 도도록한 눈망울은 서연을 향하고 있지 않았다. 그만, 그만 떠나가세요. 윤지는 바다를 향해, 어둠을 향해 말하고 있었다.

"열쇠가 없네요. 아마 친구분이 방에 있나봐요."

프런트 데스크의 여자는 생긋 미소를 띠었다. 윤지가 벌써 돌아온 것일까. 서연은 선뜻 방으로 향할 수가 없었다.

관목이 무성한 그늘을 드리운 호텔 식당엔 머리카락이 빈틈없이 하얗게 바랜 서양 남녀가 관광사의 리플릿을 들여다보며 뭐라고 이야기를 나누고 있다. 해로하다, 함께 늙는다…… 그런 단어에 걸맞은 노부부. 시간 속에 숨겨진 숱한 복병을 견뎌낸 부부에게 수여된 훈장 같은 흰 머리카락. 서연이 지키고 가꿔내고 싶었던 사랑은, 일상과 시간의 부식을 겪기도 전에 가뭇없어졌다. 차가운 레모네이드를 마시던 서연은 다시 뜨겁고 진한 발리 커피를 주문했다. 지루한 일상을 혼자 견딜 힘이 없는 서연은 언젠가 제 스스로 저를 일구어, 거기 또다른 사랑의 씨앗을 하나 뿌리게 되리라. 서연은 숨을 들이켜고 자리에서 일어섰다.

커튼을 드리운 방안은 침침했다. 두어번 노크해도 기척 없어 손잡이를 비틀었더니 문은 쉬 열렸다. 방안에 비릿한 냄새가 배어 있었다. 조금 전 화장터에서 맡아지던, 비릿하고 노르스름한, 그리고 젖은 꽃의 향기. 급히 움직이면 흩어져버릴 것만 같은 냄새. 서연은 공기를 휘젓지 않으려 천천히, 떠도는 영혼이 있다 하더라도 그 움직임을 눈치채지 못할 정도로 천천히 고개를 돌려보았다. 또다시 맡아지는 냄새. 서연은 팔을 들어 티셔츠 소매에 코를 묻었다. 생나무와 향과 그리고 꽃이 타는 냄새. 불티가 날아와 고요히 가라앉은 재의 냄새도 섞여 있다. 냄새는 자신의 몸에서 나는 것도 같고 아닌 것 같기도 했다.

윤지는 침대 위에 누워 있었다. 벽 쪽으로 몸을 돌린 채 모로 누운 등판에서 구겼다 편 은박지의 어석거림이 느껴졌다. 짧은 티셔츠가 말려올라가 드러난 민틋하고 하얀 허리가 겨울밤의 그믐달처럼 쓸쓸하고 애처로웠다. 그 순간, 서연은 영모가 더이상 세상에 없다는 데에 허전한 안도를 느꼈다. 영모가 있었더라면 윤지는, 아주 예쁜 상자에 담겨 배달된, 어찌해볼 길 없는 폭발물로 느껴졌을 것이다.

서연이 소파에 몸을 부리자 윤지가 벌떡 몸을 일으켰다. 그렇게 긴장하면서 어떻게 문 잠그는 걸 잊었나 궁금해질 정도로 민첩했다. 오셨어요? 꽉 잠긴 목소리였다. 오랜만에 외출해서 전철 속에서 고단하게 자던 아이, 내리자,라는 한마디에 잠투정 한번 없이 대번에 잠을 털고 일어서는 아이를 볼 때의 대견한 안타까움이 서연의 마음에서 일렁였다. 짙은 속눈썹으로 선명하던 눈매가 부숭부숭했다. 서연은 윤지가 썬탠은커녕 해변 가까이에도 안 나간 것을 알아차렸다. 그러고 보니, 아까부터 걸리던 냄새 속에는 발효된 홉의 향기도 감돌았다. 휴지통 안에 든, 우그러뜨린 맥주캔이 그제야 눈에 들어왔다.

"좀더 자요. 나도 씻고 잘까봐. 한숨 자고 나서 저녁 먹자."

서연은 짐짓 여동생을 대하듯 말을 놓았다. 말이 떨어지자마자 윤지는 다시 침대 위에 몸을 구겨뜨리며 웅얼거렸다. 목욕탕에 있는 물로 닦아보세요. 꽃물이에요.

냄새는 습습한 화장실에 더 짙게 배어 있었다. 욕조 옆의 조그만 플라스틱 대야에 고인 물에서 피어오른 향기. 물에 담가놓은 붉은 장미꽃잎이었다. 꽃잎인지 나뭇잎인지 모를, 언월도처럼 길쭉하게 휘어진 담록색 잎도 섞여 있었다. 어느결에 우러났는지, 물빛엔 붉은 잉크를 한두 방울 푼 것처럼 투명하게 붉은 기가 비쳤다. 장미향과 거기 어우러진 풋내 같은 향기. 윤지라면, 영모를 위해 꽃물로 몸을 씻어본 적이 있으리라. 사랑에 상처입은 적이 없다면, 사랑하는 사람에게 잘 보이고 싶은 단순한 열망으로 무언들 못하겠는가. 여기 아이들은 그리고 꽃으로 목욕도 한답니다. 특히 사랑하는 사람과 데이트할 때요. 피부가 고와진대요. 떨어져내린 꽃을 밟으며 꽃의 다양한 쓰임새를 설명하던 윤지의 목소리가 새삼스러웠다. 그때 윤지의 아득하던 눈빛에서 왜 영모를 느끼지 못했을까. 마음속에 품은 영모가 밖으로 나오는 걸 단속하느라 그랬는지 윤지는 수다스러웠다. 근데요, 싱싱한 꽃

보다는 적당히 시든 꽃에서 향기가 더 진하게 우러난대요. 왜 그럴까
요?

 샤워를 마친 서연은 꽃잎을 건져내고 그 물을 움켜서 몸에 조금씩
끼얹어보았다. 여느 물보다 매끈거리는 물에서 우련하게 번지는 향
기. 영모를 위해 몸단장하던 기억이 새삼 명치에 치받쳤다. 그의 손길
이 주던 환희의 기억은 폭죽처럼 터지고, 밤하늘에서 스러지는 불티
의 서러움으로 서연을 적시곤 했다. 서연은 팽팽한 몸을 제 손으로 쓸
다가 도리질쳤다. 한겹 가죽 속에서 맹렬히 진행되던 부패. 몸은 서러
워할 겨를도 없이 제 기억을 빠른 속도로 잃고 있었다.

 죽은이는 생나무를 잘라 만든 동물 모양의 대 위에 안치되어 있었
다. 잘린 나무의 단면은 초승달을 어슷나게 빼곡히 겹쳐놓은 모양이
었다. 사계절이 없는 지역에서 자란 나무의 나이테는 아름답고 무미
했다. 벌어지기 전의 꽃봉오리처럼 어슷하게 겹쳐 있었다. 시신의 크
기에 꼭 맞춘 대의 머리 부분엔 좀 굵기가 가는 나무로 목과 두 귀가
완연한 동물머리 모양을 만들었고, 반대편에 꽂은 가느다란 나뭇가지
는 치켜든 꼬리 형상이었다. 꼬리 아랫부분에 가스관을 연결해놓았
다. 자른 지 얼마 안되어 보이는 나무의 단면에서 나는 냄새는 꽃병에
오래 꽂아두었던 꽃다발 밑동에서 나는 물비린내처럼 상큼하면서도
비릿했다.

 종교지도자로 보이는 사람이 시신에 물을 뿌려 축복한 뒤, 사람들
은 시신에 향이며 꽃을 얹는 걸로 마지막 작별인사를 했다. 고장난 카
메라를 멘 채 사람들 뒷전에 서 있는 서연에게, 친족으로 보이는 사내
가 사진을 찍으라는 시늉을 하며 자리를 내어주었다. 터번 같은 전통
모자를 두르고 이마에 꽃을 얹은 시신은 양손을 배 위에 얌전히 모두

고 있었다. 겸손하고도 기품있는 자세였다. 하지만 살가죽 한겹 아래는 이미 부패되어 쿨렁쿨렁했다. 단백질 많은 식품에 알록달록 피는 검은빛과 붉은빛의 곰팡이들. 얌전히 모든 손가락의 한 부분은 부패한 다른 부분과 달리 아직 생생한 살빛을 간직한 채 퉁퉁 부어올라 있었다. 거뭇거뭇 썩어버린 손가락에 팽팽하게 부푼 그 살빛이 서연에게는 왜 한세상의 고단함을 증거하는 것으로 비쳤을까.

시신을 말끄러미 바라보는 서연에게 아까부터 서연의 눈길을 끌던, 카메라가 고장나는 순간 파인더를 벗어났던 그 여자가 다가왔다. 여자는 손에 꽃을 들고 있었다. 꽃을 손바닥에 받아들고 죽은이에게 다가가던 서연은 잠깐 뒤로 물러났다. 가방 속, 호텔 편지봉투 속에 든 보랏빛 꽃 한줌. 영모의 영혼이 떠도는 어름에서 서연의 머리 위로 쏟아져내린 그 꽃잎. 서연은 봉투에서 그 꽃잎을 쏟아 여자가 준 붉은 꽃과 섞었다. 꽃을 양손으로 받쳐들고 조심스럽게 얹다가 서연은 그 여자와 눈이 마주쳤다. 깊이를 어림할 수 없는 그 눈은 모든 걸 다 알고 있는 것 같았다. 누구였을까. 습관처럼 떠올리다 말고 서연은 지워낸다. 스쳐간 한 시기의 어느 인연. 아니 어쩌면 전생의. 어쩌면 다음 생에 자매로 인연 맺을지도 모르는. 한순간, 사람들이 뒤쪽으로 물러났다. 곧 펑, 소리와 함께 불이 붙여졌다. 아낙네 중의 하나, 얼굴을 일그러뜨리며 손으로 입을 막았다. 비로소 죽음이, 소멸이 실감나는 것일까. 열기가 확 치솟았다. 시신 안치대 위에 그만큼의 크기로 쳤던 얇은 헝겊 차일이 열기를 받아 부풀어 금방이라도 허공으로 떠오를 것만 같았다. 몸이 불더미에 갇혀 있을 때, 그 몸안에 있던 영혼은 어디에서 그걸 지켜보는 것일까.

여기 귀신들이 얼마나 다양하냐면, 사람을 부자로 만들어주는 아기 귀신도 있대. 일단 어떤 사람에게 그 귀신이 붙으면 그 사람은 부자가 된다는 거야. 아는 사람이 해준 이야긴데, 그 사람 형이 가전제품 대리점을 한대. 그런데 가게문을 닫고 은행 마감시간 뒤의 수입을 금고에 집어넣고 갔다가 다음날 와보면 꼭 지폐 한장이 모자라더래. 다음날에도 그 다음날에도. 그 마누라가 어디 가서 물어보니까 귀신의 소행이라고 하더래. 그래서 어느날은 금고 주변에 밀가루를 아주 흐릿하게 뿌려놓고 갔는데, 다음날 와보니까 사람 발자국, 아주 작은 발자국이 나 있더라는 거야. 그러니까 그 집에서 돈을 빼내서, 자기가 붙은 사람에게 가져다주는 거였지.

보이지 않는 세계에 느닷없이 골똘해진 영모의 목소리에 스멀거리는 불안을 눅이며 서연은 대꾸했다. 이왕 부자 만들어줄 거, 한꺼번에 가져다주지 왜 꼭 하루에 한장이래? 자기도 한번 만나보고 싶겠네? 아니. 문제는 그 귀신을 만나는 게 꼭 좋은 것만은 아니라는 거야. 세상에 공짜는 없다는 교훈! 한 사람을 부자로 만들어주는 대신, 그 사람이 가장 소중하게 여기는 것을 하나 빼앗아간대. 영모의 말에 서연은 숭굴숭굴 웃으며 대꾸했다. 그게 뭐 대수겠어. 부자도 되고 했으니 다시 사면 되지. 그땐, 귀신이 빼앗아가는 게 돈으로는 살 수 없는 무엇일 수도 있다는 생각을 미처 못했다. 윤지는 알고 있었을까.

벌받을 마음인 줄 알면서도, 언니에게 무슨 일이 생기기를, 그래서 영모오빠를 제가 차지할 수 있게 되기를 빌었어요. 오빠를 차지할 수만 있다면, 벌받는 것쯤은 무섭지 않았어요. 제가 받았어야 할 벌인데…… 서연은 남은 꽃물을 한꺼번에 몸에 쏟아부어 윤지의 말을 지워냈다. 명부로 빨려들어가는 영혼처럼 하수구로 빨려들어가는 물. 물은 한국에서와 반대방향으로 소용돌이쳤다. 적도 아래쪽이라서 그렇다고 했다. 채 건져내지 못한 꽃잎 몇장이 흘러내렸다. 물이 빠지는 바람에 욕조 안쪽 네 면에 점점이 붙은 그것은 발자국, 아주 작은 발자국 같았다.

—『문예중앙』 2001년 겨울호

대형냉장고도 하나 마련하셔야지요. 아직도 김치냉장고가 없다면 이 기회에 그것도 하나…… 하지만 온통 새것인 집안의 산뜻함에 취한 사람들이 발 뻗고 잠든 동안, 콘크리트며 화학제품투성이인 마감재는 맹렬하게 독성을 내뿜고 그 독기는 그들의 살갗과 숨구멍을 타고 들어가 가뜩이나 세월에 닳아가는 몸의 허술한 부분을 파고들어 치명적인 일격을 준비할 것이다.

멀어지는 집

멀어지는 집

얄팍한 봉투 안에서 나온 건 스카프다. 뜻밖이다. 서류봉투 안에 적당히 딱딱한 질감이 느껴지기에 안내 브로우셔 같은 거려니 했다. 딱지처럼 접힌 두꺼운 종이 안에서 곱게 접힌 얇은 천이 나올 줄은 몰랐다.

산자락을 허물고 들어선 인근 아파트의 입주가 임박하면서 인테리어회사나 가구회사, 새시대리점 등은 상품 카탈로그를 마구 발송했다. 이 아파트에도 새 아파트로 입주할 사람들이 제법 있는 모양이었다. 입주를 앞둔 사람들은 새집으로 이사할 날짜를 꼽고 있을 것이다. 새집으로 들어가기 전의 기억은 묵은 뱀허물처럼 벗어놓으라고, 업체들마다 맹렬하게 선전중이었다. 보세요, 이 산뜻한 집에 그 낡고 구질구질한 가구를 끌고 들어갈 생각인가요? 새 술은 새 부대에. 이 가구를 짜넣는 게 낫지 않겠어요? 베란다는 돋워야지요. 촌스럽게 타일 바닥으로 그냥 내버려둘 수 있나요. 참, 가전제품 바꾸는 것 잊지 마세요. 씽크대와 냉장고 사이에 공간을 남겨두는 건 우습잖아요. 거기에 꼭 맞는 대형냉장고도 하나 마련하셔야지요. 아직도 김치냉장고가 없다면 이 기회에 그것도 하나…… 하지만 온통 새것인 집안의 산뜻함에 취한 사람들이 발 뻗고 잠든 동안, 콘크리트며 화학제품투성이인 마감재는 맹렬하게 독성을 내뿜고 그 독기는 그들의 살갗과 숨구멍을 타고 들어가 가뜩이나 세월에 닳아가는 몸의 허술한 부분을 파고들어 치명적인 일격을 준비할 것이다.

나는 끄집어낸 천을 확 뿌려본다. 허공에 좍 퍼지는, 전체적으로 푸른 기가 감도는 스카프는 파리한 형광등 불빛 아래 칙칙해 보인다. 평직으로 직조해 감촉이 얼금얼금하지만 그래도 백 퍼센트 씰크다. 스카프를 사선으로 접어 목에 둘러본다. 실제보다 가늘게 보이도록 만들어진 거울은 넓적하고 통통한 얼굴을 조금 갸름하게 만든다. 맥 라이언의 달콤한 미소를 떠올리며 입귀를 당겨보지만, 거울 속엔 으스스한 웃음이 담겨 있다. 컷, 거울 속의 여자를 향해 소리치는 나의 눈길은 냉정하다. 스카프 끝동을 정수리 쪽으로 올려본다. 봄햇살처럼 보드랍게 주름지며 흐르는 천에 얼굴이 절반쯤 가려지며 하렘의 여자가 된다. 여자는 차가운 연못에 몸을 담그고 그 한기를 오래 견딘 표정이다. 나를 여기에서 건져내주세요. 당신이 부르시면 언제든 응할 준비가 되어 있답니다. 선영아, 바람 좀 쐬러 나가자. 안방에서 엄마가 부른다.

지루한 수속을 마치고 낯선 대기 속으로 나서는 나에게 귀에 꽃을 꽂은 여인이 다가와 목에 화환을 걸어준다. 서광 같은 노란 꽃송이를 실에 꿰어 만든 화환이다. 여인은 나보다 키가 작아서 발돋움하고, 오랜 비행으로 발이 부어 꽉 끼는 신발을 의식하며 나는 무릎을 약간 구부린다. 향긋하고 비릿한 냄새가 훅 끼친다. 가지에서 절단되어 시시각각 시드는, 종말로 다가가는 꽃이 온힘을 다 끌어모아 내뿜는 향기 혹은 독기. 비탈진 길을 올라오던 11층 할머니가 인사를 건네는 바람에 내 여행은 끝나버린다.

"나오셨어요?"

날씨가 제법 쌀쌀해져서, 할머니는 가뜩이나 작은 몸을 옹송그리고 있다. 가까스로 남은 몇장의 잎이 가지에 붙어 간당거리는 나무처럼 빈한한 표정이다. 작은 체구에 아기자기 정감있는 얼굴. 심이 아주 가는 연필로 그은 듯한 미소를 띠고 있다. 젊었을 적엔 꽤 고왔을 얼굴이다.

"예."

엄마는 그 고운 미소를 향해 맨숭하고 냉담하게 대답한다. 환하게 웃는 얼굴을 향해 뒤돌아서 보여준 홀맨의 얼굴. 거기에 눈코입을 그리느라 나는 서둘러 덧붙인다.

"어디 다녀오시나봐요?"

"약국에 좀 다녀오느라구요. 허리가 아파서 살 수 있어야지. 일하는 것도 아니고 마냥 놀고 지내는데 왜 허리가 아픈지 모르겠어."

놀고 지낸다니. 할머니는 할아버지와 단둘이 산다. 무게 때문에 어깨가 축 처지는 비닐봉지를 들고 가는 할머니 곁에서, 골격이 실한 할아버지는 빈손으로 어정거리며 걷는다. 짐 때문에 처진 어깨는 애처롭더니, 빈손에 달랑 들린 파스 봉지는 11월의 풍경만큼이나 스산하다. 엄마 곁에 있는 나를 보는 눈에 대견함이, 엄마를 보는 눈에 부러움이, 서로 다른 무늬가 어룽진다.

"아유, 아주머니는 얼마나 좋으세요. 이렇게 따님이 곁에서 수발을 들어드리니. 따님하고만 계시지 말고 노인정에도 좀 놀러 나오시고 그러세요."

"네에……"

엄마의 대답은 모호하다. 빈집에서 온종일 텔레비전 유선방송에 눈을 줄지언정, 노인정 따위에 발을 들일 엄마는 아니다.

"우리끼리니까 말인데, 여긴 민도가 아주 낮아요. 그래도 1004호는 부부가 교사라서 사람들이 괜찮고, 1008호는 남편이 고대 나왔대. 부인은 어떤지 모르는데 그래도 어디 4년제는 나온 것 같고. 나머진 상종하면 피곤해지는 사람이니까 그렇게 알고 지내요."

베란다의 새시 값까지 살뜰히 챙겨받은 이전 입주자는 잔금을 받고 난 뒤에 목소리까지 낮추어 소곤거렸다. 민도? 공기 맑고 집값 싸고 교통 편리하고…… 잔금을 받기 전까지 극성스럽다 할 정도로 장점을 늘어놓다가 느닷없이 튀어나온 그 구태의연한 단어는, 지은 지 3년밖에 안되었다는 서울 근교의 임대아파트를 알루미늄 주전자가 뒹구는 70년대 선거장으로 만들었다. 우리라니? 무슨 기준에서 나온 분류일까. 서울에서 살던 사람? 아니면 대학 나온 사람? 초등학교 교장으로 있다가 정년퇴임하고 전원생활이 그리워서 서울에서 한시간 떨어진 여기로 왔다는 말이 사실일까, 문득 의심스러워졌다. 나야 공기 맑은 데서 난이나 치며 한가하게 살고 싶은데, 우리 애들이 지들 사는 데랑 병원 가까운 데로 와야 한다고 하도 난리를 치기에 가는 거라우. 강남에 세주었던 아파트가 있거든. 노인답지 않게 짱짱한 목소리에서 허세가 느껴졌다.

"이까짓 동네, 공기 탁하고 교통 막히고, 꼴에 강남이라고 물가는 덩달아 비싸고⋯⋯"

살림을 합치던 날, 짐을 실은 차에 오르며 엄마는 말했다. 도무지 닿지 않는 곳에 매달린 포도송이를 향해 몇번이고 몸을 날렸다가 괜히 멍투성이가 된 여우의 눈빛이었다. 엄마의 마지막 남편이 죽으면서 엄마에게 남긴 건 좁다란 연립주택 한 채였다. 자식들에게 의지하고 싶지 않던 노인의 뒷바라지용이었던 엄마와의 계약은 지켜졌지만, 강남의 너른 아파트에서 사는 그 자녀들의 살림을 본 엄마는 말은 없어도 뭔가 더 마음을 써주려니 했던 모양이었다. 엄마가 내 집에 도착해서 맨 처음 한 일은 두고 온 포도송이에 대한 미련을 보이는 일이었다. 안방에 있던 내 침대며 장롱을 인부들이 작은방으로 옮기는 동안, 엄마는 전화기 앞에 붙어앉아 전화를 걸고 있었다. 여보세요. 첫째여? 그래 난데, 이사했어. 무슨, 바쁠 텐데⋯⋯ 전화번호 알려주려구⋯⋯ 그래. 031-883-89XX야. 무슨 일 있으면 연락 줘. 둘째여? 응, 나야. 나라구⋯⋯ 왜 그새 목소리도 잊었남. 여기, 뭐 그렇지⋯⋯

목소리도 잊었느냐고 물을 때 엄마의 목소리에서 진하게 배어나오던 서운함은 고춧가루가 되어서 이미 베인 내 가슴을 쓰리게 했다. 장롱은 어디에 놓을까요? 15평 아파트의 안방에 장롱 놓을 자리야 뻔했지만, 나는 인부에게 눈으로 엄마를 가리켜 보였다. 인부는 내 기대를 저버리지 않고 엄마의 통화를 방해했다. 할머니, 장롱 어디다 놓을까요?

전생애를 지탱해온 시큰거리는 허리로 할머니는 걸어가고 있다. 아픈 게 미안해서 할아버지에게 파스 붙여달란 말도 못하고 혼자 윗도리를 걷어올리기 십상이다. 잘 틀어지지 않는 허리를 거울 앞에서 비틀면서, 걸핏하면 저희끼리 붙어버리려는 파스를 조심스럽게 펴서 붙일 것이다. 문득 찬물이 흐르는 것처럼 등이 시려온다.

"우리도 그만 들어갈까?"

"코딱지만한 집구석, 들어가나 나오나 통 답답한 인간들만 보이고……"

끄응, 무릎에 손을 얹고 한 팔을 내밀면서 엄마는 기어이 한마디 한다. 혹, 열이 받치며 마음속에서 말이 타다닥 튄다. 코딱지만한 집구석으로 살러온 엄만? 나는 여느때처럼 엄마를 부축하는 대신 화환을 올려다본다. 실로 동그랗게 꿰어 베란다에 내건, 원래는 진노랑이었겠지만 이틀쯤·목에 걸고 다녀서 빛이 죽은 꽃빛깔의 곶감. 곶감 아래엔 썰어서 한줄로 꿴 호박도 걸려 있다. 잔치에 쓴 물소뼈를 처마에 줄줄이 늘어놓는 열대 어딘가 풍습처럼. 물소의 피가 흙속으로 스며드는 잔치 마당, 나는 맨발로 춤을 추리라. 피에 이겨진 흙은 미끈덩거리며 발가락 사이로 비어져나오고 하얀 태양 아래 춤추던 나는 마침내 아찔한 현기증에 휘말려 쓰러진다.

"저희 아버님 장례를 모신 뒤 과로로 입원하셨는데, 퇴원하는 길에 차에서 내리시다가 그대로 주저앉으시더라구요. 기운이 없어서 그러신 줄 알았는데 그게 바로 고관절 골절이라더군요. 바로 큰 병원으로 옮겨서 수술 받으셨어요. 저희가 간호해도 되는데 어머니께서 따님께 연락해달라고 하셔서요."

나의 엄마를 어머니라고 부르는 사내의 목소리는 정중하나 사무적이었다. 사내가 말하는 동안에도 여성지를 좇던 내 눈은, 사내가 말을 마치고 내 대답을 기다릴 때쯤, 분석된 내 성격 앞에 이르렀다. 예, 아니오를 따라서 네 면이나 넘어간 심리테스트는 내 성격이 C형이라고 알려주었다.

"예, 알겠습니다. 그럼 지금은…… 아, 간병인이 계세요. 무슨 병원
이지요?"

C형인 당신은 세상에 노출되는 것을 꺼립니다. 당신은 자꾸만 숨으
려 듭니다. 당신에게는 당신의 자연스러운 매력을 드러내는 게 필요
합니다. 당신이 세상으로 나가기 위해서는 어떤 일을 하거나 사람들
앞에 나설 때마다 적절한 역할을 상정하고 그에 알맞게 행동해야 할
필요가 있습니다. 그러다 보면 당신도 모르게 당신의 매력을 자연스
럽게 드러낼 수 있게 됩니다. 그때 당신은 세상의 주역을 맡게 될 것
입니다……

세상의 주역? 주인공은 바라지도 않는다. '지나가는 사람 1'이라도
좋으니 나를 무대에 오를 수 있게만 해다오. 아니, 관객인들 어떠랴.
나는 두꺼운 책장을 탁, 덮었다.

맨몸으로 할 수 있는 게 뭐가 있을까. 다단계판매? 종합병원 수간호
사인 친구 경혜는 다단계판매를 병행한 지 1년 만에 드디어 병원을 그
만두고 나섰다. 요리를 배워서 출장요리사로 나서봐? 미혼의 요리사
는 왠지 손맛이 덜하다는 느낌을 줄 것이다. 게다가 그만큼 버틸 여력
도 없다. 지난번 직장이 문을 닫은 건 석달 전이다. 이번달 생활비는
현금써비스를 받아야 할 판이다. 아예 생활설계사로 나선다? 방안에
서 뒹굴며 이리저리 상상을 이어가다가 도서대여점으로 가서 집어든
여성지였다. '성공하는 여성이 되기 위한 심리분석'이라는 그 꼭지 때
문에 빌려왔지만, 일단 분석을 마치고 나니 반납하러 갈 일이 귀찮아
졌다. 전직 교수라는 그들의 아버지가 세상을 떠나는 순간, 엄마는 그
집 무대에서 처치 곤란한 폐기물이 되어버린 걸까.

차곡차곡 겹쳐진 가면에서 한장을 집어든다. 늙고 힘없는 엄마를 연민으로 지켜보는 딸. 연민? 나는 못한다. 무엇보다도, 엄마가 힘없는 노인의 역할을 해줄 것 같지 않다. 그 앞에서 연민을 보이는 것은 저를 잡아먹으려 드는 육식공룡 앞에서 팔뚝만한 도마뱀이 '날 먹어서 네 허기가 꺼지겠니? 안됐다'며 혀를 차는 것처럼 주제넘는 일이다. 다른 걸 꺼내든다. 어렸을 땐 엄마에게 버림받고 자라선 세상에서 밀려난 노처녀? 신파를 하기엔 내게 감상이 모자라다. '이제는 돌아와 거울 앞에 선' 누이 같은 눈으로 엄마를 보는 딸? 그나마 낫지만 썩 끌리는 맛은 없다. 결국 막 읽은 여성지의 충고를 포기하고 맨송맨송한 맨얼굴로 나섰다.

엄마는 침상 가장자리에 발이 묶인 채 잠들어 있었다. V자로 벌어진 다리 사이에 뜀틀 같은 보조기구를 끼운 채로. 뒤늦게 나타난 딸의 출현에 의아한 기색을 보이던 간병인이 바람 쐬러 나간다며 병실을 비운 덕분에 나는 마음놓고 엄마를 바라볼 수 있었다. 꼼짝없이 묶인 엄마는 그 외설스럽고 치욕스러운 자세에서 벗어나기 위해 혼수상태에 빠진 것처럼 보였다. 꿈을 꾸는 걸까, 아니면 수술 부위의 통증 때문일까. 고개를 왼쪽으로 꺾은 엄마는 얼굴을 찡그리며 신음소리를 입안에서 궁글렸다. 묶인 다리가 움찔거렸다. 무력하고 고통스러운 신음소리는 조금 벌린 입술에서 자금자금 짓이겨졌다. 볼의 살이 빠져서 콧날이 더 오똑해 보이는 엄마의 피부에 그 흔한 검버섯 하나 안 보인다는 걸 깨닫는 순간 그만 피식, 웃음이 나왔다. 공기를 뱉어낸 가슴에선 쌔애, 대바람소리가 났다.

엄마의 얼굴은 번질거린다. 안쪽에서 바깥쪽으로 스프링을 그리는 엄마의 리드미컬한 손놀림. 속력이 느려진다 싶으면 아니나 다를까, 엄마의 눈은 거울 속의 자신을 바라보고 있다. 거울아, 거울아, 세상에서 누가 제일 예쁘니? 엄마의 눈이 묻는다. 굵게 쌍꺼풀진 눈에 막 속껍질 벗긴 마늘을 떠올리게 하는 코, 도도록한 입술. 지나가던 사람이 한번쯤은 돌아볼 얼굴이다. 그 사이 부엌에선 물이 설설 끓는다. 스팀 타월을 얹었다가 떼어낸 엄마의 얼굴은 성난 것처럼 벌겋게 달아오른다. 그런 엄마를 멀거니 바라보는 아버지의 얼굴에 시푸른 빛이 감돌 때, 아버지의 몸에 깃들인 무엇이 희뜩 스친다. 나중에 아버지가 세월과 시름과 이미 몸에 밴 모독을 삭이다가 끝내 삭지 않는 무엇에 걸려, 발목 거머잡는 수초를 허위허위 떨쳐내고 가라앉았을 때에야 그것이었구나, 뒤늦게 깨닫게 된 무엇.

P군청 건설과장, 허가 내주는 조건으로 뇌물 받아. 지방신문의 기사는 그렇게 났다. 짤막한 신문기사는 우리 집을 송두리째 떠냈다. 뒤집힌 흙에서 꿈틀거리는 지렁이며 검은 등딱지를 빛내는 벌레들. 지나치게 곧이곧대로여서 아내에겐 무능하다고 닦달당하고 동료들에겐 불편한 존재였던 아버지가 하필 주인공이라는 게, 소문이 퍼지는 속도에 가속이 붙게 했다. 사람 참 모를 일이라고 누군가가 수군거리면, 그러게 사람은 겉다르고 속다르지 않냐며 토를 다는 목소리가 뒤를 이었다.

그저 단순한 가십으로 떠돌다가 가뭇없어질 아버지의 독직사건에 화려한 웃기를 얹은 건 엄마다. 진한 화장에 사치스러운 옷차림으로 이웃 여자들의 입질에 오르내리던 엄마. 이웃 여자들의 분개는 그 화장이 남편을 위한 게 아니라는 추정으로 더 힘을 얻는다. 평소에 남편을 닭 잡듯 잡는 여자가 남편에게 잘 보이려고 화장하는 건 아니겠고,

뭔가 일을 내도 낼 것이라고 자기 남편을 단속하며.

아버지가 주검으로 발견됨으로써 엄마에 대한 그들의 불길한 상상은 정당성을 획득했고 엄마는 세간의 억측을 입증하듯 더 화사하게 피어났다. 제복을 곱게 차려입은 미용사원과 함께 거리를 누비며 화장품 방문판매를 하는 엄마는 읍내 어디서나 눈에 띄었다. 여자들은 자기 마음속에 돋은 가시를 칭찬으로 한꺼풀 덮어 엄마에게 건네곤 했다. 애들 아빠 없으니까 어째 더 젊어져…… 밤이면 엄마는 콜드크림이 번질대는 얼굴을 문대면서 낮에 삼킨 가시를 뱉었다. 그렇게 부러우면 지들도 과부 되어 보라지. 누가 말려. 그러다 문득 우리를 돌아보는 엄마. 번질거리는 볼에 반짝 빛나는 불빛. 질펀하게 눈물을 흘린 여자로 착각하게 만들던 기름기.

해망동으로, 그리로 가려는데…… 엄마의 볼이 움직였다. 네? 엄마가 깨어난 줄 알았는데 잠꼬대였다. 링거 꽂은 손을 가슴에 올려놓고, 손가락을 꼼질거리면서 엄마는 혼자 웅얼거렸다. 허공에서 무언가를 자꾸만 집어내면서 엄마는 천연하게 말했다. 그때 용운동에서…… 용운동이 어딘가. 용운동에서 무슨 일이 있었던가. 내가 모르는 지명이었다. 집 떠난 엄마가 흘러온 세월에 돌출하는 지명과 인명. 그것들을 주워모아 징검돌처럼 이으면 엄마의 지난날을 알게 될까. 그 징검다리 건너편엔 무엇이 남아 있을까. 엄마는 숨을 몰아쉬다가 흐느끼듯 신음소리를 냈다. 나는 놀란 아기를 달래듯, 엄마의 가슴을 쓰다듬고 토닥였다. 침대 머리맡의 작은 불만 남기고 불을 끄자 엄마는 흐릿하게 잠겨들었다.

내가 중학교에 입학하던 해, 엄마는 세 딸을 놓아두고 봄바람에 실려갔다. 고등학교를 마친 큰언니가 진학을 포기하고 취업한 지 얼마 안된 봄날이었다. 개나리꽃 옆에 초록잎이 아기의 새끼손톱만하게 돋아나고, 둔덕엔 지난해의 누런 풀잎 옆에 새잎이 돋고, 제비꽃과 민들레가 피어나던 무렵. 본사의 교육에 참가한다고 도시로 떠난 엄마는 돌아오지 않았다. 기다리던 밤, 황사를 씻어내리는 빗소리에 섞인 막차의 우런한 기적소리가 엄마가 비운 자리에서 너울거렸다.

옛 기억에서 채 빠져나오지 못해 어리어리한 내 눈에, 엄마가 윗몸을 일으키려 애쓰는 게 보였다. 침대 가장자리에 꽉 매인 다리 때문에 운신이 쉽지 않았다. 병실의 불을 켜자 엄마가 부신 눈을 찡그리며 나를 보았다. 누군가? 하는 빛이다. 그것도 잠시, 엄마의 이가 악물렸다. 내가 왜 여기 있어? 난 가야 해. 가야겠다니까. 가랑이 사이에 끼였던 지지대가 뜯겨나갔다. 금방이라도 끊어질 것처럼 헉헉거리는 엄마의 숨에서 쓴내 섞인 단내가 훅 끼쳐왔다. 간호사가 달려오고 의사가 달려와 병실은 큰손님이 도착하기 직전의 잔칫집처럼 북적였다. 의사와 간호사들이 엄마를 에워싸고, 나는 뒷전으로 물러났다. 얼음물이 흐르는 것처럼 등이 시렸다. 이대로 끝날 수도 있구나. 목숨이 이렇게 얇은 거로구나. 이대로는 안된다고, 뭐가 안된다는 건지도 모르면서 그런 외침이 솟구쳤다. 아직은 안된다고.

텔레비전에서는 제 목소리보다 한 톤쯤 끌어올린 낭랑한 말투가 흘러나온다. 네, 정말 감촉이 보드랍군요. 저도 한번 입어보고 싶어지는데요? 유선방송 홈쇼핑 채널의 진행자는 모델이 입은 원피스 자락을 엄지와 검지로 집어 비빈다. 마약인지 아닌지 가루를 집어 확인하는 사람 같다. 검정 폴리에스테르 원피스는 지난달에도 신상품이었다. 날씬한 몸매에 자르르 흘러내리는 곡선. 그러나 카메라를 의식한 모델의 몸놀림과 표정은 매끈하지 않다. 삼시세끼 밥 짓는 일에 질력난 주부, 주방의 작은 창으로 아파트 단지 틈새의 좁은 길을 내다보며 다른 삶을 꿈꾸다가, 문득 전화를 받고 개숫물에 불은 손을 말리지도 못한 채 카메라 앞에 선 사람 같다. 머릿속에선 그동안 보아왔던 전문 모델들의 자태와 표정이 생각나는데, 정작 몸이나 얼굴 근육은 그걸 재현시키지 못할 때의 어석거림. 모델의 어줍은 태도가 이상하게도 마음을 울린다. 오랜만에 딸 노릇을 하는 나 또한 저런 표정일 것이다. 자르르 흐르는 원피스 속에 받쳐 입은, 살을 욱죄어오는 싸구려 합성섬유 속옷을 견디는. 화면이 바뀌자 엄마가 고개를 돌린다.

"안경 갈았니?".

엄마는 대번에 바뀐 안경을 알아본다. 단순한 의문문일 수도 있는 그 말이 추궁으로 들리는 건 오랜 실업의 후유증이다. 역시 조금 더 참고 공손하게 대하는 건데 그랬나, 생각해봤자 엎질러진 물이다. 일단 끝난 일을 두고 자꾸만 마음이 오락가락하는 걸 봐도 일진이 나쁜 날임에는 틀림없다.

면접 분위기는 시종 화락했다. 어느 순간부턴가, 이곳에서 일하지 않겠다는 결심을 배수진으로 깔고 있었으므로 나는 얼마든지 상냥할 수 있었다.

약속시간 10분 전에 도착해 들렀던 화장실 거울에는 앞날에 대한 불안으로 초조해진 여자가 들어 있었다. 실업기간이 길어질수록, 엄마와 한 집에서 사는 시간이 길어질수록 나는 점점 더 세상에 대한 자신감을 잃고 있었다. 내가 쓴 인출증을 들고 비틀거리면서 창구로 다가가는 엄마를 보는 쓰라림. 엄마는 내게 통장을 보여주지 않으려 한 달에 한번 은행 나들이를 했다. 벽을 짚거나 목발을 짚고서야 걸을 수 있는 엄마가. 그 노골적인 경계 앞에서 나는 어쩔 수 없이 기생식물이 되는 기분이었다.

오셨다고 말씀드렸으니까 조금만 기다리세요. 사장실에서 나온 여자가 허리를 구부리고 내 귓전에 속삭였다. 나는 여자가 권한 대로 사장실 앞, 사장의 책상이 보이는 소파에 앉아 기다렸다. 작달막한 사장이 지나치게 큰 의자에 파묻혀 전화로 잡담에 가까운 이야기를 길게 늘어놓는 걸, 통화를 마치고 나서 또다시 전화를 걸어 또다른 잡담을 하는 걸 들어야만 했다. 여자가 나오면서 사장실이 보이도록 문을 열어놓은 것도, 이따금 사장의 눈길이 열린 문틈으로 나와 내게 꽂히는 것도 주도면밀한 계산에 따른 것만 같았다. 무릎에 모둔 손, 손등 위에 도드라지는 핏줄에서 독립과 자존심이 갈등했다. 마침내 사장실에 들어선 건 약속시간에서 40분이나 지난 뒤였다.

대학 많은데 왜 전문대에 들어갔지요? 직장을 구하기엔 나이가 꽉 찼는데, 용모도 그만하면 단정하신 편이고…… 결혼할 계획은 없나요? 아니면 요즘 남자들 실속 차리느라고 직장여성을 선호한다는데 직장을 구하고 나서 결혼하실 건가요? 사장은 별게 적혀 있지도 않은 이력서를 오래 바라보며 뜸을 들이다가 툭, 한마디 물었다. 사장이 뜸 들이는 동안, 밥 타겠어요, 속으로 종알거리던 나는 물음이 던져지면 민첩하게 그리고 상냥하게 대답했다. '믿음이 있는 일터', 건물에 들어서면서부터 곳곳에서 마주친 표어였다. 화장실 벽에도 붙어 있었다. 얼마나 사람을 못 믿기에 저렇게 믿음을 강조하는 것일까. 그 표어를 제정한 게 눈앞에 있는 사장일 거라는 추측이 확신으로 굳어질 때쯤, 나는 '믿음이 있는 일터'의 구성원이 되는 걸 단념했다.

다시는 들어설 일 없을 사무실에서 나오다가 문득 깨달았다. 짧지 않은 면접시간 동안 상냥한 표정을 유지하며 내가 진정 기다린 건 "함께 일해보자"는 말이 아니라 "기다리게 해서 미안하다"는 사과였다는 걸. 사장이 처음부터 사과를 했더라면 나는 '믿음이 있는 일터'의 믿음을 좋은 방향으로 해석하려 애썼을 것이다. 면접을 마친 뒤에라도 덧붙였더라면, 나는 집에 돌아가면서 혹시라도 연락이 온다면 다시 생각해보자고 마음을 달랬을 것이다. 사장에게서 사과를 받아내지 못한 게 분해서 바닥을 꾹꾹 밟으며 그 건물에서 나오는데, 멀쩡하게 쓰고 있던 안경이 툭 떨어졌다. 콧등에 얹히는 부분이 끊어져 두 동강이 나 있었다.

"유행은 따라가느라고. 넌 얼굴이 밋밋해서 차라리 테 있는 걸 쓰는 게 나은데."

안경점 사람이 권해준 대로 테 없이 렌즈만 끼운 안경이 내게도 낯설긴 하다. 새 렌즈도 익숙지 않아 어리어리한 판이다. 다시 텔레비전에 눈을 주는 엄마의 피부는 아직 곱다. 얼마 주었냐고 묻지 않는 건 엄마의 허영이다. 자신의 너그러움을 한껏 과시하고 싶은 것이다. 큰언니가 맞았다. 네 인생은 어떡하구? 그 노인네가 널 놓아줄 것 같니? 이 바보 같은 것. 그렇게 겪고도 몰라? 엄만 자기가 필요하면 네 인생은 나 몰라라, 천년이고 만년이고 널 부려먹고도 남을 사람이야. 엄마가 퇴원하면 같이 살자더라. 생활비는 엄마가 댄다는데…… 조심스럽게 꺼낸 내 말에 대뜸 이맛살을 찌푸리던 큰언니. 엄마가 나를 키운 시간보다 큰언니가 나를 돌본 시간이 더 길었다. 반기지 않으리라 예상은 했지만, 그렇게까지 격렬하게 반대할 줄은 몰랐던 나는 남의 집에 입양되어 애지중지 사랑받고 자란 뒤, 생모를 찾아가겠다고 말을 꺼낸 입양아처럼 무렴한 채로 엄마를 받아들였다. 대체 나는, 문틈으로 들이민 부얼부얼한 손이 털로 뒤덮여 있다는 걸 왜 몰랐을까. 뭐에 눈이 팔려 있었기에.

"넌 꼴이 그게 뭐냐? 그래도 명색이 아가씬데."

큰언니는 들이단짝 말에 손톱을 세운다. 일진이 나쁜 날이다. 확 긁힌 마음자국이 매워진다. 순면의 부드러운 촉감 때문에 집안에서 늘 입는 겨자색 트레이닝 바지는 좌판에서 5천원 주고 산 것이다. 늘어난 엉덩이와 쑥 나오는 무릎, 저녁에 벗어놓으면 엉거주춤 쪼그리고 선 하체 모양을 그대로 재현한다. 큰언니가 올 줄 알았더라면 좀더 날렵해 보이는 옷을 입고 있었을 것이다. 하지만 큰언니는 미리 전화하지 않는다. 이곳으로 차를 돌리기까지, 들를지 아니면 그냥 지나칠지 수십번 가늠하다가 핸들을 확 틀어버리기 때문이다.

"왔냐? 어쩐 일로 다 들렀냐?"

"어쩐 일은. 좀 어떠세요?"

큰언니는 누워 있는 엄마에게서 세 발짝쯤 떨어진 곳에 앉는다. 큰언니가 엄마에게 다가서는 한계는 딱 그만큼이다. 그만한 거리를 유지할 수 없다면 큰언니는 아예 발을 들이지 않을지도 모른다.

"어떻긴. 안 아픈 데가 없지. 멀쩡한 쪽 다리도 자꾸 힘이 풀리는 것 같고…… 그나마 이게 있으니까 견디지."

바이오 찜질매트 위에 몸을 일으킨 엄마는 탁상용 스탠드처럼 생긴 자외선 방사기의 각도를 조절하고 스위치를 켠다. 자외선이 닿은 엄마의 목덜미는 정육점의 고깃덩어리처럼 벌겋게 달아오른다. 발의 피로를 푸는 버블스파, 온열찜질기, 핫팩, 어깨의 결림을 풀어주는 고주파치료기…… 물리치료실이 따로 없다. 모두 홈쇼핑 채널을 통해 구매한 것이다. 큰언니는 자외선이 방사선이라도 되는 것처럼 몸을 뒤로 뺀다.

"젊은 사람도 그 정도는 아파요. 혈색은 선영이보다도 좋아 보이네. 선영아, 넌 어디 아픈 애 같다."

"쟤야 한창 나인데. 김서방 사업은 잘되냐?"

"잘은. 요즘 다들 사는 게 그렇지, 뭐."

"그래도 너희야 아이엠에프도 잘 넘겼으니까."

"지금이 그때보다 더 어렵대요. 애들 과외도 끊어야 할까봐."

큰언니는 엄마가 넘긴 말을 더 세게 스매싱한다. 도르르, 굴러떨어지는 공. 엄마는 하는 수 없이 새 공을 집어든다.

"그건 어디 옷이냐? 보기 좋구나."

"이거? 세일 때 산 거야. 그것도 사업이랍시고 얼굴 내밀어야 할 데는 왜 그리 많은지. 입을 옷이 있어야 말이지."

핸드폰 부품을 납품하는 큰형부는 한창 호황을 누리는 중이다. 큰언니는 면세점에 가서 옷을 샀을 것이다. 보랏빛과 청색, 회색이 적당히 어우러진 투피스는 은은하면서도 그 은은함으로 눈길을 잡아끄는 맛이 있다. 엄마는 함함하게 짜인 니트 투피스에서 눈을 떼지 못한다.

"하긴 요즘은 너나없이 자기 살기가 바쁘니까. 나도 어찌 살아야 할지 모르겠다. 얼마 안되는 돈을 야금야금 까먹으니. 내가 좀 나으면 풀빵장사라도 하련만 이놈의 몸이 영 성치 않으니 그럴 수도 없고."

엄마의 예금잔고는 탄력있다. 내게 생활비를 내줄 때면 금방이라도 바닥날 것 같고, 어쩌다 내가 취직할 기미를 보이면 나중에 한밑천 너끈히 남겨줄 것처럼 넉넉해진다. 그럴 때마다 나는, 엄마에게 기생하는 무능하기 짝이 없는 딸이거나 유산을 탐내는 탐욕스런 딸이 된다.

내가 무보수 가정부에 간호사 노릇까지 한다고 생각하는 큰언니가 엄마의 우는소리를 그냥 넘길 리 없다. 큰언니는 야멸차게 받아친다.

"풀빵장사야 돌아다니면서 하는 것도 아닌데 뭘. 엄마 정도 건강이면 지금이라도 할 수 있을 텐데. 정 그렇게 하고 싶으면 알아봐드려요? 풀빵기계 그거 얼마 안할걸?"

엄마의 판정패다. 엄마가 팔을 뻗칠 겨를도 없이 공은 톡톡 튀더니 도르르, 굴러간다. 모녀의 상면은 언제나처럼 짧게 끝난다. 나, 가요. 큰언니가 몸을 일으키는데 초인종 소리가 울린다. 택배회사 직원이 생식 쎄트를 들여놓는다. 천년만년 살 것도 아니고…… 신발을 신던 큰언니의 눈이 포장에 씌어진 상품명을 스친다. 나는, 확인하고 문을 열어주라는 엄마의 당부를 어기고 늑대를 집에 들여놓은 동화 속의 철없는 아이가 되어버린다.

엄마는 나를 붙잡고 재기전에 들어간다. 화장품 외판원을 하면서 너희를 키우던 그 무렵엔 밤마다 다리가 얼마나 부었던지 하면서 정맥류가 불거진 다리를 걷어 보이고, 혼자라고 만만히 보는 남자들의 수작을 떼어내던 생각을 하면서 진저리치고, 니들은 엄마가 니들 때 어놓고 혼자 호강한 줄 알지만 재취로 간 여자 팔자 이미 금간 뒤웅박 꼴이고, 그렇게 전전하다가 장성한 전실 소생 있는 집에서 살기가 어찌 쉬웠겠으며, 효도는 못 볼망정 어찌된 게 내 신세는 이렇게 늘그막까지 곤고해야 하는지…… 졸졸졸, 엄마의 한탄은 어떤 가뭄에도 말라붙은 적 없는 질긴 물줄기처럼 이어진다.

제법 살 만한 큰언니가 왔을 때와 조그만 슈퍼마켓을 하면서 근근이 사는 작은언니가 왔을 때, 엄마의 태도는 손바닥을 뒤집는 것처럼 달라졌다. 시난고난 살아가는, 착하고 무른 작은언니는 시간이 없어서도 못 온다. 어쩌다 오면 작은언니는 돈이 없어서 할 수 없는 효도를 몸으로 때웠다. 씽크대 앞에서 알짱거린다 싶으면 맛깔스런 전골이며 나물 따위를 무쳐서 상을 차려냈다. 엄마는 전골을 다 먹을 때까지도 너희 사는 형편은 좀 나아졌냐는 따위의 말은 꺼내지도 않는다. 당신의 주머니를 의식해서 지레 몸을 사리는 것이다. 큰언니가 오면 말이 많아진다. 누구네 딸은 중학교까지밖에 못 가르쳤는데 시집 잘가서 다달이 친정어머니한테 50만원씩 보낸다더라, 누구는 암에 걸렸는데 딸이 대주는 홍삼추출액을 1년 넘게 먹고 나서 검사했더니 암이 없어졌다더라…… 엄마가 그렇게 노골적으로 바라지만 않았더라도, 내 호주머니에 든 봉투는 엄마에게 건네졌을지도 모른다. 이 돈은 너 옷 사입으라고 주는 거야. 괜히 쓸데없는 데 쓰지 말고. 엄만 자기밖에 모르는 사람이니까 해달라는 대로 해주다 보면 끝도 한도 없어. 너도 알지? 엘리베이터 안에서, 부모가 말리는데도 기를 쓰고 연애결혼해 심한 시집살이를 하는 딸을 놓고 돌아가는 친정엄마의 눈빛으로 큰언니가 내 호주머니에 찔러준 돈봉투. 미리 봉투에 담아놓았던 걸로 미루어, 엄마에게 주려던 돈이었을 것이다. 큰언니는 지금쯤 열심히 가속페달을 밟고 있을 것이다. 내가 왜 왔을까 자책하면서. 무대에 올라 대사를 마치기도 전에 나동그라진 배우의 참담한 심정으로. 친정엄마를 찾아와 용돈을 드리고 가는 딸 노릇을 하고 싶었던 큰언니의 열망을 무지른 것도 모르는 엄마는 기나긴 한탄 끝에 마침내 천명한다.

"난 이제 죽는다 해도, 니들한테는 물론이고, 하늘을 우러러 한점 부끄럼이 없다."

엄마두…… 그건 윤동주에 대한 모독 아니우? 마음속에선 이미 말이 만들어졌는데, 한점 부끄럼 없이 산 엄마의 단호한 표정이 그 말을 삼키게 한다.

엄마가 떠나간 뒤, 큰언니는 혹시라도 남아 있을지 모르는 엄마에 대한 일말의 그리움마저 박박 씻어내려 들었다. 큰언니가 사용한 강력세제는 아버지의 수뢰가 엄마 때문이었다는 것이다. 집으로 찾아온 건설업자의 부인이 놓고 간, 인삼이 아니라 돈이 들어 있던 인삼갑. 엄마의 핸드백과 외제 화장품과 옷으로 바뀐 그 돈을, 아버지는 돌려준 줄로만 알고 있다가 날벼락을 맞았고. 어렴풋이 알고 있던 사실이다. 알고는 있지만 결코 입밖에 내서는 안되는 사실. 그것까지 들춰내가며 큰언니는 독하게 엄마의 기억을 지웠지만, 엄마가 큰언니의 등록금이며 자취방 얻을 명목으로 이모에게서 목돈을 빌려갔다는 사실이며 우등생인 큰언니를 대학에 보내려고 담임선생이 엄마를 세번이나 찾아왔는데 엄마가 취직을 고집했던 것에 대해선 입을 열지 않았다.

언젠가, 큰언니를 만나기로 한 백화점에 갔을 때였다. 큰언니는 손아랫동서와 함께 있었다. 우연히 만났다고 했다. 큰언니의 동서는 수더분하게 말을 이어갔다. 아유, 난 장사하는 집안에서 자라서 결혼만큼은 안정된 직장을 가진 사람하고 하고 싶었거든요. 근데 안정된 월급쟁이라는 게 실속은 하나도 없더라구요. 재잘재잘, 밉지 않게 남편 흉을 보며 수다를 떠는 그녀는 티없이 귀여웠다. 큰언니가 받았다. 저런, 그럼 시장통에서 자랐겠네. 우린 아버지가 군청에 다니셔서 시장하고는 먼 주택가에서만 살았지. 그래선지 시장에만 가면 정신이 없더라. 어머니? 미인박명이란 말 있지? 그 말이 딱 맞는 분이셨어…… 나는 자꾸만 큰언니를 빤히 보려는 눈길을 돌려 쇼핑한 물건들을 죽 늘어놓는 옆 테이블의 처녀들을 바라보아야 했다. 시멘트 포대를 뜯은 포장지로 못이며 경첩 따위를 싸면서 큰언니는 20대를 보냈다. 큰언니는 도시락만 달랑 싸들고 다녔을 뿐, 그 또래 처녀들이 메고 다니는 핸드백 따위는 안 지니고 출근했다. 혹시라도 있을지 모르는 주인의 의심을 꺼려서였다. 거짓임을 알면서도 스스로 주입시키려는 왜곡된 기억 때문에, 유족한 생활의 흔적이 적당히 묻어나는 큰언니의 얼굴은 더없이 춥고 가난해 보였다.

엄마가 한번도 하지 않은 말, 너희끼리 얼마나 고생 많았니,라든가 혹은 미안하다는 그 말만이, 딸들의 마음속에 도사린 기억의 땟자국을 씻어줄 수 있을 터였다. 판결을 내리는 솔로몬 앞에 선 아이처럼 양팔을 잡히고 있다가 큰언니를 내동댕이쳤지만, 큰언니의 기억이 얼마나 큰언니를 가난하게 만드는지 잊고 지낸 건 아니었다. 나는 엄마의 말을 기다렸을 뿐이다. 그런데…… 엄마의 한탄이 이어지는 내내 닫혀 있던 내 입이 마침내 힘겹게 트인다.

"알아요, 엄마 고생하신 거. 아버지가 워낙 고지식하셨다니까."

엄마는 오랜만에 얻어낸 내 반응에 득의로운 표정이 된다. 득의를 만끽하는 그 순간, 나는 매복해 있던 곳에서 슬그머니 몸을 일으킨다.

"그런데 엄마, 엄마가 고생하신 건 그렇다 치고, 엄마가 잘한 일말고, 살아오면서 혹시 뭐 반성되는 일은 없어?"

기습은 성공적이다. 엄마는 리본 달린 예쁜 모자에 플레어 스커트를 하늘거리며 풀꽃을 따던 들길에서 소리없이 나타난 독사에게 발목 물린 얼굴이다. 무슨 일이 벌어진 거지? 어리둥절하다가 회록빛 음산한 광택이 흐르는 뱀을 보고서야 뱀에게 물렸다는 걸 뒤늦게 깨달은 것 같다. 애완용으로 키우던 강아지, 발길질에도 순하게 꼬리 사리고 감겨들던 강아지에게 물린 주인이 저럴까? 나는 독니 속에서 용솟음치는 신선한 독의 기운을 느끼며, 엄마가 생활비를 건네주며 나를 볼 때처럼 눈 가득 넘쳐나는 의심을 내버려둔 채로 다그친다.

"그렇게 고생고생하면서 육십년 넘게 살았으니 잘한 일말고 뭔가 반성되는 일도 있을 거 아냐? 그게 뭐냐구?"

자긍심으로 한껏 부풀었던 엄마의 얼굴이 오그라든다. 엄마는 자유롭지 않은 발목에 당황한다. 그러나 이 질문을 회피하고 빠져나가기엔 내 독이 너무 맹렬하다는 것, 그리하여 죽이 되든 밥이 되든 살갗을 파고든 독니를 빼내지 않고서는 옴쭉도 할 수 없다는 것을 엄마는 마침내 깨닫는다. 청산유수이던 엄마의 말길은 돌부리에 걸려 갈라지고 봇둑에 갇힌다.

"글쎄다…… 뭐 그럴 일이야 있었냐마는…… 굳이 찾아내자면…… 전에 내가 장사하러 다닐 때, 늬 고모가 집에 와서 돈을 좀 빌려달라고 하더구나. 남편이 아파서 병원에 가봐야 한다고. 그때 못 빌려줬는데, 병원에 좀 일찍 갔으면 가망성이 있었을지도 몰랐다는 걸 늬 고모부 장례식날 들었지."

고해성사 끝에 사함을 받고 고해소를 나오는 사람처럼 후련하고 순결해진 얼굴로 엄마는 다시 텔레비전에 눈을 준다. 엄마에게로 흘러가던 독은 역류해서, 긴장과 기대로 팽팽해졌던 내 몸속에서 길길이 날뛴다. 텔레비전에서는 염색약이 소개되고 있다. 알레르기가 있는 나는 엄마의 머리를 염색해준 날이면 잠결에도 벅벅 긁어댄다. 화면에 비친 염색약만 보아도 살갗에 가려움증이 스멀스멀 인다. 손톱을 일세워서 벅벅 긁어놓고 싶다. 갑자기 단것이 먹고 싶어진다. 혈당치가 급격히 떨어져 졸도 직전에 처한 당뇨병 환자가 이럴까. 단것을 먹고 싶다, 생각하자마자 그 욕구는 맹렬해지고, 온몸의 기운이 죽죽 빠져 까무라칠 것만 같다. 냉장고엔 단것이랄 만한 게 없다. 나, 나가요. 나도 집을 나온다.

알림. 최근 우편함에서 남의 우편물을 가져가신 분은 꼭 돌려주시기 바랍니다. 다른 이에겐 하찮은 거겠지만, 당사자에겐 아주 중요한 것일 수 있습니다. 작은 일에 양심을 팔지 맙시다. 엘리베이터 안에 종이가 붙어 있다. 컬러프린트로 뽑은 호소문은 '양심'이란 글자를 파란색으로 지정하고 거기에 물결을 넣었다. 양심이 물결치기를 바란 것일까. 그 문안은 누구인지 모를, 자기의 우편물을 가져간 사람의 양심에 호소하고 있다. 무얼 찾는 것일까. 번역자의 싸인이 들어 있는 책? 회지 형식의 주간신문? 시사주간지? 책을 집어드는 바람에 묻어 들어온 신용카드대금 청구서? 그중 어느 것도 저렇게 애절하고 간곡한 말투로 공고문을 써붙일 만한 것은 아니다. 하긴, 다른 이에게 하찮은 것도 당사자에게 중요한 것일 수 있으니. 나는 고개를 주억거린다.

여름 초입이었다. 밖에서 돌아오던 내 눈에 우편함에 채 들어가지 않아 우편함 맨 위쪽에 올려놓은 커다란 우편물이 눈에 띄었다. 『여성생활』. 로고가 있는 쪽을 겉으로 해서 세워진 서류봉투는 두툼했다. 휴가철을 앞둔 여성지들은 앞다투어 특별부록을 내걸었다. 여행용 화장품 쎄트, 썬크림, 트윈케이크. 유명인사의 스캔들을 크게, 자잘하고 유용한 생활정보를 작게 배열한 신문광고 귀퉁이에 특별부록을 눈에 띄게 박스처리한 『여성생활』의 부록은 여행용 화장품 쎄트였다. 나는 그 신문광고에서 한동안 눈을 떼지 못했다. 화장품을 살 때 주는 쌤플만 있어도 여행을 떠나기엔 부족함이 없다. 하지만 나는 그 쎄트를 갖고 싶었다, 여행가방만큼이나.

자외선 차단제가 함유된 여행용 화장품 쎄트는 한두번 뚜껑을 열어 향기를 맡아보았을 뿐이다. 화장품은 용기 속에서 뒤섞인 성분이 조금씩 분리되는 걸로 시간을 증거하고 있으리라. 구색을 갖추기 위해 그 곁에 놓아둔, 오래 전에 화장품을 사면서 받은 일회용 샴푸와 린스는 진작에 공기가 샜는지 내용물이 담겨 있었다는 흔적도 찾기 어렵게 쭈그러붙었다. 그러는 사이, 서랍장 맨 아랫서랍은 월동준비를 하는 산짐승의 굴속 같아졌다. 『바다낚시』 『절로 떠나는 마음』 『초보자를 위한 기수련법』 같은 책과 잡지 몇권. 한편엔 잡지사에서 정기구독자들을 위해 보낸 선물인 타월 쎄트가, 타월 밑에는 똑같은 잡지사의 선물인 엽서 쎄트와 양말 쎄트가, 그리고 스카프. 이번만, 이번만 하면서도 우체부가 올 시간이면 시계에 자꾸 눈이 갔다. 언젠가는 들통나리라는 예감이 있지만, 슬쩍 집어드는 그 순간만큼은 발바닥이 저릿할 정도로 내가 살아 있다는 게 느껴졌다. 나는 벽에 붙은 종이를 떼어서 가방에 우겨넣는다. 막 집어넣는 순간 땡, 엘리베이터 문이 열린다.

버스는 차 두 대가 비껴나갈 도로를 느릿느릿 달린다. 도로를 사이에 두고 초등학교와 여자 중고등학교가 마주보고 있다. 학교 주변엔 100미터도 채 안되는 거리에 그만그만한 문구점이 다섯 개나 있다. 그 문구점들은 납작납작하게 엎드린 채 숨죽이고 있다. 낡은 간판, 조악한 게임기로 아이들을 홀리던 문구점들. 그 옆에서 현수막이 펄럭인다. 대형문구점 개장 임박. 좁고 길쭉한 다른 가게 네 개 폭은 되는 너비로 팬시점을 겸한 문구점이 들어설 예정이다. 작은 문구점들은 팬시점을 겸한 대형문구점의 기척에 신경이 곤두서 있다. 멸종된 줄 알았던 육식공룡의 발걸음소리가 지축을 울리는 걸, 풀숲에 숨어서 듣고 있는 작은 초식동물들 같다. 아이들이 하교할 시간을 헤아려 인공조미료로 맛을 낸 떡볶이를 불에 올리고, 돈을 안 내고 달아나는 아이들이 있을까봐 곁눈을 주면서, 그들은 초라한 대로 비슷하게 이어지는 나날을 기대했을 것이다. 커다란 꿈은 아예 허용되지 않지만, 달랑거리는 잔고로라도 이어지는 나날. 이제 대형문구점이 문을 열면 아이들의 발길은 조금씩 뜸해지리라. 작은 가게에 생계를 걸고 있는 일가족, 가장의 꿈자리는 요즘 편하지 않을 것이다. 떨지 마. 어려운 시절이 닥쳐올 거야. 그래도 제발 떨지 마. 버림받은 강아지처럼 떨고 있는, 불도 켜지 않은 가게들을 보면서 떨지 말라는 말을 하는 순간 가슴이 은은히 떨려와 나는 앞좌석의 등받이에 붙은 손잡이를 쥔 손에 힘을 주며 가슴을 오그린다. 그게 그리 큰 욕심이었을까. 문을 열어줄까 말까 망설이던 그때, 문틈으로 들이민 손은 왜 그리 여리고 보드랍게 보였을까. 멀리 있을 땐 아련하게 남아 있던 그리움마저 날카로운 발톱이 되어 자칫 스쳤다가는 생채기가 되는 나날. 나는 두려웠다.

버스는 한 정류장 두 정류장, 집으로부터 멀어진다. 언젠가는 나도 여행용 쎄트를 여행가방에 집어넣게 되리라. 떠날 때의 예정은 이틀이나 사흘 정도, 짧은 여행이지만, 그 여행지에서 돌발한 피치 못할 사정으로, 또는 피치 못할 마음의 동요로, 집과는 반대되는 방향으로 한발짝씩 멀어지리라. 조금만 더, 조금만 더, 이러는 사이에 집에서 점점 먼 곳으로 가고, 돌아올 수 없게 될 것이다. 나중에 바람결에 엄마의 부음을 듣고 뒤늦은 조문을 위해서나 집으로 돌아오게 되리라. 그때쯤, 내가 거쳤던 도시들을 지도에서 선으로 죽 이으면 커다란 눈물방울 모양이 되어 있을까. 아니면 낡아빠진 신발의 밑창 모양이 되어 있을까. 나는 집으로부터 멀어지고 있다.

—『문학사상』 2002년 2월호

어머니 제사에 빠지게 되었다는 소식을 전하자 큰오빠의 목소리는 갑자기 후줄근해졌다. 새로 뽑은 승용차의 승차감에 대해 말하던

때의 팽팽함에 구멍이 난 것 같았다. 피시시. 빠지는 바람을 의식한 큰오빠는 다급해졌다. "무슨 일이냐? 다른 날도 아니고 어머니

기일이다. 하나밖에 없는 딸이 어머니 제사에 빠지다니. 아무리 바빠도 그렇지." 어른이 없어서 그다지 격식을 따지지 않는다고는

하나, 젊은 나이에 홀몸이 되어 우리를 키운 어머니의 제사는 온 식구가 모이는 중요한 행사였다.

고갯마루

고갯마루

어머니 제사에 빠지게 되었다는 소식을 전하자 큰오빠의 목소리는 갑자기 후줄근해졌다. 새로 뽑은 승용차의 승차감에 대해 말하던 때의 팽팽함에 구멍이 난 것 같았다. 피시식. 빠지는 바람을 의식한 큰오빠는 다급해졌다.

"무슨 일이냐? 다른 날도 아니고 어머니 기일이다. 하나밖에 없는 딸이 어머니 제사에 빠지다니. 아무리 바빠도 그렇지."

어른이 없어서 그다지 격식을 따지지 않는다고는 하나, 젊은 나이에 홀몸이 되어 우리를 키운 어머니의 제사는 온 식구가 모이는 중요한 행사였다. 큰오빠에게는, 썩은 흙벽처럼 허물어진 자기의 권위를 잠깐이라도 회복하는 만족감을 주는 자리이기도 했다. 그런데 그 자리에 내가 빠진다니. 새 차를 타고 볕 쨍쨍한 도로를 주행하다가 난데없이 흙물이 튄 기분이리라. 가뜩이나 형제들이 모여앉으면 자기 흥을 본다고 생각하는 큰오빠에게는 제사에 빠질 배짱은 없다. 정작 제사를 모시는 둘째오빠에게게보다 큰오빠에게 먼저 불참을 알린 걸 보면, 나 또한 나 없이 참석할 큰오빠가 마음에 걸린 모양이었다.

"너희 회사는 도대체 그만한 융통성도 없다는 거냐? 너야 매인 몸이니 그렇다지만……"

출장날짜를 잡은 게 나라는 걸 나중에라도 안다면 어떤 반응을 보일까, 몹시 궁금했다. 그러게 평소에 좀 잘하지 그랬어. 혀를 차는 마음으로 나는 큰오빠가 흐린 뒷말을 이었다. 네가 출장을 가버리면, 나는 어쩐다니?

다른 형제들과 동이 뜨는 큰오빠에겐 미혼인 내가 거멀못이었다. 큰오빠는 나를 통해서 형제들의 근황을 듣고, 나는 또다른 오빠들에게 큰오빠의 근황을 슬쩍슬쩍 흘렸다. 그 과정에서 일종의 검열이 없을 수 없었다. 있는 그대로 전했다가는, 가뜩이나 큰오빠라면 속마음으로 설레설레 고개부터 젓는 다른 오빠들의 열을 받치게 하거나, 반대로 큰오빠가 그거 봐라, 하면서 격분할 수도 있으니까.

큰오빠는 내게만은 자상한 손윗사람으로 처신하는 편이었다. 혼자 늙는 나를 염려해 총각들의 이름을 주워섬기다가 그중의 하나를 데리고 회사 근처로 와서 불러낸 적도 있었다. 이사했을 땐 공구함을 싣고 와서 세탁기를 연결해주고 시멘트못을 박아주기도 했다. 물론 큰오빠가 무턱대고 자상하게 구는 것은 아니었다. 모르긴 몰라도, 새로 구입한 차의 네 바퀴 가운데 적어도 두 개 값은 내 통장에서 나간 것이었다. 돈을 보내랄 땐 급하게 막아야 할 액수만 말했지 차를 바꾼다는 이야기는 없었지만. 내 생각이 새 차에 머무르는 동안 큰오빠는 제풀에 숙어졌다.

"그래, 알았다. 다른 사람도 아니고 네가 빠져야 한다면 뭐 그럴 이유가 있겠지. 어디에 가야 한다구?"

"네, 지방에 있는 지국에요."

"어디, 먼데는 아니지?"

갔다가 일을 마치고 서둘러 돌아오면 늦더라도 참석할 수는 있지 않을까. 채 걷어들이지 못한 큰오빠의 미련이 질질 끌렸다. 거기에 휘말릴까봐, 그 기대의 싹을 쳐내느라 나는 그만 행선지까지 말해버렸다.

"명천이에요. 가서 하루 묵고 다음날 일을 봐야 해요."

그러니 손톱도 안 들어갈 나한테 손톱만한 기대도 품지 마시라. 명천은 서울에서 열차로 세시간쯤 걸리는, 고향인 여산에 갈 때 거치는 읍이었다.

"명천?"

되물은 큰오빠가 잠깐 조용해진 틈을 타서 나는 서둘러 말을 맺었다. 다녀와서 전화드릴게요.

이맛전에 미열인지 후회인지 모를 미적지근한 기운이 번졌다. 큰오빠는 자기의 새 차에 대해 내가 기꺼워하리라고 생각한 것일까. 사람을 열받게 만들었다가도 오히려 열받았던 자신을 반성하게 만드는 건 큰오빠의 특기였다. 새 차의 쾌적에 대해 좀더 이야기를 듣고 난 뒤에 불참을 알렸어도 되지 않았을까. 어쩌면 나는, 큰오빠를 피하려고 굳이 어머니의 기일로 출장날짜를 잡았는지도 몰랐다.

"선애구나. 어떻게 지냈냐? 내가 연락한다 한다 하면서도 연락을 못했네. 참 지난번에 애들 숙모집에 갔다가 네가 만든 책 봤다. 그때 연락한다 하고서는…… 여전히 바쁘지?"

수화기 건너편의 민자는 여전히 느럿느럿한 말씨였다. 중학교 동창인 민자는 명천을 떠올릴 때면 가장 먼저 생각나는 얼굴이었다. 버섯요리가 특집으로 나가던 달, 나는 편집후기에다 민자 이야기를 썼다. 고향에서 뿌리내리고 사는 동창생, 이따금 그 친구가 보내주는 버섯상자를 뜯을 때면 떠오르는 고향을. 편집후기 담당자의 재촉을 한 귀로 들으면서 그 자리에서 써내려간 그 글은 내가 쓴 마지막 후기가 되었다.

유아와 초등학생용 학습지 「매일학습」으로 돈을 번 회사가 '그룹' 운운하면서 확장을 시작한 건 지난 연말이었다. 구매권을 쥐고 있는 주부들에게 써비스하는 차원에서 시작한 여성교양지의 창간, 광고회사로 가는 전단계로서의 홍보실 설치 등. 어디서 든든한 돈줄이라도 생긴 것처럼 마구 확장하던 회사에 갑자기 된서리가 내린 모양이었다. 감축이 있을 거라는 이야기가 나돌더니 어느날, 감축 공고가 붙었다. 신입기자를 받아들인 건 바로 그 전달이었다. 이게 무슨 일이에요, 세상에 이럴 수가 있어요? 좀더 탄탄한 직장을 택하지 않은 제 발등을 찍고 싶다는 표정으로 신입기자들이 들고일어났다. 이렇게 전근대적인 회사에서 어떻게 근무를 할 수 있었지요? 묻는 듯했던 그들의 열의는 곧 사그라들었다. 꼭 필요하지 않은 부서는 없애되, 존속하는 부서에서는 월급을 많이 받는 사람들을 일순위로 잘라냄으로써 경비절감 효과를 거두겠다는 회사의 방침이 전해진 것이다. 일순위임에 분명한 내가 책상 앞에 앉아 있으면 동료 기자들은 눈짓을 하다가 한두명씩 자리에서 일어나 휴게실로 나가곤 했다. 뭐하러 저러고 다니니? 나 같으면 당장 그만두었을 거야. 아직 젊은 그들의 얼굴은 그렇게 말하고 있었다. 쓸쓸했을 뿐 노엽지는 않았다. 그들 나이였다면 나도 그랬을 테니까.

그들만큼 젊었던 어느 한때, 나는 들어간 지 얼마 안된 회사에서 사표를 쓴 적이 있었다. 사장은 자기가 능력없는 직원들에게 일자리를 주는 시혜를 베푼다고 생각하는 사람이었다. 업무의 고유성이며 자발성은 당연히 지켜지지 않았다. 아무 대책 없이 사표를 내고 책상을 정리한 뒤, 직장선배와 차를 마시다가 내가 문득 물었다. 선배는 여기 그냥 계실 건가요? 그냥 선배의 거취가 궁금했을 뿐이었다. 지방대 출신에 특별한 재능도 없던 그 선배는 성실성 하나로 버티고 있었다. 선배는 대답하지 않고 한참이나 창밖을 내다보았다. 통유리창 밖으로 사람들이 서로 부딪치며 쓸려가고 있었다. 좁고 긴 코가 왠지 음울해 보이던 선배의 뺨에, 화장으로 가려지지 않는 기미가 번져 있었다. 묻는 게 아니었다. 그 적막한 옆얼굴을 보며 입술을 깨물었지만, 쏟은 말을 쓸어담을 수는 없었다. 그런 의도로 물은 게 아니라고 해명하는 것조차 변명으로 여겨져 침묵을 고수할 수밖에 없던 푸른 나이였다, 그때 나는. 한참 만에 선배가 말했다. 그래, 넌 떠나라. 하지만 난 못 떠나. 난 이젠 떠날 수 없어…… 눈자위가 번질거렸다.

강선애씨 볼 면목 없네. 몇달만 학습지부서에 나가 있으면 다시 불러들이겠네. 내 약속하지. 나를 여성지에서 스카우트해온 박이사는 간결하게 말했다. 냉정하다고 할 수 있는 그 담박함이, 미안함과 곤혹스러움, 자책감의 도가니를 거친 뒤에 얻어진 것임을 나는 알아보았다. 박이사의 약속이 진정에서 나온 것임에는 의심의 여지가 없었지만, 그 약속이 지켜지리라는 기대로 내가 발령을 받아들인 건 아니었다. 나는 이제 떠나는 것, 새로운 무엇을 시도하는 걸 두려워하는 나이가 되어 있었다. 다른 회사로 가서 새롭게 섞이느니 「매일학습」이라는 큰 회사가 주는 안정감을 택하기로 결정하고 나서, 나는 그저 업무의 성질이 바뀐 것뿐이라고 나를 세뇌시켰다.

"그만그만해. 너흰 별일 없니? 아이들 잘 크고?"

"그럼. 아이들하고 부대끼다 보니까 서울에 한번 간다 하고 못 갔네. 근데 무슨 일 있니?"

민자가 물을 만도 했다. 내가 민자에게 전화를 거는 건 일년에 몇번 안되었으니까. 민자가 서울에 왔다 가면 잘 갔느냐고 한번. 보내준 버섯 잘 받았다고 한번. 말려서 냉동시켜둔 그 버섯으로 음식을 만들어 먹고 나서 문득 생각나서 한번. 텔레비전에서 농작물이나 농사에 관한 이야기가 나오면 어쩌다 한번.

"별일은 아니고. 너 다음달 초에 저녁에 시간 되니? 명천에 갈 일이 생겼는데 혹시 시간 되면 얼굴이나 보자고."

"니가, 명천에?"

별일이다…… 민자의 표정이 얼굴에 선했다. 한두해에 한번, 서울에 올 때면 꼭꼭 나를 찾는 민자와 달리 내가 고향에 내려가는 일은 극히 드물었다. 게다가 아버지의 산소를 이장해온 뒤로는 발길을 끊다시피했으니.

"응, 회사에서 가봐야 할 일이 생겨서. 어떠니? 시간 되겠니?"

"나야 저녁 때면 아무 때나 시간 낼 수 있지. 가만있자…… 수요일엔 시댁에 일이 있어서 늦어질지 모르겠고…… 아, 그럴 게 아니라, 목요일이 어떨까. 4일 목요일. 너 명옥이 알지? 왜 그 키 조그맣고 소풍날이면 나와서 노래 부르곤 하던 까불이. 그래. 그애가 그날 읍에서 노래방 개업한다고 했거든. 그날 가면 다른 친구들도 만날 수 있을 거야. 괜찮겠니?"

'까불이'라는 말에 깜짝 반가운 마음이었지만, 다른 친구들? 문득 주춤 물러서는 기분이 되었다. 이러면 안돼. 나는 물러서는 내 등을 떠밀었다. 민자와 통화하면서 넘긴 수첩의 4일엔 동그라미가 쳐져 있었다. 엄마의 기일이었다.

출발을 알리는 높고 단조로운 목소리가 들리고 열차가 덜컹, 움직이기 시작했을 때, 창가 쪽에 앉은 내 속에서 무언가 무너져내렸다. 그동안 걸어온 길의 기억이 삭은밥처럼 흐무러져, 다시는 돌아갈 수 없으리라는 아득함.

무거운 가방을 메고 닫힌 문 앞에 서 있거나, 아파트 단지 앞에 간이책상을 놓고 전단을 뿌릴 때면 내 속에서 조금씩 괴사가 이는 것 같았다. 한달 한달 넘어가는 마감 무렵이면 뭉텅이로 멍이 들었다. 지난달보다는 실적이 나아야 한다는 강박이 허공에서 채찍질했다. 이번달에는 중도에 그만두거나 다른 학습지로 바꾸겠다고 말한 휴회회원이 여섯명이었다. 그 여섯명이 비운 자리를 메우기 위해 입에 발라야 했던 말들. 결국 마감 전날까지 열명의 신입회원을 받아서 이번달에도 플러스 4의 실적을 올렸다.

잠의 장막이 나를 덮쳐왔다. 무심코 집어본 살 아래 느닷없이 울퉁불퉁 존재를 드러내는 피하지방처럼, 피로는 내 몸안에 늘 잠복해 있다가 긴장이 늦춰진 순간이면 급습해서 혼절에 가까운 잠속으로 밀어뜨렸다. 잠결에도 무거운 몸이 느껴지는, 고통스러운 잠이었다. 우우웅, 작은 짐승이 곁에서 벌벌 떨면서 낮은 신음소리를 냈다. 압착기가 심장을 은근하게 짓눌러서, 그 압력으로 심장이 뭉그러지고 있었다. 핸드폰에 불이 들어와 있었다.

"나다. 너 지금 어디 있니?"

큰오빠였다. 나는 어릿거리는 시선을 차창 밖으로 향했다. 하오의 햇살이 들판에 가득했다. 태풍은 수확기를 앞두고 볕 아래 영글던 벌판을 덮쳤다. 태풍이 쓸고간 뒤에, 농부들은 엎친 벼를 묶어서 세웠다. 혼자서는 일어서지 못하던 벼들이 저처럼 혼자 일어서지 못하는 다른 벼포기에 기대어 엇비스듬히 서 있었다.

"열차 안이에요. 왜요? 무슨 일 있으세요?"

"아니 그냥, 지금 어디쯤 가고 있나?"

"예당 막 지났어요. 오빠?"

"어제 일이 있어서 춘천에 왔다가 지금 올라가는 길이다. 주말이라 그런지 길이 좀 막힌다. 참 여산에도 들를 거니?"

"아니오. 그럴 시간은 없는 것 같아요."

"그래? 아무튼 잘 다녀와라."

여산은 명천에서 차로 이십분쯤 떨어진 면소재지였다. 지금도 큰집이 있고, 대문을 나서면 마주치는 사람들이 모두 아저씨와 아주머니인 집성촌. 외지 사람들이 들어올 일도 없고 외지로 떠나는 사람도 많지 않아서, 타성바지들이 발붙이기는 그만큼 더 어려웠다.

낡은 혈연과 인습으로 얽힌 이곳을 벗어나 마도로스가 되겠다며 해양대학을 지원했던 큰오빠는 첫 해상실습을 마치자마자 자퇴했다. 벽에 세계지도를 붙여놓고 꿈꾸던 바다를 그토록 쉽게 등진 이유를 큰오빠로부터 들은 건 내가 대학에 들어가던 무렵이었다. 야, 그렇게 타고 싶던 배를 타긴 했는데, 막상 육지가 사라지고 퍼런 물결들만 보이는 데 떠 있으려니 생각이 달라지더라. 세상으로부터 이렇게 멀리 떨어져서 살아가야 할 생각을 하니 막막하고. 그때 결심했다. 난 세상의 중심에서 놀겠다고. 하지만 형제들의 해석은 달랐다. 배 타는 일이 생각했던 것보다 고생스럽다는 걸 알고 잽싸게 그만두었겠지.

큰오빠가 세상의 중심이라고 여겨지는 곳을 향해 끊임없이 나부대는 바람에, 나머지 식구들은 그 펄럭이는 꿈의 자락에 쓸려 거듭 엎어져야 했다. 결혼해서 분가할 때 할아버지가 떼어준 재산을, 급작스럽게 죽은 남편 대신 불려놓은 엄마의 야무짐도 속수무책이었다. 목돈이 집안에 들어올 때면 꿈에 돛을 달고 펄럭이던 큰오빠는 몇달 안 가난파된 뱃조각에 몸을 싣고 고향으로 돌아왔다. 도박을 했을까, 사기당했을까, 아니면 여자가 있을까. 형제들은 궁금해했지만, 여자치고는 대범한 편이면서도 큰오빠를 아버지 권한대행으로 깍듯이 대접하던 어머니가 단단히 잡도리를 해놓는 바람에, 속이 울근불근해도 말을 못했다.

큰오빠가 인감을 빼내어 집을 담보잡힌 걸 밖에서 들려오는 소문으로 알게 되지만 않았더라면, 어머니는 고향마을에서 여생을 마쳤을 것이다. '애비 없는 자식' 소리를 가장 겁내던, 남들이 한동안 보이지 않는 큰오빠의 안부만 물어도 속으로 가슴이 내려앉던 어머니에겐 또 그만큼 치명적인 남우세였을 것이다. 우리는 고향을 떠났다.

명천역에 내렸을 때, 을씨년스러운 역사 앞의 시계는 늦여름 하오의 햇살에 물들며 정오를 가리키고 있었다. 고장. 바래서 인좃빛이 되어버린 글자가 시간을 촉매로 누래진 종이에 녹아들었다. 시계가 숨을 놓은 건 두 계절도 더 전으로 보였다. 너덜거리는 종이에 가려진 채 뾰족한 끝을 조금 보일 뿐인 시침과 분침은, 다시는 움직이지 않겠다, 이 악물고 결의한 듯했다.

어디에 숨어 있었던 것일까. 아이들의 함성을 꽁무니에 달고 방역차가 나타났다. 후텁지근한 공기에 소독약 냄새가 뭉크러졌다. 한무리의 아이들이 둔하게 나아가는 방역차의 꽁무니를 쫓고 있었다. 기우듬히 흰 도로를 달리며 방역차가 내뿜는 연무질 소독약을 한껏 들이켜기 위해 입을 벌리는 아이들. 폐활량의 극대치를 들이마시려는 아이들의 노력은, 풀리지 않는 암호를 해독하려 할 때의 안타까움마저 일게 했다. 소독약의 입자와 아이들의 탐욕 사이에는, 나처럼 외지인이나 다름없어진 사람은 물론이고, 평상을 내놓고 길가에 나앉아 오래 살아온 이의 우묵한 시선으로 행인을 살피는 이 거리의 노인들조차 간여할 수 없는 함수관계가 있는 것만 같았다. 나는 외지인의 눈으로 거리를 보고 있었다. 아버지의 묘소를 이장한 이후 초행이었으니 5년 만이었다.

둘째오빠가 다니던 대학이 있는 서울에 정착한 우리가 산동네를 전전하는 동안, 고향에 남아 있던 전답은 야금야금 없어져 큰오빠가 벌인 허황한 사업, 그 사업을 위해 교제하는 사람들의 격에 맞춘 교제비, 그들이 지닌 것과 같은 모양새를 갖추기 위해 큰오빠가 구입하는 명품 오디오며 소품 등이 되었다. 명목상 그런 걸 구입하기 위해 돈이 필요했던 적은 한번도 없었다. 언제나 '사업상 급히 막아야 할 돈'이었고, 마침내 지친 어머니가 네가 벌인 일이니 네가 알아서 해라, 하고 돌아앉으면, 그게 없으면 당장 감옥에 들어가야 하는 정도의 상황으로 둔갑했다.

'여장부' 소리를 들을 만큼 꼿꼿하던 어머니가 사는 일에 맥을 놓은 것은 셋째오빠의 결혼을 앞두고 살림 내줄 방을 구하던 무렵이었다. 방바닥에 엎드린 채 이리저리 돈을 맞춰보던 어머니는 잡기장을 겸한

금전출납부를 탁 덮고 창문 밖에 멍하니 눈을 주었다. 산비탈 맨 꼭대기 집이어서 문밖엔 매연에 찌든 채 가까스로 꽃을 피워내는 아까시나무 몇그루와 누군가가 일군 손바닥만한 밭이 있을 뿐이었다. 창문 너머로 보이는 건 부연 하늘이었다. 한참 뒤에야 어머니는 고개를 돌리며 한숨 쉬듯 혼잣말했다. 내가 그 너른 집 놔두고 떠나와, 자식 결혼시킬래도 이렇게 서울 거지가 다 되어가지고……

간간이 이어지던 어머니의 '서울 거지' 타령은 "죽어서라도 여산으론 안 간다"는 결의로 이어졌다. 공원묘지의 빽빽한 봉분들 틈에 어머니를 모시던 날, 구름 그림자 같은 게 형제들의 마음을 스쳐 지나갔지만, 막상 모시고 나니 잘했다는 생각이 들 때가 더 많았다. 주말이면 나들이 겸해서 어머니 산소에 다녀오다가 외식하는 재미도 들였다.

선산에 누워 계신 아버지를 어머니 곁으로 모시자는 이야기는 큰오빠 입에서 먼저 나왔다.

"아버지를 어머니 옆으로 모셔왔으면 하는데 너희들 생각은 어떠냐? 어머니 산소엔 이렇게 쉽게 갈 수 있지만 아버지 산소엔 큰마음 내지 않으면 가기 어려우니. 같이 모시면 아무래도 한번이라도 더 찾아뵙게 될 테고……"

둘째오빠의 도움으로 학교를 마친 나와 달리, 중간에 끼여서 고학으로 학교를 마치고 맨몸으로 결혼해야 했던 셋째오빠는 수박을 베어 물다 동작을 멈췄다. 살다 보니 큰형이 형노릇 하는 날도 다 보는구나, 하는 표정이 역력했다. 속이 깊은 작은오빠가 맞장구쳤다.

"그렇긴 하지요. 저도 어머니 산소에 다녀올 때마다 마음이 편치 않았는데, 산역이라는 게 워낙 함부로 할 수 있는 일이 아니라서……"

"물론 쉬운 일은 아니지만, 쉽다고 생각하면 또 그리 어려운 것만도 아니다."

가족들의 생계가 달린 목돈을 들고 튀는 것도, 사업을 벌였다가 말아먹고 다른 일을 시작하는 것도, 살던 아내와 이혼하는 것도, 남들보다 쉽게 생각하고 저질러온 큰오빠다운 말이었다. 작은오빠가 고개를 주억이고, 평소에 큰오빠 말이라면 콧방귀도 안 뀌던 셋째오빠가 말없이 경청하는 것이 큰오빠를 고무했음에 틀림없다. 오랜만에 발언다운 발언을 한 큰오빠가 수위를 넘어버린 걸 보면.

"어떻게 산소 자리를 그렇게 응달진 골짜기에 잡았는지…… 아무래도 난, 우리 집이 찌그러들고 우리가 이렇게 오죽잖게 사는 게 아버지 묏자리 때문 아닌가 싶다."

형제들의 표정이 대뜸 굳었다. 서울에서 아파트를 장만하고, 생일이면 뷔페에서 밥을 먹고 피서철이면 바다나 산으로 떠나는 평균적인 삶을 살면서도 이따금 엄습하는, 흉내낼 뿐이라는 결핍감. 그 바닥에 어머니의 짧고 인상적인 한탄이 있었다. 그런데 정작 어머니에게서 한탄을 끌어낸 큰오빠가 엉뚱한 탓을 하다니. 셋째오빠가 막 입을 여는 순간, 다행히 큰오빠가 얼른 쓸어담았다. 물론 니들 고생은 내가 형노릇을 못한 데에도 책임이 있지만. 큰오빠가 그렇게라도 자신의 잘못을 시인한 건 전무후무한 일이었다.

광중에 물이 고였거나 그악스러운 아까시 뿌리가 관을 감아돌고 있으리라 짐작했는데 막상 봉분을 열고 보니 흙은 노랗고 포실거렸다. 그로써 아버지의 묏자리에 대한 큰오빠의 혐의가 터무니없다는 게 밝혀졌다. 우리를 고향마을과 잇고 있던 실낱은 끊어졌다.

"강선애 선생님 고향이 명천이라면서요? 전에 저도 거기에 가봤는데 바닷가라 아주 좋더군요."

지국장이 고향 운운하기 시작한 건 지난달 말이었다. 그즈음 지국장은 지나치다 싶을 정도로 내게 친절했다. 회의시간이면 그는 말했다. 여기 강선애 선생님 보세요. 이분은 유수 여성지에서 기사를 쓰던 기자님이셨어요. 처음에 오셨을 때 사실 전 걱정했답니다. 그렇게 잘나가던 분이 집집마다 방문해서 학습지를 권유하는 일을 하실 수 있을까 하고요. 그런데 보세요. 불과 석달 만에 누구보다도 입회를 많이 받지 않았습니까?

사회와 처음 부딪쳐서 가뜩이나 힘든 사람들을 주눅들게 하는 데 일조한다는 자책감은 있었지만, 나를 팔아먹는 일을 그만두라고 지국장을 만류할 마음은 없었다. 그러기엔 그에 대한 내 신뢰가 모자랐다. 당사자를 앞에 두고 그렇게 말할 수 있는 무례함에 질린 때문만은 아니었다. 출근한 지 사흘 만에 면담이랍시고 불러들여 대뜸 "사직서를 쓰라"고 말한 사람이었다.

"왜지요?"

첫출근 때부터 나를 대하는 태도가 마음에 걸리긴 했다. 사무실에 있다 보면 어느결에 그의 시선이 느껴지곤 했다. 고개를 들면, 얼른 딴전을 피우는 그가 내 시선에 잡혔다. 나를 불러앉히고도 그는 시선을 비껴가면서 말하고 있었다.

"이 일은 강선애 선생님 같은 분이 할 일이 아닙니다."

"왜 그렇게 생각하세요?"

"그동안 해오시던 일과는 업무성격이 달라도 많이 다릅니다. 게다가 보아하니 사교적인 성품 같지도 않으시더군요. 이 일은 주부들을 상대로 하는 일이에요. 사교적이지 않으면 배겨나기 힘들지요."

"저는 이쪽으로 출근한 지 사흘 되었어요. 어떻게 그렇게 단정하시지요? 그렇다면 본사에서 저를 이쪽으로 발령낸 분들은 직원들에 대해 전혀 파악하지 못한 게 되겠네요."

눈에는 눈으로. 이 어려운 시대에 우리 「매일학습」과 같은 탄탄한 회사에서 일한다는 데에 긍지를…… 어쩌구 하는 말로, 나와 달리 언제든 잘릴 수 있는 계약직 교사들을 맞아들였던 그는 별볼일없는 지방대 출신으로서 「매일학습」 지국장이 된 걸 큰 출세로 여기는 사람이었다. 힘없는 사람에게 강하게 구는 유형이라면 자기보다 우위에 있는 사람에겐 꼬리를 사릴 것이다. 그 순간에 본사의 인사담당을 언급한 나의 교묘한 계산속이 나 자신을 질리게 했다. 열흘 동안 받은 연수의 효과가 드디어 나타나기 시작하는군. 쓰디쓴 냉소가 위벽을 적셨다.

홍보부에서, 광고부에서, 신매체팀에서 쫓겨난 사람들은 지국으로 출근하기 전에, 계약직인 학습지 교사들과 함께 연수원을 거쳐야 했다. 아침 여섯시면 「손에 손잡고」라는 노랫소리가 이불자락을 확 잡아챘다. 구보와 식사, 수업, 그리고 날마다 치러지는 시험으로 짜인 연수는 학습지 시장이 왜 '고등교육 받은 주부의 마지막 노가다판'으로 불리는가를 절감하게 했다. 과목별 수업보다 더 중요한 건 사람을 대하는 요령이었다. 강사들은 물었다. 자, 가령 어머니를 만났을 때, "난 수학을 그만 하고 싶다"고 말한다면 어떻게 설득하시겠습니까? 또는 다른 학습지를 하는 어머니를 만나서 우리 「매일학습」을 권한다면, 어떤 비전을 제시해줄 수 있을까요?

지국장은 내 첫번째 실습대상이었다. 자, 가령, 어느날 갑자기 사직서를 쓰라고 강요받는다면 어떻게 설득해서 그 자리를 고수하시겠습니까? 나는 지국장에 대한 예의를 착실히 갖추면서 다시 물었다.

"저를 받아들이실 때, 제 이력을 모르셨던 건 아니겠지요? 저로선 지국장님이 말씀하신 이유가 납득이 되지 않는군요."

"그렇다면, 이건 납득이 되시겠습니까? 강선생님 급여가 다른 선생님과는 너무 차이가 나서 위화감을 조성할 수도 있다는 거요."

비로소 지국장이 속셈을 드러냈다. 본부에 있을 때 나는 과장이었고 스카우트로 입사한 내 월급은 같은 과장급인 지국장보다 많았을 것이다. 지국으로 발령을 받으면서 월급도 깎였지만, 지국장에게 나는, 지국에서 근무하는 사람들을 마음대로 휘어잡는 데 껄끄러운 존재일 것이다. 더이상 대꾸하지 않은 채 그의 속내를 추리하는 내 담담한 태도는 기어이, 그가 속마음 바닥까지 드러내게 했다. 말이야 바른 말이지, 본부에서 내친 사람을 우리 지국에서 왜 받아들여야 합니까?

그렇다면…… 나는 떨림을 감추기 위해 아주 천천히 숨을 내쉰 다음 말했다.

"그렇게 생각하신다면, 본부 인사팀에 다시 한번 확인하시는 게 지국장님에게 좋을 거예요."

지국장의 태도가 구렁이 담 넘어가듯 슬그머니, 그러나 백팔십도 바뀐 건 그 다음주부터였다. 어안렌즈로 내다보며 숨죽인 기척이 느껴지는, 배타적으로 닫힌 현관문 앞에서 내가 막막함을 느끼는 동안에 지국장은 나에 대해 염탐했을 것이다. 마른오징어처럼 뻣뻣하던 그는 본부의 평가에 불어서 안쓰럽게 여겨질 정도로 말랑말랑해졌지만, 나는 경계심을 풀지 않았다. 그가 내 고향을 들먹이기 시작한 건 좋은 조짐이 못 되었다.

"안녕하십니까? 명천읍민 여러분의 새로운 휴식공간, 메아리 노래방이 오늘 문을 열었습니다. 최신시설의 아늑하고 즐거운 공간, 메아리 노래방에서 여러분의 여가를 즐기세요. 우리들의 휴식처, 메아리 노래방!"

코맹맹이 소리가 핸드마이크를 타고 한산한 거리로 퍼져나가고 있었다. 빨강과 흰색과 파랑 풍선의 아치 아래, 미니스커트에 해병 모자 같은 걸 머리에 얹은 아가씨 둘이 핸드마이크를 들고 춤을 추면서 외치고 있었다. 이십대의 문턱을 막 넘어섰을 그들은 짧은 치마와 높은 구두 덕분에 다리가 한껏 길게 보였다. 밤이면 그들은 낯선 도시의 여관이나 밤늦게 돌아가는 차 안에서 다리를 주무르리라. 스타킹을 벗는 순간, 낮 동안 스타킹 아래 조여졌던 살갗이 후우우, 오래 참았던 한숨을 쉴 것이다. 매끄럽게 뻗은 그 다리에서 눈을 떼지 못하는 내 발에서 부기가 느껴졌다.

내가 맡은 구역은 몇년째 재개발된다는 소문만 무성한 저층아파트 단지와 그 주변의 오래된 주택들이었다. 엘리베이터가 없어서 셀 수 없이 많은 계단을 오르내려야 했다. 좁고 더러운 계단엔 껌자국이 덕지덕지했다. 질기게 늘어붙은 그 껌자국이 때로는 정다웠고, 때로는 마음을 사나워지게 했다. 약속시간에 맞추기 위해 허위적허위적 계단을 올라가보면 문이 잠겨 있는 때도 많았다. '교실'이라고 부르는 다음 아이와의 약속시간 때문에 더 기다릴 수 없어서 못 만난 채 떠난 다음날에 바로 학습지를 끊겠다고 연락이 오는 경우도 있었다. 그런 날이면, 낡은 건물의 모서리를 비집고 돋아난 민들레 따위의 잡풀이 유난히 눈에 자주 들어왔다. 경쟁력은 없고 적응력이 뛰어난 식물, 잡초. 잡초는 경쟁에서 뒤떨어지고 도태된 식물이므로, 제아무리 척박

한 곳에서라도 살아나갈 수 있는 적응력을 키워나갔다고, 텔레비전 다큐멘터리는 잡초를 규정했다. 밤이면 잡초는 다리가 퉁퉁 부었다. 잠결에 다리에 쥐가 나는 일이 잦아졌다. 감각을 느낄 수 없는 부분이 왼쪽 다리를 타고 조금씩 올라오면, 곧 마비가 머리끝까지 이를지도 모른다는 두려움이 스치기도 했다. 밤이면 쥐가 날지도 모르는 다리로 땅을 딛고 선 그들은, 지금이라도 마라톤 출발점에 설 수 있을 듯한 활기를 가장하며, 양 손바닥을 펼쳐 나를 통로로 이끌었다.

"어서 오세요, 어머니. 저희 노래방 구경 좀 해보시겠어요?"

개업식이 여섯시란다. 그전에 오면 만나서 가고, 네가 늦게 도착하면 그리로 직접 와라. 민자가 미리 와 있을 거라는 사실을 위안삼아 나는 계단으로 내려섰다.

"어머, 너 선애 아냐? 선애 맞지? 세상에, 이게 얼마 만이냐?"

카운터를 겸한 입구에 모여 있는 사람들 틈에서 민자를 찾아내기도 전에 들어본 듯한 목소리가 나를 맞았다. 중학교 동창, 애경이었다. 얼굴을 보자마자 이십년쯤 되는 세월이 문대지면서 이름이 떠오르는 게 신기했다. 생활한복을 차려입은 명옥이가 웃으며 다가왔다. 기억 속의 명옥이보다 키가 크게 느껴졌다.

"그래, 민자가 너하고 연락하고 지낸다는 소린 들었는데, 이렇게 보게 될 줄은 몰랐다. 와줘서 고맙다."

"개업 축하한다. 부자 되라."

"근데 어쩌면 그렇게 통 안 내려왔니? 하긴 니네 집이 다 이사했으니 올 일도 없었겠지만. 아, 민자는 옆집에 떡 돌리러 갔어. 지가 주인인 줄 아나봐. 그래 얼마 만이냐?"

애경이 옆에서 끼여들었다. 더펄더펄 말을 잇는 애경을 보자, 세상

근심 없다는 듯 잘 웃던 옛모습이 떠올랐다. 까불다가 선생한테 야단 맞아도 쓰윽, 손으로 얼굴 한번 문대면 그만이던 무던한 성품은 여전한 것 같았다. 애경의 무던함이 어색함을 희석해, 나도 덩달아 단발머리 계집애가 된 기분이었다. 출입문을 밀고 들어서던 민자가 쟁반을 흔들며 반겼다.

"선애 왔구나. 니들 참 오랜만이지?"

"그래. 네가 나타나니까 선애 얼굴을 다 본다. 니들 학교 다닐 때도 그렇게 붙어다니더니. 도대체 몇년 만이니? 이러지 말고, 이거 들고 저쪽 방에 가서 좀 앉아라. 심심하면 노래도 부르고. 나도 좀 정리되면 들어갈게."

명옥이가 주섬주섬 챙겨주는 과일이며 떡 접시를 하나씩 들고 방으로 들어가려는 참이었다. 열린 문으로 한 사내가 들어서고 있었다. 기름을 바른 것처럼 찌든 머리에 철 이른 점퍼 차림이 눈에 띄는 추레한 노인이었다. 애경이 나를 쿡 찔렀다.

"너 생각나니? 저 미친데기. 왜 우리 학교 앞에 늘 죽치고 앉아 있었잖아."

미친데기. 그 말을 듣는 순간 소름이 등골을 죽 훑었다. 놀란 나머지 나는, 미친데기라는 단어를 참 오랜만에 듣는다는 감회조차도 꿀꺽 삼켰다.

"저 사람, 우리 학교 앞에 있던? 죽었다고 들은 것 같은데?"

"죽긴. 하긴 한동안 안 보이다가 다시 나타났으니까. 그동안 어떻게 살았는지 요샌 읍내로까지 진출했단다. 너 용케 기억하는구나, 저 미친데기를. 그래도 개업하는 걸 알고 먹을 걸 찾아 들어왔나보네."

사내는 입구에 사람들이 북적이자 더 들어오지 못하고 몸을 슬며시 외로 틀었다. 땟물 오른 얼굴은 머리카락이 절반쯤 가려서 보이지 않았지만, 그 삼가는 태도가 옛 기억을 일깨웠다.

그는 내가 초등학교에 다닐 때에도 이미 '미친데기'였다. 나뭇잎들이 헐벗고, 문득 거칠 것 없어진 바람이 길거리를 마구 휩쓸 무렵이면 슬그머니 자취를 감췄던 그는 떨어진 목련 꽃잎이 나무 언저리에서 짚신벌레처럼 흉하게 마를 무렵에 조용히 모습을 드러내곤 했다. 길고 오랜, 그러나 설핏한 잠에서 깨어난 표정이었다. 데설궂은 아이들이 침을 뱉어도 코팅해놓은 것처럼 때가 반질거리는 소맷자락으로 스윽 닦아낼 뿐 시늉으로라도 쫓아오는 기색은 없었다. 미쳐도 생긴 대로 참 곱게 미쳤다는 게 중론이었다. 어쩌다 냇물에 땟국 씻는 흉내라도 낸 날엔 분홍색 밥풀꽃이 덕지덕지 피어난 나뭇가지 아래 보는 사람이 서늘해지도록 아름답던 얼굴 윤곽을 잠깐 보여주기도 했다.

"지금 어디에서 사니?"

"모르지. 어디 창고나 빈집 같은 데서 살겠지."

"옛날엔 아버지하고 같이 살았는데……"

"앤, 그 노인네 죽은 게 언젠데. 근데 넌 저 미친데기에게 관심 있었니? 별걸 다 기억하네."

미친데기가 그를 부르는 호칭이었지만, 어머니와 가까운 일가붙이들은 명재라는 이름으로 그를 불렀다. 그가 조용히 문간에서 몸을 외틀고 있으면 사람들은 배고프다는 말로 알아듣고 먹을 것을 주었다. 그에게 찬밥을 퍼줄 때면 어머니는 여느 거지에게보다 손이 커지곤 했다. 그가 멀찌감치 비켜가는 단 한 집은, 마을 한켠에서 마을의 무게중심을 잡던 우리 큰할아버지네 집이었다. 어느날 마을로 흘러들어온 아버지와 아들. 핏줄로 결속된 단단한 땅에 뿌리를 내리려 한 타성

바지인 그와 감히 사랑을 나누었던, 그 때문에 얻어맞아 머리가 돌기 전까지 그의 여인이었던 나의 당고모가 살던 집. 몇해 전, 자궁암으로 세상을 뜬 당고모가 살아 있다면 환갑이 다 되었을 테니, 명재도 그쯤 되었을 것이다. 아직 살아 있었다니. 무언가가 속을 저릿하게 훑고 지나갔다.

"우리가 사라져야 저 미친데기 떡 한조각이라도 더 얻어먹겠다. 빨리 들어가자."

명재에게서 눈을 못 떼는 나를 애경이 몰았다. 벌써 영업을 시작했는지, 아니면 개업식에 참석한 누군가가 기기 성능을 시험하는지, 안쪽의 어느 방에선가 노랫소리가 들렸다. 오늘도 옷고름 씹어가아며…… 잠깐 열렸던 문을 닫았는지, 휘날리던 옷자락이 문틈에 끼겼다. 나는 통로로 들어서다 말고 몸을 돌려 명재를 바라보았다. 명재는 음식 접시를 받아들고 히죽 웃고 있었다. 앞니 몇개가 빠진 그의 입은 동굴 입구 같았다.

한잔 두잔 받아 마신 술이 오르고 있었다. 뒤늦게 노래방으로 온 동창 두엇과 합류해 휩쓸려 저녁을 먹으며 마신 술이었다.

동창들은 오랜만에 보게 된 나에게 사람들의 근황을 알려주는 걸 의무로 여기고 있는 것 같았다. 내가 잊고 지냈던 사람들의 소식이 안주가 되었다. 근처의 다른 읍에서 큰 음식점을 차린 누구는 돈을 갈퀴로 긁어들인다는 이야기, 누구는 중학교 때부터 10년쯤 사귀던 남자와 결혼하더니 3년도 안되어 이혼하고 곧 총각하고 재혼한다는 이야기, 누구네 아이는 제 어머니가 외출만 하면 바람 피우는 줄 알고 립스틱 바르는 것도 단속한다는 이야기……

"참 선애 너는 「매일학습」 회사에 다닌다며? 여기도 그 학습지 하는 애들 많다."

성희라는, 전부터 새침한 데가 있던 동창이 물어왔다.

"그럼 너도 학습지 선생님이니?"

애경이가 설마 그럴 리가, 하는 표정으로 묻자 민자가 대신 대답했다.

"무슨…… 얘는 거기에서 나오는 잡지기자여. 왜 명옥이네 집엔 있더만. 근데 너 그러면 누구 취재하러 온 거냐?"

나는 잠깐 망설였다. 지금은 학습지 선생이라는 걸 이쯤에서 말하는 게 낫지 않을까 싶었던 것이다. 아직 결정한 것은 아니니까…… 거짓됨을 삼키면서 나는 애매하게 웃었다.

"아니, 그냥 이쪽 지국에 일이 있어서. 내일은 거기에 가봐야 해."

명천의 지국에 관리할 직원이 없는데 연고자인 내가 가줘야 하겠다는 본사 인사담당자의 연락이 온 건 지난주였다. 그 말을 전하는 지국장에게 나는 대답했다. 일단 지국에 내려가보고 나서 결정하지요. 결정이라니요? 지국장이 좁은 이마에 애늙은이 같은 주름을 잡았다. 네가 결정할 일은 아무것도 없다, 너도 그걸 알지 않느냐는 뜻이었다.

간간이 들어오던, 같이 일하자는 다른 잡지사의 제의를 내가 거절한 것은 처음엔 오기 때문이었다. 본사에서 일하는 옛 동료들은 그럴 것이다. 그럴 거면서 뭐하러 그러고 다녔대? 하지만 정해진 시간에서 조금이라도 일찍 끝낼까봐 감시의 끈을 늦추지 않는 엄마들을 대하면서, 펜을 쥐고 사람들을 만날 때와는 다른 대접을 받으면서, 나는 점점 다른 일을 하는 것에 자신이 없어졌다. 마감 때면 휴회와 신입의 숫자에 목숨 걸고, 사람들을 만나면 저 사람이 이 학습지를 봐줄까 어쩔까를 먼저 가늠하면서, 내 안의 괴사는 뭉텅뭉텅 나를 먹어들었다.

그런데 하필 고향 근처라니.

명천은 내게, 그 속에서 놀던 때가 그립습니다…… 할 때의 고향이 아니었다. 조상대대 살아온 그곳에 뼈를 묻을 줄 알았던 어머니가 스스로 몸을 거둬 떠나와야 했던 곳이었다. 무엇보다도, 집안 살림을 다 거덜낸 큰오빠가, 못내 이루어지지 않지만 끝내 꺾이지도 않는 꿈에 자기 동창생들을 끌어들이면서 그들 사이에서 사기꾼 취급을 받는 곳이었다. 여봐란 듯이 돌아올 마음도 없었지만, 그곳에서 내가 학습지를 돌리게 되리라고 생각해본 적은 없었다.

"니들 다음달부터 아이들 학습지 다 「매일학습」으로 바꿔라. 특히 너, 민자. 선애야, 너 민자랑 친하게 지내지 마라. 앤 지 애들에게 학원은커녕 학습지도 안 보게 한다. 별쫑맞어. 넌 애들 그렇게 풀어놓으면 나중에 후회한다. 그러고도 잠이 오냐?"

타박하는 애경에게 민자는 느릿느릿 그러나 한번 입을 떼면 누가 말려도 할말을 다한 뒤에야 입을 다무는 사람의 뚝심이 느껴지는 목소리로 말했다.

"난 우리 애들보고 공부하란 말 안한다. 지들 머리가 안되는데 어떡허냐. 난 우리 애들더러 공부 못하면 나중에 나사 돌리라고 그런다. 다들 공부만 하면 어떡하냐. 누군가 나사 돌리는 놈도 있어야 하는 거 아니냐?"

민자의 말이 취기가 쿨렁거리는 내 가슴으로 아프게 스며들었다. 왜 그랬을까. 민자가 애경이나 다른 사람에게가 아니라 나에게 말하고 있는 거라는 생각이 들었다. 나를 정녕 아프게 했던 건 다리가 아니었다. 내가 이 노가다판에서 뛰고 있다는 걸 모르는 사람들을 우연히 만나게 될지도 모른다는 두려움이 더 컸다. 그럴 때면 모자를 더

푹 눌러쓰게 되었다. 낯선 집의 닫힌 문 앞에 서면, 그 안에서 낯익은 얼굴이 느닷없이 나타날지도 모른다는 생각이, 벨을 누르려던 손을 허공에서 지칫거리게 했다. 다들 공부만 하면 어떡하냐. 나사 돌리는 놈도 있어야 하는 거 아니냐. 민자의 말이 마음속에서 다시 울렸다. 나는 이곳에 뿌리를 내릴 수 있게 될까. 동창들이 한껏 품을 열고 맞아준다 해도, 내 안에선 서먹함이 서걱거리고 있었다. 그렇다면 어디에서 무엇을 하게 될까. 어디에 가든 내겐 낯선 곳이었다. 따라놓은 술 위에 불판에서 튄 기름이 동동 떠 있었다. 나는 술과 함께 기름을 목으로 넘겼다. 여기저기 들려오는 사투리가, 이곳이 나를 키운 곳이라는 걸 일깨웠다. 매끄러운 서울말로 치장했다가도 민자와 통화를 하거나 고향으로 향하는 열차에 오르면 자연스럽게 내 혀에 감기던 사투리. 그때마다 의식되던 고향. 명재는 당고모를 언제 처음 만났을까. 푸르던 때, 한 여자를 사랑한 죄로 정신을 놓게 된 명재. 몸의 뿌리를 내리려고 들어온 마을에서 마침내 마음의 뿌리가 부평초처럼 동동 떠버려 부유하는 명재. 당고모는 눈을 감기 전에 명재를 떠올렸을까. 큰오빠는 지금쯤 한숨 돌리면서 혼자 밤길을 달리고 있을까. 건성으로 씹는 고깃점과 함께 생각들이 자디잘게 부스러졌다.

나는 핸드폰을 들고 화장실에 가는 척 슬그머니 밖으로 나왔다. 도회지의 모습에 한걸음씩 다가가는, 그러나 규모가 작아서 어쩐지 흉내낸다는 느낌을 주는 길가 어디에도 명재는 없었다. 까실까실한 바람이 달아오른 얼굴을 쓰다듬었다. 나무들에게 잎 떨굴 준비를 하라고 일러주는 바람이었다. 저만큼에서, 시내버스가 길가에 정차한 차량 사이로 헤쳐나오고 있었다. 여산행이었다. 아마도 막차일 것이다. 교복 차림의 학생들 몇명, 타자마자 잠들었는지 고개를 깊게 떨군 촌부…… 차창으로 사람의 머리가 듬성듬성 보였다. 길모퉁이에서 버스가 꽁무니를 감추고 난 뒤, 나는 휴대폰의 숫자판을 눌렀다.

"여보세요."

한껏 무게를 잡은 목소리가 들려왔다.

"오빠, 저예요."

"선애냐? 어디 있냐?"

무게가 싹 걷히고 튀어올랐다. 오늘 제사도 역시 서걱거리는 분위기를 연출한 모양이었다. 큰오빠는 좀 외로웠을 것이다.

"친구들이랑 밥 먹는 중이에요. 오빠요?"

"잠깐 바람 쐬러 나왔다."

이른 제사를 마치고 식구들이 먹을 상을 차리는 동안, 그 여백을 견뎌내지 못한 큰오빠는 담배를 피우거나 긴히 통화할 일이 있는 것처럼 슬며시 나왔을 것이다. 옛날, 큰오빠가 스스로 깎아버린 면목을 세워주기 위해 어머니가 내린 금기에 익숙한 형제들은 큰오빠에게 지금 어떻게 지내냐거나 잘 되어가냐는 말을 묻지 않았다. 아무것도 묻지 않는 동생들의 정중함은 큰오빠에겐 어쩌면 질타보다 더한 문책일지도 모른다. 잡초처럼 끈질기게 세상 한 끄트머리에 붙어 있는 동생들에겐, 늘 대박을 꿈꾸는 큰오빠가 이르려 하는 그곳이 왠지 거품으로만 보였다. 큰오빠의 끝없는 욕망과 허세는 일종의 자절작용 같은 거 아니었을까. 큰오빠는 고집센 아이처럼 침묵하고 있었다. 싸아, 바람소리 같은 침묵이었다.

"오빠 있잖아요……"

"왜, 무슨 일 있냐?"

"아니에요. 명천도 많이 변했네요. 빨리 들어가세요."

통화를 마치고 나니 마지막 말은 빨리 돌아가세요,라고 했어야 하는 게 아니었을까 궁금해졌다. 난데없이 왜 큰오빠에게 명재가 살아 있더라는 이야기 따위가 하고 싶어졌을까. 우리보다는 명천 출입이 잦은 큰오빠는 이미 알고 있을지도 모르는데. 그보다, 큰오빠에게 명재는 그냥 고장난 시계탑이나 다름없는 사물, 미친데기에 지나지 않을 텐데. 그 옛날의 명재가 이 풍진 세상에서 그래도 살아남아, 허기지면 먹을 것을 찾고 뭇 사람 앞에선 추레함을 부끄러워할 줄도 알더라고. 나는 왜 그 이야기가 꼭 하고 싶었을까. 도무지 내 마음을 알 길 없어져서, 나는 명재가 스며들었을 밤거리 한구석에 오래 서 있었다.

—『세계의 문학』 2001년 여름호

춤추는 그애는 행복하다. 눈을 지그시 감고 고개를 흔들며, 제 몸의 리듬에 실려 제 몸을 잊고 있다. 그애가 움켜쥔 오른손엔 그애

만 느낄 수 있는 마이크가 쥐어져 있다. 물 흐르듯 부드럽던 동작이 어느 한 지점을 향해 응축한다. 마침내, 아픈 기억을 떨어내려

는 듯, 온몸을 관통하는 극렬한 오르가슴에 이른 듯, 그애는 진저리치며 절규한다. 망치로 뒤통수를 호되게 맞은 것처럼 번쩍 뜬 그

애의 동공은 그러나 비어 있다.

일식

일식

춤추는 그애는 행복하다. 눈을 지그시 감고 고개를 흔들며, 제 몸의
리듬에 실려 제 몸을 잊고 있다. 그애가 움켜쥔 오른손엔 그애만 느낄
수 있는 마이크가 쥐어져 있다. 물 흐르듯 부드럽던 동작이 어느 한
지점을 향해 응축한다. 마침내, 아픈 기억을 떨어내려는 듯, 온몸을
관통하는 극렬한 오르가슴에 이른 듯, 그애는 진저리치며 절규한다.
망치로 뒤통수를 호되게 맞은 것처럼 번쩍 뜬 그애의 동공은 그러나
비어 있다. 그애의 눈앞에서 오가는 사람들, 매연을 뿜으며 지나가는
차량…… 이 모든 형상이며 소음이 그애에겐 닿지 않는다. 눈을 뜨든
감든 그애가 바라보는 건, 그애의 기억 속에 비친 영상, 혹은 무의식
이 이끌어낸 환상이리라.

혼절할 듯한 한낮의 열기 속에 제 노래에 취해 있는 그애의 나이를
어림하기는 쉽지 않다. 짧게 깎은 머리에 푹 꺼진 눈두덩, 소년과 청

년의 중간쯤에서 성장이 정지된 듯 민틋한 몸. 늘 닳아빠진 티셔츠 차림이던 그애는 오늘 소매 없는 러닝셔츠를 입었다. 맨으로 드러난 어깨는 뜻밖에 떡벌어졌다. 장정 같은 몸매와 몽고증 특유의 헤실거리는 표정이 이루는 부조화. 아무리 입을 크게 벌려 노래한다 해도, 어어어어, 뱃속에선 쥐어짜지만 성대의 협조를 얻지 못해 아무 뜻도 전하지 못하는 소리가 날 뿐이다. 그래도 그애는 한창 열창중이다. 영월은 그애의 입모양과 몸놀림으로 그애가 부르는 노래를 짐작해본다. 오늘도 날짜만 헤아렸어요. 내 사랑은 가버렸지요. 내가 아는 건 오직 지금 나는 혼자라는 것뿐…… 촘촘하고 녹슨 철망을 거쳐나온 듯 허스키한 여자 가수가 부르는 노래, 요즘 쇼핑쎈터마다 틀어놓는 곡이다. 그 곡에 비하면 그애의 리듬은 한결 빠르다. 이번엔 다섯명이 그룹을 이루어 부르는 록을 대입해본다. 영월의 머릿속에서 떠오른 리듬과 그애의 몸짓이 일치하는 순간, 버스정류장 앞의 정체를 더이상 못 참아낸 운전사는 앞을 막아선 버스를 비껴 횡하게 빈 반대편 차선으로 나아간다. 유연연료의 매캐한 냄새가 훅, 끼쳐온다.

"저앤 늘 저렇게 열심히 노래 부르지……"

영월의 시선을 따라가 있었는가. 다마이가 말한다. 그렇지만 아무도 알아들을 수 없어,라는 말이, 한줌에 쥐일 만큼 얄따란 어깨를 들먹였다가 천천히 가라앉히는 깊은 한숨 속에 녹아들어 있다.

"레코드가게에서 월급을 줄까?"

쇼핑쎈터의 모퉁이, 서향한 레코드점은 우묵하게 들어가 있는데다 그 앞에 늘어선 오토바이들 때문에 얼핏 눈에 띄지 않는다. 레코드점에서 틀어놓은 음악은 쇼핑쎈터의 호객용으로 여겨지기 십상이다. 그럴 때, 그애의 존재는 레코드가게를 알리는 데 유용할 것이다. 레코드가게에서 그애에게 어떤 대가를 지불할지, 영월은 늘 궁금했다.

"아마…… 준다면 아주 조금?"

신중하게 대답하는 다마이의 콧등에 주름이 잡힌다. 마음에 들지 않는다는 뜻이다. 10만 루피아? 5만? 어쩌면 근처의 포장마차에서 제공하는 점심 한끼가 전부일 수도 있다. 다마이가 말을 돌린다. 그 지질한 현실에서 눈을 돌리고 싶었을 것이다.

"그런데 어쩌면 못 만날 수도 있어. 워낙 오래 전의 일이니까. 그럼 어떡하지?"

"나는 괜찮아. 다마이의 시간을 뺏어서 미안해서 그렇지……"

"나도 괜찮아."

다마이는 대수롭지 않게 말한다. 하지만 오늘의 동행을 위해서 다마이는 몇시간분의 수업료 손실을 보았거나 아니면 따로 시간을 내어 보충수업을 해야 할 것이다. 사설학원에서 외국인에게 인도네시아어를 가르치는 다마이에게 시간은 돈이다. 수강생이 학원에 지불하는 수강료에서 다마이에게 돌아가는 몫은 절반도 못 된다. 그래서 다마이는 학원장 몰래 외국인을 집으로 방문해서 가르치는 아르바이트를 한다. 수업료는 학원 수강료의 절반이다. 배우는 입장에서는 학원에서 배우는 것보다 싸게 먹히고 다마이로선 시간당 수입이 는다.

다마이, '평화'라는 뜻의 이름과 썩 어울리는 고요한 얼굴이다. 갸름한 얼굴에, 눈두덩이 꺼져서 힘은 없어 보이지만 정직한 느낌을 주는 눈매를 지녔다. 그렇지만 요즘 다마이의 삶은 이름과 따로 논다. 다마이는 실질적인 가장이다. 부양해야 할 부모와 가르쳐야 할 동생이 있다. 첫 만남에서부터 사랑했지만 현실감각이 통 없어서 결혼비용을 언제 마련할지 기약이 없는 오랜 연인 토니도 근심거리다. 게다가 다마이에게 애인이 있는 걸 알면서도 죽자사자 쫓아다니는 샤하르의 일편단심이 다마이를 흔들고 있다. 다마이의 꿈은 이 얽히고 설킨 현실에서 훌훌 벗어나 다른 나라로 떠나는 것이다.

처음 다마이가 한국음식 만드는 법을 배우고 싶어했을 때, 영월은 그저 이방에 대한 막연한 호기심으로 여겼다. 영월 자신이 이 나라의 향신료에 관심을 갖고 딱히 무엇을 만들겠다는 작정도 없이 하나씩 사모았듯이. 별 모양의, 코스모스 씨앗 모양의, 혹은 견과 모양의 향신료들. 한약 냄새, 겨드랑이의 액취 같은 냄새, 그냥 혼몽해지는 냄새가 나기도 하는 그것들은 찬장 구석에서 서로 어우러져, 무어라 설명할 길 없는 냄새가 찬장에 배게 하고 있었다.

다마이의 관심은 영월처럼 호사스럽지 않았다. 한국에 간 동남아 근로자들의 월급은 얼마쯤인가, 한끼 밥값은 얼마인가…… 다마이는 진지하게 물었고 영월의 대답을 머릿속에 차곡차곡 갈무리했다. 아마도 다른 나라에서 온 사람들에게도 묻고 있을 것이라고, 영월은 짐작했다. 어디든 상관없을 것이다. 이곳 아닌 다른 곳, 몸값이 이곳처럼 헐하지 않은 곳이라면.

한국에 가서 가정부로 취업하는 게 영문학을 전공한 다마이의 절실한 소망임을 알고 난 뒤, 영월은 일주일에 세 번씩 받는 수업 가운데 마지막 날은 프리토킹을 하자고 제의했다. 기초교재를 떼고 잡지 기사 따위를 읽어나가며 공부하던 때였으니 그래도 될 것 같았다. 이따금 그 시간을, 김치와 전유어, 잡채 등의 한국음식을 만들며 이야기하는 것으로 채웠다.

수업 시작 전에 미리 볶아놓은 불고기 한 접시와 그 재료가 되는 고기와 간장, 설탕, 맛술, 그리고 파와 양파, 마늘 따위를 늘어놓은 주방에서 다마이는 작은 수첩에 재료의 이름과 비율을 상세히 적었다. 고기는 몇 그램인가, 간장은 몇 숟가락 넣는가, 양파는 꼭 들어가야 하는가, 고기를 연하게 하는데 사과나 키위 대신 파파야를 쓰면 안되는가…… 실습하고 난 며칠 안으로 다마이는 전화를 걸어오곤 했다.

"영월. 오늘 저녁에 불고기를 해보았어. 그런데 고기가 영월의 집에서 먹은 것 같지 않고 질겨. 왜 그럴까?"

"글쎄, 파파야는 넣었어? 양파도?"

"응."

"혹시 양념을 하자마자 볶은 거 아냐?"

"맞아. 집에 가는 길에 고기를 샀거든."

"바로 볶지 말고 두시간 정도는 두었다가 볶아야 맛있어."

"그렇구나. 그걸 잊었구나. 고마워."

영월은 고기의 질이 달라서 생기는 문제일지도 모른다는 이야기는 할 수 없었다. 대형 슈퍼마켓에서 산 고기가 시장에서 산 것보다 더 연했다. 다마이는 시장에서 고기를 샀을 것이다. 슈퍼마켓의 고기보다 싸니까.

다마이가 한국에 갈 수 있는 가능성은 거의 없었다. 한국에 가기 위해 중개인에게 지불해야 하는 돈만 해도 다마이의 2년 수입을 한푼도 안 쓴 채 저축해야 가능한 액수였다. 게다가 비행기값, 한달 수입보다 더 비싼 출국세…… 그걸 알면서도 영월은 요리실습을 계속하고 있었다.

다마이는 언젠가 제가 떠나가게 될지도 모르는 낯선 땅을 위해 준비하고, 제 땅을 떠나온 외국인들은 다마이가 그토록 떠나고 싶어하는 이곳에서 살아가는 법을 그녀에게서 배운다. 중국음식 재료를 파는 곳이 어디인지, 가전제품은 어디가 싼지, 주말에 놀러갈 만한 곳은 어딘지. 묵은 신문을 볼 수 있는 공립도서관의 위치를 알려준 사람도 다마이였다.

공립도서관은 뜻밖에도 외국인 관광객이 들끓는 거리 초입에 있었다. 좁다란 일차선 도로를 사이에 두고 은이나 가죽, 나무로 만든 수공예품을 파는 노점들이 늘어선 곳, 그런 데에 도서관이 있으리라고는 생각하기 어려운 곳이었다.

통가죽으로 만든 소품을 파는 노점상과 스테인리스 목걸이에 연인들의 이름을 새겨주는 청년 사이에 있는 문을 밀고 들어서자, 중세 교회의 문서저장고가 이랬을까 싶은 풍경이 펼쳐졌다. 높다란 천창을 통해 들어온 어둑한 빛살과 드문드문 켜놓은 바랜 형광등 불빛이 개가식 서고의 묵은 책들을 비춰주고 있었다. 청회색 제복을 입은 중년 여자 둘이 입구에 앉아 뜨개질을 하고 있었다.

"오래된 신문을 찾는데요. 있을까요?"

"언제쯤인데요? 무슨 기사를 보려고 하나요?"

영월은 대답 대신 수첩을 뒤적였다. 어려운 단어가 아니었는데도 기억에서 자꾸만 달아나서, 철자를 써놓았다. gerhana matahari(일식).

영월은 신문철을 들고 빈자리를 찾아 앉았다. 기사를 찾기는 어렵지 않았다. 일주일 넘게, 신문은 온통 일식 이야기로 뒤덮여 있었으니. 지구로 짐작되는 원 위에 서 있는 아이의 눈을 커다란 손이 가리는 삽화가 먼저 눈에 띄었다. 일식 현상에 대한 과학적인 설명, 일식의 진행과정을 설명한 그림, 개기일식을 맞이하기 위하여 사람들이 벌인 축제, 일식을 관찰하러 산으로 올라간 대학생들, 구경하러 온 외국인들…… 코로나가 미친 듯 갈기를 휘두르는 해 그림과 그 그림을 그린 노화가의 사진도 실려 있었다. 겨우 제목과 사진설명을 훑을 뿐, 영월의 실력으로는 그 기사들을 읽어낼 수 없었다. 사전을 가지고 오는 건데…… 영월은 그 자리에서 읽기를 포기하고 복사를 해왔지만, 어느날 문득 다마이가 물어오기 전까지 서랍에 넣어둔 채 잊고 지냈다.

"영월, 도서관에 가봤어?"

"응. 덕분에 원하던 기사를 찾아서 복사할 수 있었어. 고마워."

"궁금하던 것은 알아냈어?"

"아니, 한 사람에 대해서 알고 싶은데, 난 아직 말을 잘 못하잖아."

"알고 싶은 게 뭔데? 내가 기사를 좀 볼 수 있을까?"

다마이는 복사한 기사들 맨 위에 놓인 바랜 신문조각을 먼저 집어들었다.

"이건 한국신문이야?"

"응, 이 도시에서 있었던 일식에 관한 기사야."

한글은 다마이에게는 고대 법전에 쓰인 설형문자나 다를 바가 없을 것이다. 그런데도 다마이는 찬찬한 눈으로 신문을 들여다보았다. 그 조그만 쪽지에 무슨 의미가 있다고 생각한 모양이었다.

결혼을 위해 열흘 동안 휴가를 내어 귀국했다는 남자를 만나러 나갈 때까지만 해도 영월은 자기가 그리 쉽게 결정하게 될 줄은 몰랐다.

남자는 무난하고 평범해 보였다. 검게 탄 얼굴이라서 더 빛나는 하얀 이가 정갈한 느낌이었다. 남자는 다이어리 뒤편의 세계지도를 펼쳐놓고 자기가 살고 있는 도시를 짚어 보였다. 적도 부근의 길쭉한 섬 중간 지점이었다. "더운 곳이지요. 혹시 더위를 많이 타십니까?" 영월이 더위를 타고 안 타고가 결혼의 가장 중요한 관건인 것처럼 남자는 진지하게 물었다. 남자가 동남아 어딘가에서 일한다고만 들었던 영월은 지도를 보다가 문득 짚이는 게 있어 고개를 들었다. "혹시, 오래 전에 그 도시에 개기일식이 있지 않았나요?" "일식요?" 남자는 이 조용한 여자가 뜻밖에 생뚱같다는 표정이더니 곧 친절함으로 그 의아함을 덮었다. "일식이라면…… 십 몇년 전에 자바 섬 전역을 덮었다는 이야기가 있습니다만…… 그때 전 한국에 있었지요."

"그렇군요…… 그 나라가 맞군요……"

영월이 보이는 느닷없는 친밀감에 남자는 말이 많아졌다.

"전에는 자카르타에서 살았는데, 이쪽에서 도로를 넓히는 일을 하게 되었어요. 자카르타에 비하면 시골이지요. 아직도 왕이 살고 있는 도시인데, 왕궁에서부터 아주 유명한 사원에 이르는 길을 넓히는 큰 공사예요. 오래 걸릴 겁니다."

남자와 헤어져 돌아온 뒤, 영월은 수첩 갈피를 뒤져서 신문에서 오려두었던 기사를 찾아냈다. 몇년 전, 일식현상을 다룬 칼럼. 그 칼럼에는 일식현상을 직접 육안으로 볼 때, 달에 아직 가려지지 않은 적외선이 눈의 망막을 태워서 시력을 약하게 하거나 정도가 지나치면 눈이 멀게 된다는 사실, 1980년대 어느날 인도네시아 족자카르타에서 5분 동안 해가 달에 가렸던 '금세기 마지막 개기일식'을 보던 사람들이 눈병으로 병원에 입원했고 그중의 한명은 실명했다는 게 짤막하게 언급되어 있었다. 무심히 읽어내려가던 영월은 그때 그 대목에서 걸려버렸다.

보지 말아야 할 것을 맨눈으로 보아서 결국 아무것도 볼 수 없게 되다니. 달이 해를 가릴 때, 그걸 보다가 망막이 타버려서 마침내 빛의 세계에서 멀어진 사람이 있다니. 그녀가 한번도 가본 적 없는 땅, 누군가가 깜깜한 어둠속에 잠겨 있었다. 여자인지 남자인지, 아이인지 노인인지도 알 수 없는 그가 잠겨들었을 어둠, 그 어둠으로 잠겨들던 순간이 왜 그리 사무쳤던가.

그를 마음에 담기 시작한 뒤, 그 마음이 자신을 휘감아 옴짝달싹도 못하던 무렵, 땅 저 깊은 곳에서 어둠이 스름스름 스며나와 발을 잡아 당기고 마침내 명부로 끌려들어가듯 아득해지던 그때, 그 어둠의 흐름에 몸을 묻어버리면서 영월은 허공에 뜬 초승달 위에 오도카니 올라앉아 있는 듯했다. 초승달의 곡선은 아늑하게 영월을 감쌌지만 그 촉감은 끝없이 시렸다. 헤어져서 그릴 때면 그리움으로 마음 한자락이 흥건히 젖어오면서도 막상 만나면 큰 테이블을 앞에 두고 정상회담하는 사람처럼 서먹하던 날들. 그 삭연함을 견디지 못해 영월은 말했다. 이리 와서 내 옆에 앉아줘요.

그날, 영월의 그 말은, 밤늦게까지 음악을 들으며 술을 마시고도 끝내 자신을 가누며 일어서던 그에게 도발이었을까. 여긴 소도 같아…… 그의 말은 그들이 죄인임을 여실히 드러냈다. 보아서는 안될 것을 본 죄, 탐내서는 안될 것을 탐낸 죄. 그의 품에 안겨 있는 안온한 순간에도 영월은 자신이 딛고 선 달이 차오르는 걸 잊지 않았다. 달이 둥글게 차오르면 자신은 무한허공으로 떨어져나가게 되리라는 것도.

사거리에서 차가 붉은 신호에 걸린다. 옆구리에 아기를 낀 여자가 패스트푸드점의 일회용 컵을 차창에 바싹 들이민다. 손톱끝이 하얗게 갈라졌다. 일회용 컵이거나 빈 담뱃갑을 들이미는 그들. 이 거리 어디에서나 볼 수 있는 풍경이다. 차선이 여럿인 곳에는 각 차선마다 담당한 사람이 따로 있다. 땡볕에 달궈진 아스팔트에서 구걸하는 그 여자는 맨발이다. 영월은 차창을 열고 동전을 컵 안에 떨군다. 동정은 아니었다. 그들은 땡볕 아래 노역을 하고 있었고 그 노역의 대가를 치를 사람은 지나가는 사람들뿐이었다. 밤이면 얄따란 천이나 신문지를 덮고 노숙하면서 폐포 깊숙이 스며든 그을음을 뱉어내느라 쿨룩거릴 노역.

"이 길로 가면 빠랑뜨리띠스야. 가본 적 있어?"

"응."

"설마, 초록옷을 입고 간 건 아니겠지?"

다마이가 짐짓 눈을 동그랗게 뜬다. 영월은 그 앞에서 양손을 부채처럼 펼쳐 흔들며 음산하게 깐 목소리로 맞장구친다.

"다마이 눈엔 내가 영월로 보이지? 사실은 아니야. 불행히도 그날 난 초록옷을 입었거든."

다마이가 웃는다. 호르르, 바람에 날리는 마른 꽃잎 같은 웃음.

빛깔에 대해서 배우던 날, 영월이 검정을 바탕에 깐 것처럼 어두운 녹색을 좋아한다는 걸 안 다마이는 이 도시 끝에 있는 바닷가에 갈 땐 초록색 옷을 입어선 안된다고 강조했다.

"빠랑뜨리띠스 바다엔 바다신이 있어. 그런데 그 바다신은 초록색을 좋아한대. 그래서 해마다 초록옷을 입은 사람들을 데려간대. 여럿이 물에 빠져도 유독 초록옷을 입은 사람은 살아나온 적이 없대."

이곳 해변의 물빛이 환하고 어두운 비취색이니 초록옷을 입으면 눈에 잘 안 띄어 구조가 어려웠겠지, 싶었지만 영월은 고개를 끄덕이며 들었다. 언제 한번 가봐야지 하면서도 못 가던 그 바다를 볼 수 있었던 건, 영월의 생각으로는, 남편의 새 비서인 인다 덕분이었다.

"난데, 나 이십분쯤 있다가 집에 도착할 테니까 외출준비 하고 있어. 당신, 바다 보고 싶다고 했지? 우리, 바다 보러 가자. 거기서 점심도 먹고."

난데없이 바다라니. 남편의 목소리는 파도 소리처럼 생생했다. 혼자 먹는 점심을 국수로 때우려던 영월은 막 물이 끓기 시작한 가스불을 끄고 썬탠 크림을 얼굴에 펴발랐다. 남편은 혼자가 아니었다. 얼마 전에 한국의 본사에서 와서 남편과 합류한 정대리와, 가무스름한 얼굴에 머루같이 까만 눈을 가진 여자애가 차에 타고 있었다. 인다……어느날부턴가 남편의 출근길을 가볍게 해준 여자애. 목욕탕에서 휘파람을 불면서 면도를 하고 나오던 남편은 영월과 눈이 마주치자 머쓱하게 웃었다. 이상해. 왜 날마다 소풍 가는 기분이지. 사무실에 가봤자 김밥하고 사이다 먹을 일도 없는데…… 남편이 그렇게 말한 건 비서가 바뀐 지 얼마 안되어서였다. 인다는 수줍게 웃으며 영월을 맞았다. 천생 여자예요,라고 쓰인 듯한 얼굴이었다. 가녀리고 애잔한 분위기를 지닌 인다는 달궈진 무쇠솥 뚜껑 위에 찰벼를 볶았을 때 튀겨지는 꽃튀밥처럼 환하게 웃을 줄도 알았다. 제 웃음으로 원하는 것을 얻어낼 수 있고 저도 그 사실을 아는 여자애였다.

바닷가 절벽 위에 자리한 호텔의 레스또랑에서 밥을 먹고 차를 마시다가 화제가 현지 직원들 이야기로 바뀌었을 때, 영월은 잠깐 산책을 하겠다고 일어섰다. "볕이 이렇게 뜨거운데? 그 모자 갖고 되겠어?" 남편이 물었고 인다가 제 숄더백에서 양산을 꺼내어 내밀었다. 비취색 바탕에 분홍 꽃무늬 양산이었다. 평일인데다가 볕이 쨍쨍한 한낮이어서 사람은 그리 많지 않았다. 절벽 위에서 내려다보았을 땐 제법 사이를 두고 밀려오던 파도는, 검은 모래를 밟으면서 보니 발정한 흰말떼거나 인해전술로 밀려드는 흰옷 입은 사람처럼 숨쉴 틈도 없이 밀려들고 있었다.

까르르, 갑자기 영월의 등 뒤편에서 웃음소리 같은 게 났다. 연보랏빛 반바지에 검은 셔츠를 입은 여자가 영월에게 부딪칠 듯 뛰어오더니 모래톱에 온몸을 던졌다. 막 밀려드는 파도가 여자를 적셨다. 물에 젖은 옷이 속살을 환히 비치게 했다. 여자는 파도가 삼킬 듯 널름거리는 바다를 바라보며 누웠다가 엎쳤다가, 기어서 몇발짝 물살 쪽으로 다가갔다. 해변의 누구도 그 여자를 주목하지 않았지만, 영월은 그 여자에게서 눈을 뗄 수 없었다. 미친 여자일까? 퍼덕퍼덕, 탄탄하고 실한 몸을 뒤채는 그 여자는 인어거나 막 뱃전으로 끌어올려진 등푸른 생선 같았다.

남편의 마음을 외방으로 돌게 한 건 영월의 무심함이거나 냉정함이었을 것이다. 영월은 아내의 역할에 성실했다. 좀더 실한 배추를 고르기 위해서 새벽같이 중국시장에 가고, 남편 손님 접대를 위해 상차림에 신경을 쓰고. 그건 정성이 아니라 몰입일 뿐이었다. 남편은 오늘따라 영월에게 다정하고 정중했지만, 영월은 알고 있었다. 영월도 정대리도 남편과 인다의 외출을 장식하는 들러리에 지나지 않는다는 걸. 뒷날, 오늘을 기억할 때, 남편은 인다의 웃음소리와 부채꼴로 휘어진 속눈썹 그늘 아래 촉촉하던 인다의 눈망울만을 떠올리게 되리라. 그걸 알면서도, 발밑에서 모래가 물살에 쓸려나가는 느낌이 잠깐 스쳤을 뿐 이내 제자리로 돌아와 미동도 않는 제 마음이 영월은 무서웠다. 자기가 남편을 외롭게 만들었다는 걸 영월은 알고 있었다. 사랑이 아니었으므로 오히려 공생은 수월했다. 영월의 마음을 끌어당긴 건 남편이 아니라 때없이 피어나는 꽃이며 작은 도마뱀이었다.

찌짝이라고 불리는 그 연둣빛 도마뱀은 열대 어디에서나 볼 수 있는 동물이었다. 대개 손가락 크기인 찌짝은 방이든 부엌이든 얼마든지 자유롭게 드나들었다. 더러 커다란 찌짝이 투실투실 살진 엉덩이를 아기작거리며 기어가는 걸 보면 「아기공룡 둘리」의 엉덩이가 생각나 웃기도 했다. 찌짝이 장소에 집착한다는 걸 안 건, 영월이 남편과 각방을 쓰기 시작한 뒤였다. 몸에 열이 많은 남편은 밤새 에어컨을 켜놓아야 잠드는 체질이었고, 영월은 에어컨을 켠 방에 삼십분쯤 있으면 몸안까지 꽁꽁 굳었다. 면 패드를 덮은 남편 옆에서 따로 차렵이불을 덮고 잤지만, 아침이면 자신이 찬피동물처럼 느껴지곤 했다. 자연히 잠자리에 드는 시각을 늦추게 되었고, 작은 책상과 침대가 놓인 손님방이 영월의 방이 되어버렸다.

어느날부턴가 아주 작은 찌짝 한마리가 그 방의 책상 언저리에서 알짱거리기 시작했다. 녀석은 영월이 방을 비운 동안 방바닥이나 벽, 책상 위를 누비고 다니다가 영월이 문을 열면 후닥닥 책상 뒤로 숨곤 했다. 주로 책상 뒤편이 근거지인 것 같았다. 벽면과 책상이 맞닿은 곳에는 늘 사전이며 책이 올려져 있었으니, 제법 든든한 울타리로 여겨지기도 했을 것이다. 하지만 그냥 숨어 있기엔 호기심이 넘쳤다. 얼마 안 있어 녀석은 책상 위로 삐죽, 고개를 내미는 것이었다. 잘 여문 채송화 씨앗 같은 까만눈에 호기심이 대롱대롱했다. 한밤중, 영월이 책을 읽으면 녀석은 영월이 뭘하는지 알아내려는 듯 책상 위에 앞발을 척 얹고 바라보았다. 그러다가 영월이 저를 보고 알은체하면 깜짝이야, 다시 책상 밑으로 숨어들었다. 방문을 열었는데도 녀석이 나타나지 않으면 영월은 기웃거리면서 찾곤 했다. 숨바꼭질하는 기분이었다.

저녁약속이 있어서 바삐 나가던 어느날, 문을 닫으려다 보니 방바닥에 그 찌짝이 가만히 엎드려 있었다. 방문이 열리면 튀듯이 달아나던 녀석이. 녀석은 미동도 없이 그 구슬눈으로, 제 눈에는 하염없이 커다랗게 보일 영월의 눈을 바라보고 있었다. 영월이 가만가만 다가

가는데도 달아나려 하지 않았다. 영월은 손가락으로 살그머니 찌짝의 앞발을 만졌다. 이제 친해진 거니? 찌짝이 이제야 경계를 풀었다고 환해지는 마음으로 영월은 방문을 닫았다.

저녁을 먹고 돌아왔을 때, 찌짝은 그 자리에 그대로 있었다. 형광등 불빛에 비치는 몸 빛깔이 전보다 투명해 보였다. 의아해하며 다가간 영월은 찌짝의 눈이 감겨 있는 걸 보았다. 찌짝은 방안에서 홀로 숨을 놓아버린 것이다…… 찌짝이 영월에게 앞발을 허락한 건 친밀감이 아니라 기진함이었는데, 그것도 모르고 기뻐했다니. 어쩌면 살릴 수도 있었을 찌짝을.

찌짝은 개미나 바퀴벌레만큼이나 흔했고 그러니만큼 찌짝의 죽음도 흔하게 목격할 수 있었다. 그런데도 영월은 그날 밤, 한 찌짝의 죽음을 생각하며 뒤척거렸다. 정든 찌짝이 죽어가면서 바라보는데도 그걸 알아차리지 못했다는 자책과 상실감으로. 정든다는 건 그렇게 무서운 일이었다.

달이 차오르듯 그를 향한 마음이 벅차오르고, 그에게 집착하게 될까봐 제 마음을 두려움으로 지켜보던 어느날, 영월은 뜻하지 않은 자리에서 그를 보았다. 친구와 만나기로 약속한 패밀리 식당에 들어가던 참이었다. 아기처럼 올이 가는, 숱 성긴 머리와 겨자색 셔츠를 입은 등판을 영월은 한눈에 알아보았다. 영월의 눈에 익은 카키색 재킷이 의자 등받이에 걸쳐져 있었다. 그의 아내로 보이는 여자는 옆에 앉은 딸의 입에 고깃점을 넣어주는 중이었다. 이렇게 편안하다니…… 영월의 곁에서 이따금 그렇게 속내를 드러낼 뿐, 그가 자기 집이나 아내에 대한 불만을 말한다거나 허튼 약속 따위를 한다거나 한 적이 없다는 사실 때문에 영월은 그를 신뢰했다. 그런데도 소도의 바깥, 부부와 두 아이, 한 테이블을 꽉 채운 그 구도가 명시하는 일상의 엄연한 질서에 영월은 가슴이 에었다.

그날 밤, 영월은 커튼을 꼼꼼히 여민 다음 집안의 불을 다 껐다. 밖에서 스며들어온 빛 때문에 사물의 윤곽이 어슴푸레 드러났다. 완벽한 어둠을 도시에서 찾기란 어려웠다. 영월은 욕실로 들어가 문을 닫아보았다. 눈앞이 아득하게 물러나는 느낌. 순수한 어둠이 일렁였다. 영월은 벽을 더듬어가며 욕조 안으로 들어가 앉았다. 바늘끝만한 틈으로라도 빛이 들어온다면, 독 안에 든 쥐는 하루 이상을 견딜 수 있다. 하지만 완전한 어둠속에 놓이면 쥐는 몇시간을 못 견디고 죽어버린다. 언젠가 본 기사를 영월은 잊지 않고 있었다. 빛이 하나도 없는 상태, 완벽하게 깜깜한 상태는 어떤 것일까. 영월은 어둠속에 눈을 크게 뜨고 앉아 있었다. 불안이 목을 조여왔다. 귓전에서 심장 뛰는 소리가, 생철을 통해 듣는 것처럼 금속성 섞인 소리가 들렸다. 이게 유회라는 걸, 몸을 일으키고 벽을 더듬거려 문 손잡이를 비틀고 문 바깥에 있는 스위치만 누르면 금방 환하고 익숙한 일상이 자기를 맞으리라는 걸 영월은 알고 있었다. 그러면서도 한편으로는, 누군가 자신을 꺼내주기 전에는 절대로 옴쭉하지 못할 것 같은 불안에 지질려 손끝도 까딱할 수 없었다. 빛이 없이도 살 수 있을까. 그는 내게 빛이었을까. 마른 욕조에서 나왔는데도 몸을 쥐어짜면 푸른 물이 뚝뚝 들을 것만 같았다. 불 켠 거실 바닥에 누워서 자신을 말리며, 영월은 끝없는 허공으로 떨어지는 어지럼에 몸을 맡겼다.

차는 포장 안된 시골길로 접어든다. 먼지가 풀썩풀썩 날린다. 한쪽 논은 벼베기가 끝나 그루터기가 보이고 한쪽에선 막 모내기를 마쳤는지 연둣빛 모가 물 댄 논에서 살랑인다. 저 한유로운 빛깔, 그러나 모는 물의 부력에 앙버티며 뿌리내리려 안간힘을 쓰고 있을 것이다. 다마이는 정말 떠나려는 것일까. 다마이의 진정을 알고 난 뒤 영월은 가능성을 타진해보고 있었다. 정면에서 불어오는 바람을 막으려 점퍼 속에 신문지를 접어넣고 매연을 마셔가며 오토바이를 타고 누벼도 다마이가 버는 돈은 백불 남짓. 다마이에게 한국은, 한때의 한국인에게 베트남이거나 독일이거나 중동일 것이다. 핏줄을 유난히 강조하는 그 배타적인 나라에서 다마이가 겪을 일을 생각하면 고개를 저으면서도, 영월은 다마이의 꿈을 무지를 수 없었다.

"저기, 저 가게 앞에서 세워주세요."

다마이는 운전수에게 말한다. 고개를 갸웃거리면서 내리는 품이 자신없어 보인다. 열린 문 바깥에서 뭉근한 열기가 확 끼쳐온다. 대나무로 담벼락을 만든 구멍가게, 일회용으로 포장된 샴푸와 조미료가 발처럼 줄줄이 늘어뜨려진 진열대 안쪽에 고개를 들이밀고 다마이는 무언가를 묻는다. 까치발 딛은 구두 뒤축은 다 닳았고, 뒤꿈치도 희치희치했다. 안쪽에서 얼굴 하나가 나와서 손가락으로 벌판 안쪽을 가리킨다. 그 얼굴이 하도 검어서, 그가 가리키는 방향을 바라보는 다마이의 얼굴은 상대적으로 희게 보인다.

"영월, 근데 어떡하지? 새로 연립주택 단지가 들어선다는데. 어쩌면 다들 이사했을지도 모르겠어."

"괜찮아. 여기까지 왔으니 그래도 가보는 게 낫겠지?"

하마터면 만날 필요없다는, 못 만나도 상관없다는 속마음이 튀어나올 뻔했다. 다마이가 보인 성의를 생각하면 해서는 안될 말이었다. 신문 복사물을 가져가고 난 뒤, 한달이 채 안되어 다마이는 한 사내의 이름과 주소를 알아왔다. 그 무렵 스무살이었으니 지금쯤 삼십대 후반일 것이다. 영월의 호기심을 위해서 다마이는 지방신문사에 문의를 했을 테고, 병원의 기록을 들추어 주소를 확인했을 것이다.

길을 물은 가게에서 십여분을 달려 들어간 연립주택 단지는 넓다. 단지 안의 도로는 완벽하게 포장이 되어서 복사열을 내뿜는다. 예쁘장한 발코니가 있는 이층집들이 늘어선 단지 안은, 야자나무만 보이지 않는다면, 유럽의 어느 마을이라 해도 믿어질 만큼 서구적이다. 그 단지에서 벗어나니 울타리 밖, 금방이라도 주질러앉을 듯 썩은 벽으로 간신히 지붕 무게를 지탱하는 집들이 몇채 남아 있다. 나무 그늘 아래 놓인 평상에 중년사내 둘이 앉아 담배를 피우고 있다.

"마스뚬? 눈먼 사람? 아…… 여기서 떠난 지 오래되었는데?"

"어디로 갔나요?"

"글쎄, 부모님이 수라바야에 있다니까 그리로 갔는지……"

맞지? 하는 표정으로 사내는 옆에서 담배만 빨아대던 사람에게 묻는다. 다마이는 난감한 표정으로 영월을 돌아보고 영월은 뜻없이 고개를 끄덕인다. 차라리 다행스럽다. 만나서 무얼 알아보겠다는 건가. 망막이 타면서 빛에서 어둠으로 꺼지던 순간의 기분? 아니면 어둠속의 나날이 어떠냐고? 오래 전 그 기사를 읽을 때의 사무침은 그 순간으로 지나간 것이다. 그런데도 다마이와 함께 나선 건, 남편이 빛을 잃기 전에 결단을 내려야 한다는 초조함 때문이었을 것이다. 아담한 키에 비해 풍성한 가슴과 한줌에 쥐일 듯 날렵한 허리, 열대의 들큼한 쾌락에 어울리는 몸매. 기다란 속눈썹 아래 검은눈이 신비로운 이곳 여인들은 그들보다 부자나라에서 온 사내들이 데려가주는 호텔 바의 여유에 길든다. 실내는 시원하고, 지지한 현실은 유리창 밖 땡볕 아래에나 있는 것이다. 하지만 십중팔구, 남자는 약속을 뱀허물처럼 벗어놓고 달아난다. 솜사탕같이 달콤하던 나날은 녹아버린 설탕의 벗어나기 어려운 끈적임으로 남을 뿐. 아비 없는 혼혈아를 키우는 이곳 여인들 이야기를 얼마나 많이 들었던가. 남편이 인다에게 솜사탕을 쥐어주기 전에 결정해야 했다. 그들의 소풍길을 막아야 할지 아니면 영월 자신이 다시 떠날 것인지를.

이곳으로 떠나와서 딱 한번, 그에게 전화를 건 적이 있었다. 파란 하늘에 낮달이, 투명에 가깝게 하얗고 둥근 달이 덩그마니 떠 있던 날이었다. 그를 떠올리기도 전에 마음이 먼저 글썽였다. 한번만, 그의 목소리를 한번만 들을 수 있다면. 왠지 집에서 전화할 수 없어서 영월은 집 근처 사거리의 전화방으로 갔다. 관엽식물이 어둑한 그늘을 드리우는 나무벤치에서, 하릴없는 사내들이 하오의 볕과 무력감에서 도망쳐 담배를 피우고 있었다. 전화방 부스엔 손바닥만한 선풍기가 안전망에 더껑이진 때 사이로 탈탈탈, 손바닥만한 바람을 만들어 휘젓고 있었다. 말없이 등을 보이는 방식으로 그의 마음을 저버린 뒤 애써 잊으려 했던 그의 전화번호, 팩시밀리로 받은 편지가 감열지 위에서 날이 갈수록 희미해져 마침내 읽을 수 없게 되듯, 머릿속에서 지워져가던 그 전화번호를 어느날 영월은 가계부 귀퉁이에 적어놓았다. 머리가 아닌 손가락이 숫자판 위에서 그 번호를 기억해냈다. 없는 번호입니다. 요금을 알리는 액정판에 메시지가 떴다. 마음이 앞서 달려나갔는가, 국가번호를 빠뜨린 것이다. 숨을 고르고 다시 걸었다. 지금 거신 번호는 결번이오니 확인하시고 다시 걸어주시기 바랍니다. 녹음된 한국어가 나왔다. 다시 한번 걸어보았지만, 여전히 똑같은 메시지였다. 언젠가 그는 영월에게 일러주었다. 저 건물 7층 동쪽 창가가 내 자리야,라고. 거길 지날 때면 습관적으로 올려다보던, 그때마다 마음속에 환하게 불밝힌 지등 하나 들어앉던 그 창문, 그도 그곳을 떠났는 가. 영월이 그의 생에서 슬몃 빠져나갔듯이, 이번엔 그가 영월의 생에 서 잠적했는가.

"고마워. 그리고 괜찮아. 사실은 나 그 사람 만나는 거 조금 겁났거 든. 만나고는 싶었는데, 할말은 없었어."

그래, 그럴 수 있지. 다마이는 그런 표정으로 고개를 끄덕인다. 오늘 의 동행에 대한 감사를 어떻게 표시해야 다마이의 순수한 호의를 다치 지 않고 다마이가 낭비한 시간을 벌충할 수 있을지 영월은 곰곰 생각 한다. 다마이가 다른 나라에서 태어났더라면 어떻게 살고 있었을까.

"영월, 이상한 일이 있었어."

다마이의 시선은 앞을 향해 있다. 그래선지, 다마이의 말은 영월에 게가 아니라 자신에게 하는 말처럼 들린다.

"무슨 일인데?"

"나 결심했어. 토니랑 결혼 안할 거야."

"그럼 샤하르랑?"

"응. 그게 하나님의 뜻인 것 같아."

"그래. 그런데 왜 그런 생각이 들었어?"

토니를 사랑하는 다마이는 샤하르의 공세를 무심히 넘겨왔지만 어 느날부턴가 흔들리기 시작했다. 가장 친한 친구가 고개를 갸웃거리면 서 다마이에게 말해온 것이다.

"이상해 다마이. 나 어젯밤에 너랑 샤하르가 결혼하는 꿈을 꾸었어. 실은 전에도 한번 그런 꿈을 꾼 적이 있거든."

그 말을 들은 다마이는 소스라쳤다. 다마이 또한 그런 꿈을 꾼 적이 있기 때문이었다. 다마이는 빠랑뜨리띠스 해변의 레스또랑에서 결혼

110

식 피로연을 하고 있었다. 분홍과 주홍, 흰 빛깔의 부겐빌레아가 뒤섞여 아치를 이루고 있었다. 웨딩드레스를 입고 머리를 틀어올린 다마이는 하객들 틈에서 신부답게 웃으면서 인사를 하고 다니는 중이었다. 그러다 문득 해변으로 시선이 갔다. 질질 끌리는 초록 드레스를 입은 여자가 모래사장을 달려나가더니 파도에 몸을 내던지고 있었다. 하객들 모두 그걸 보았는지, 주위가 물결처럼 술렁였다. 그 순간, 다마이는 그 물속에 뛰어든 게 자신이라는 걸 깨달았다. 피로연장에 있는 다마이가 거대한 파도 속에 휩쓸리는 자신을 보고 있었다. 다마이는 휘청, 파도 같은 어지럼증에 떠밀렸다. 그때, 어디에 있었는지 모를 신랑이 등뒤에서 껴안아 부축하는 것을 느꼈다. 든든하고 편안한 품이었다. 그에게로 고개를 돌리는 순간, 다마이의 눈에 띈 얼굴은 샤하르였다.

"지난 일요일에 낮잠을 자는데 또 그 비슷한 꿈을 꾸었어. 기분이 이상했어. 그 전에도 내 사랑에 어딘가 문제가 있다는 걸 느꼈거든. 그래서 그 자리에 앉아서 기도드렸지. 하나님, 저는 토니를 간절히 사랑하지만, 당신의 뜻이 제가 사랑하는 사람과 결합하는 게 아니라면 그 뜻에 따르겠습니다. 하지만 그 전에, 제가 당신의 뜻을 알 수 있도록 제게 싸인을 보내주세요,라고. 그런데 그 기도가 끝나자마자 똑똑, 문을 두드리는 소리가 들렸어. 문을 여니 샤하르가 와 있었어. 그래서 토니에게 말했어. 너랑 맺어지는 걸 하나님이 원치 않는 것 같다고."

다마이의 옆얼굴은 고요하고 쓸쓸하다. 말을 하는 동안 내내, 다마이는 왼손 위에 겹쳐 놓은 오른손을 풀지 않는다. 뼈가 앙상히 드러나는 검누런 손등이 애처롭다. 그래서 그렇게 고요해 보였는가, 오늘 다마이는. 영월은 다마이의 손등을 제 손으로 가만히 덮는다. 최소한 다마이는 말 선 나라로 떠나지는 않아도 되는 것이다, 억지로 위안을 삼으며.

차는 영월이 사는 동네로 접어든다. 레코드가게 앞에서 그애는 아직도 노래를 한다. 오후가 되어도 그애의 열정은 변함없다. 그애가 서 있던 그늘엔 볕이 스며들어, 그애는 양미간을 찡그리고 있다. 영월은 다시금, 다시는 못 만날 연인을 보듯 과장된 애절함으로 몸을 돌려 그애를 바라본다. 그애가 시선에서 지워질 때, 자동차의 라디오에서는 그애의 리듬과 완벽한 부조화를 이루는 발라드가 흘러나온다. 사랑은 추억이에요, 그 마음에서 벗어나기가 어려워요. 맑고 높은 여가수의 목소리는 나무 그늘처럼 서늘하다. 대체 무얼 확인하고 싶었던 걸까. 영월은 알고 있었다. '금세기 최후의 개기일식'이라던 일식 이후에도 지구 어딘가에서는 개기일식이 있었다. 달이 해를 가렸고, 맨눈으로 보지 말라는 금기를 어긴 몇몇 사람은 눈이 멀었다. 그건 그냥 언제 어디서든 일어날 수 있는 일 중 하나일 뿐이었다.

찌짝이 죽은 다음날, 남편이 출근한 뒤 책상 앞으로 다가서던 영월은 아연했다. 죽은 찌짝이, 분명히 죽어서 뜰 귀퉁이에 묻어버린 찌짝이 화다닥, 달아나 책상 뒤로 숨고 있었다. 조금 있다가 고개를 쏙 내미는 것까지, 분명히 그 녀석이었다. 영월은 뜰로 나가보았다. 부겐빌레아 그늘, 흙으로 덮은 자리는 그대로였다. 그렇다면, 책상 위를 오가던 찌짝이 한마리가 아니었단 말인가? 나와 늘 눈을 맞추고, 깊은 밤에 찌찌찌찍, 외롭지 말라고 울어주던 녀석이? 그렇다면, 밖에 나갔다 돌아와 눈에 안 띄면 보고 싶어서 방바닥에서 천장까지 구석구석 둘러보던 그 마음은, 죽은 뒤의 애절함은 누구를 향한 것이었나……그날 밤, 책상 앞에 옴쭉도 않고 앉아 기다린 끝에 영월은 새 찌짝의 몸빛깔이 죽은 찌짝에 비해 붉은 기가 돈다는 걸 확인했다. 하지만 한차례 혼돈을 겪은 마음은 이미 죽은 찌짝에게서도 떠난 뒤였다. 마음의 그 간절함도, 지나고 나면 헛것이었다.

울음과 웃음, 기쁨도 그 숱하던 미움도 그리움도, 그 모든 게 하나가 되어버렸어요…… 노래를 들으면서 영월은 목이 싸아해진다. 눈물을 참느라 눈을 홉뜨자 콧물이 고인다. 가방에서 휴지를 꺼내 콧물을 닦는다. 기다렸다는 듯이, 오래 가둬둔 눈물이 흘러내린다. 그를 떠날 때에도, 그가 살고 있는 땅을 떠날 때에도, 빨랫줄에서 말라가는 옥양목처럼 눈물 한방울 안 흘린 영월이.

에어컨 바람이 차가워서일까, 눈물은 위로처럼 따뜻하다. 한번쯤은 괜찮다고, 한번쯤은 울어도 된다고 영월은 자신을 용서한다. 이번엔 다마이의 손이 영월의 손을 덮어온다. 까치발처럼 여윈 손이 서늘하다. 다마이는 제 사랑의 기억을 차곡차곡 접어두고, 신이 가리켰다고 믿는 길을 걸어갈 것이다. 그 길 끝에서 무엇을 만날지 모르는 채, 어둠속을 더듬어가며.

—『문학동네』 2001년 봄호

지붕의 박공이 마무리되었다. 지붕은 오랫동안 닫혀 있는 암자의 쪽문에서 볼 수 있는, 세월이 느껴지는 동록빛이었다. 그 자체로는

썩 마음에 드는 빛깔이었다. 문제는 집 주위가 녹색투성이라는 것이었다. 연둣빛 잔디에 메타세쿼이아를 닮은 진초록 나무, 게다가

동록색 지붕이라니. 수틀을 소파에 기대어놓고 몇발짝 떨어져서 보니, 오래 묵혀둔 집처럼 스산했다.

대낮에

대낮에

지붕의 박공이 마무리되었다. 지붕은 오랫동안 닫혀 있는 암자의 쪽문에서 볼 수 있는, 세월이 느껴지는 동록빛이었다. 그 자체로는 썩 마음에 드는 빛깔이었다. 문제는 집 주위가 녹색투성이라는 것이었다. 연둣빛 잔디에 메타세쿼이아를 닮은 진초록 나무, 게다가 동록색 지붕이라니. 수틀을 소파에 기대어놓고 몇발짝 떨어져서 보니, 오래 묵혀둔 집처럼 스산했다. 수본대로라면 환한 빨강 지붕이었다. 같이 십자수를 배우는 다른 여자들은 순순히 빨간 실을 꿰었는데 나는 왜 빨강이 너무 상투적이라고 생각했을까. 연녹색에서 진녹색까지 농담을 두어가며 지붕을 절반쯤 수놓았을 때 이미 그르쳤다는 걸 알았다.

생전 처음 놓아본 십자수였다. 지지난달 시누이네 집에서 거실 탁자 위에 놓인 둥근 수틀을 보지 않았더라면 직물의 날줄과 씨줄 사이에 코를 박는 일은 없었을 것이다. 볼이 통통한 소녀와 머리가 둥근

116

남자애가 코를 맞댄 수본 위에 수가 절반쯤 놓여 있었다. 여고생인 조카가 남자친구에게 선물하겠다는 일념으로 수놓는 중이라는 게 시누이의 설명이었다. 남편이 그걸 유심히 보고 있었다.

"뭘 그렇게 열심히 봐요?"

"아니, 요즘도 이런 수를 놓나 싶어서. 어렸을 적에 벽에 걸려 있던 옷덮개, 뭐라더라, 횃댓보? 그래 거기에 이런 수가 있었던 것 같아서. 당신은 이런 거 할 마음 없어?"

"나도 남자친구가 생기면 고려해볼게요."

코웃음으로 넘겼지만, 남자친구 아닌 남편의 생일을 달포 앞두고 나는 유럽풍의 십자수를 지향한다는 수예방에 들어섰다.

대학 신입생 때 만난 남편은 첫번째 데이트에서, 가족이라고는 누나와 단둘뿐인데다 남는 시간은 온통 아르바이트에 바쳐야 하는 처지임을 먼저 밝혔다. 그가 자신에게 불리한 점을 먼저 내보이는 게 결벽 때문인지 아니면 나에 대한 완곡한 거절인지를 곰곰이 저울질하면서 나는 맥주거품을 핥았다. 친가도 외가도 형제가 많은 집안인데다, 나만 해도 오빠 둘에 언니가 둘인 막내딸이라서, 가족모임이 있는 날이면 현관에 신발이 잔을 넘는 맥주거품처럼 넘쳐나는 집안에서 자란 내게 그의 단출함은 결격사유가 못 되었다. 추억도 식구수에 비례하는지, 연애시절, 내가 개성 다른 언니들 이야기며 짝사랑했던 오빠 친구 이야기를 조잘거려도 남편은 자기의 어린 시절을 펼쳐 보이지 않았다. 그런 남편이 추억 속에서 불현듯 꺼낸 십자수였으니 나로선 무심하게 넘길 수 없었다. 남편 몰래 수를 놓으며 비밀스러운 기분이 들 때가 좋았다. 남편의 생일에 맞춰 식탁 옆 벽에 걸고 그 앞에서 케이크를 자를 예정이었다. 그랬는데…… 초록투성이인 풍경은 오히려 식욕을 떨어뜨릴 것만 같았다. 나 하는 짓이 늘 이렇지, 뭐. 나는 짧게 한숨을 쉬고 딱딱하게 뭉친 어깨를 주무르며 일어섰다. 어느새 한시 반이 다 되어 있었다. 유치원에 간 딸 희영이 돌아올 시각이었다. 카디건을 찾아 걸치는데 전화벨이 울렸다.

"여보세요?"

"여보세요? 거기 김형도씨 댁인가요?"

애프터써비스 쎈터에서 일하는 사람처럼 격식을 갖춘 목소리였다.

"네, 그렇습니다만."

"여기는 대전 유성구청 사회복지과입니다. 김형도씨 계십니까?"

"출장중인데요. 무슨 일이시지요?"

"그래요? 혹시 부인 되시나요?"

"예, 그렇습니다만……"

"그럼 김경선씨를 잘 아시겠네요?"

"김경선씨요?"

나는 뜨악하게 되물으며 머릿속으로 더듬었다. 낯선 이름이었다.

"며느리 되시는 분이 시아버지 성함을 몰라요?"

은근히 힐난조인 사내의 말을 듣고서야, 나는 한번도 본 적이 없는 시아버지 이름이 여자 이름 같았다는 걸 떠올렸다.

"그런데 무슨 일이시죠?"

"김경선씨가 그동안 수용시설에 오래 계셨어요. 저희는 연고가 없는 분인 줄 알았는데, 아드님이 있다는 사실을 이제서야 밝혔어요. 김경선씨가 살고 있는 시설은 부양할 가족이 있으면 머물 수 없게 되어 있습니다. 남편이 출장에서 언제 돌아오시나요? 우선 제 연락처 알려드릴 테니 오시는 대로 연락바랍니다."

머릿속에 매캐한 연기가 가득 차는 기분이었다. 시아버지라니? 혼 잣몸으로 고생하면서 남매를 키운 시어머니의 고생담을 간간이 들었을 뿐, 시아버지에 대해 들은 것이라고는, 남편이 초등학교 때 어느날 집을 나가서 종적이 없다는 게 전부였다. 그러니 내게 있어 시아버지는, 산길에서 우연히 만난 묵은 무덤을 보면서 그 무덤 임자를 상상하는 것만큼이나 막연한 존재였다. 그런데 시아버지라니? 나는 전화를 끊자마자 시누이네 전화번호를 눌렀다.

"뭐, 누가 전화했다구?"

"그, 저, 김경선씨, 아니 아버님……"

늘 차분하던 시누이가 날카롭게 되묻는 바람에 나는 더듬거렸다.

"그분이 직접 전화하신 건 아니구요. 그런 분들을 담당하는 공무원인가봐요. 그분이 자식들 곁으로 가고 싶다고 하셨다구요."

"아니, 자식들이라니. 누가 그 인간 자식이라나. 그냥 싸질러만 놓으면 자식인가?"

시누이가 갑자기 대들듯 소리를 질렀다. 나를 질책하는 게 아님을 알면서도, 처음 들어보는 시누이의 거친 말투에 가슴부터 벌렁거렸다.

어머니마저 돌아가신 뒤 어린 동생을 돌보며 세상을 헤쳐온 시누이는 나와 첫대면하던 날, 내 손을 잡고 손등을 하염없이 쓸어내릴 뿐, 제대로 인사치레조차 할 줄 모르던 여자였다. 기름기라고는 하나도 없이 소슬한 손이 전하던 그 진정에 나는 그만 목이 메었다. 골목을 다 벗어날 때까지 지칫거리며 따라온 시누이는 내가 몸을 돌려 다시 작별인사를 했을 때에야, 내내 하고 싶었을 말을 입밖에 내었다. 우리 형도, 세상에 그렇게 가엾게 큰 애도 다시 없을 거야. 잘 부탁해요.

표나게 자상하지도 않았지만 남을 입질에 올리지도 않는 시누이의 질박함은, 잘 쌓은 돌담에 등을 기댄 것처럼 든든하기도 했고 때로는 스스럼없이 다가가는 데에 투명한 옹벽이 되기도 했다. 그런 시누이가 이십여년 만에 받은 생부의 소식에 그런 반응을 보이다니. 사건이라면 그것이, 내게는 없는 걸로 알았던 시아버지가 나타난 것보다 더한 사건이었다.

"전화가 또 오면 희영 엄만 무조건 모른다고 해. 희영 아빠 돌아오면 희영 아빠랑 내가 알아서 할 테니. 아니야, 거기 전화번호 받아놓았다며? 불러줘봐."

통화를 마친 뒤, 담장이 무너져 밖에서도 안이 훤히 들여다 보이는 집에 앉은 것처럼 허둥거리던 나는 그날 밤, 평소에 잠그지 않던 베란다쪽 문까지 꼼꼼히 걸어잠그고 나서야 겨우 눈을 붙일 수 있었다.

"별일 없었지?"

출장에서 돌아온 남편은 평소의 버릇대로 동전이며 열쇠 들을 호주머니에서 꺼내어 안방 탁자 위에 올려놓으면서 물었다. 납작하게 눌린 뒷머리에 오랜 비행의 피로가 묻어 있었다. 안쓰러움에 물러서려는 마음을, 그동안 속고 지냈다는 노여움이 몰아붙였다.

"별일이…… 없진 않았어요."

"뭔데? 우리 희영이가 또 외간남자를 팼어?"

남편은 짐짓 농담조로 말했다. 희영이는 심심치 않게 사고를 쳤다. 갓난아기 때부터 유난스러운 성정이긴 했다. 곤히 잠든 것처럼 보였다가도 요 위에 내려놓기만 하면 와앙 울어젖히는 통에 아이를 업고 졸면서 밤을 새운 게 하루이틀이 아니었다. 아파트 현관까지 왔다가도 애가 동네가 떠나가라 우는 소리를 들으면 몸 돌려 다시 나가고 싶어져. 그렇게 말하는 남편 앞에서 나는 서운한 기색조차 내비칠 수 없었다. 자업자득이었으니까.

아이가 뭐가 급하냐, 집부터 장만하자는 남편의 말이 타당하게 여겨지기도 했고 둘만의 시간을 좀더 누리고 싶은 욕심도 있어서 우리의 신혼은 4년 가까이 지속되었다. 새집으로 이사한 어느날 밤, 나는 버릇처럼 콘돔을 꺼내는 남편의 손목을 쥐었다.

"이젠 안 그래도 돼요. 우리 집이잖아. 난 당신 아기 갖고 싶어."

남편은 멈칫거리다가 손에서 힘을 풀었지만, 결정적인 순간에 몸을 떼어냄으로써 내 꿈에 합세할 의사가 없음을 분명히 했다. 나는 아연했다. 한껏 달아 있던 내 몸에서 피가 빠른 속도로 빠져나가는 듯했다. 집 장만은 핑계에 지나지 않았다…… 외롭게 자랐으니만큼 속마음으로는 나보다 더 아기를 기다릴 것이라며 지레 안쓰럽던 내 마음은 황잡은 거였다. 남편은 변명인지 해명인지 모를 혼잣말을 했다. 난 부모가 된다는 게 겁나. 자신없어.

그날부터, 아기를 가지려는 나와 아기를 피하려는 남편의 은근한 전쟁은 반년 가까이 계속되었다. 남편이 나 몰래 정관수술을 받지 않은 건 두고두고 신기한 일이었다.

엄마가 되어보지 못한 채 늙느니 이혼하겠노라는 극언까지 들은 다음에야 남편은 꺾였다. 그랬으니만큼, 밤이면 울어대는 아이를 업고 앞동의 불빛이 하나둘 죽어가는 것을 보면서 부은 다리로 서성인대도 나는 할말이 없었다. 친구하고든 언니들하고든 제대로 된 싸움 한번 못해본 내 뱃속에서 나온 애 같지 않게 아이가 성질을 부릴 때면, 제 아빠가 저를 원하지 않았던 걸 알아차리고 일부러 저러는 게 아닌가 싶기도 했다. 동생을 보면 나아질 거라는 주위의 위로도 내겐 희망이 안되었다. 희영이 그렇게까지 사납지만 않았더라도, 나는 둘째를 낳아 키우고 있었을 것이다.

"아니, 희영인 이번 주일엔 양호했어. 근데 희영이 할아버지가 살아 계시다는 연락이 왔어요."

주머니를 다 비우고 재킷을 벗던 남편이 흠칫했다. 침묵. 어디선가 무덤을 열고 망령이 살아나고, 그 망령의 기미를 탐색하느라 숨소리까지 죽인 침묵. 언젠가 이런 적이 있었는데…… 그 와중에도 아물거리는 기억을 더듬는 내게 남편이 갑자기 쉬어버린 목소리로 물었다.

"그래 그쪽에서 뭐래? 뭐 묻는 것 없어?"

"당신 출장갔다니까 돌아오면 연락해달라고 전화번호 알려주던데요."

"혹시 회사 전화번호는 안 물었어? 그래. 당신, 앞으로 나 찾는 전화오면, 누가 뭐 물어보면 당신은 아무것도 모른다고 그래."

남편이 당부할 필요도 없는 게, 나는 정말 모르는 것이다. 나야말로 누군가에게 전화를 걸어 이 느닷없는 사태에 어떻게 대처해야 하는지 묻고 싶어졌지만, 할 수 있는 일이라고는 저녁상을 차리는 일뿐이었다.

감자국에 넣을 다시마를 자르다가 얼결에 떨어뜨린 가위가 아슬하게 발가락을 비껴나가는 순간, 나는 아까부터 내 기억을 간질이던 기시감의 정체를 찾아냈다. 얼마 전에 본 비디오였다. 「슬리피 할로우」. 칼에 맞아 죽을 때 잘려나간 제 머리를 찾느라, 나뭇둥치 속에 웅크리고 있다가 뛰쳐나와 산 사람의 목을 뎅강뎅강 자르는 목 없는 철기사. 이미 죽었으므로 총에 맞아도 칼에 베여도 심지어 불에 태워도 살아나는 그 유령. 그 유령을 조종하는 사람이 살고 있는, 언제 그 목표물이 될지 모르는 마을사람들의 숨죽인 불안, 그거였다. 철기사의 소굴엔 사람의 목이 여럿 뒹굴고 있었다. 사람의 목을 들고 돌아와 혼자

제 목에 머리를 맞춰보았을 철기사. 그 무섭던 와중에도 영화에 없는 그 장면을 상상하면서, '이 머리가 아닙니다. 이 머리도 아닙니다' 약품 광고 문구를 대입하면서, 유령이 우습고 딱하게 여겨졌던 기억도 났다. 나는 남편에게 물었다. 당신 아버지가 맞긴 맞을까요?

"아마 그 인간이 맞을 거야. 어머니는 그 인간이 죽었을 거라고 했고, 우린 죽었기를 바랐지. 행불신고를 낸 게 십년도 더 전이야. 우리가 짐이 될 땐 나 몰라라 했다가 누님이랑 내가 살 만해졌을 거라는 계산이 서니까 나타난 거지. 그러고도 남을 인간이야."

아버지라면서 '그 인간'이라니. 남편은 자기 차를 긁고 오히려 덮어씌우는 사람에게도 "이 인간아!" 운운할 만한 인간은 결코 못 되었다.

"어떤 분이셨기에……"

"안 듣는 게 나아. 당신은 상상도 못할 거야."

"그래도 말해봐요. 난 도무지 형님이랑 당신이 이러는 게 이해가 안 돼요. 부모가 찾는다는데…… 우리도 자식 가진 부모인데……"

"그래, 우리도 부모야. 부모지…… 당신, 내가 희영이 보는 앞에서 이유도 없이 당신을 마구 때린다면, 그것도 모자라서 팔 자르겠다고 당신 팔을 도마 위에 올려놓고 칼 들고 팍팍 찍어댄다면 어떻겠어? 당신 옷을 갈기갈기 찢은 다음 몸에 석유를 끼얹는다면? 그 앞에서 성냥을 그어대며 웃는다면? 그걸 보면서 겁에 질려서 우는 희영이를 마당에 내던진다면?"

"………"

남편의 말은 걷잡을 수 없이 가팔라졌다. 머리가 휑하니 비면서 핑글 돌았다. 내 아이의 할아버지가 그런 사람이었다구? 눈앞이 확 밝아지는 기분이었다. 뭐든 제 뜻대로 되지 않으면 숨넘어가게 울다가 나중엔 경기를 일으켜서 응급실로 뛰어가게 만들던 희영의 성정, 억지를 쓰다가 제 친구의 얼굴이고 팔이고 손톱으로 긁어서 나를 죄인으로 만들던 버릇. 타일러도 을러도 안 고쳐지는 아이를 보면서, 나는 자격도 없으면서 아이를 낳았다는 생각에 울울해지곤 했다.

"어떡하지요, 이젠. 그 사람 말로는 부양할 자식이 있으면 그 시설인지 뭔지에서 나와야 한다던데."

"알 바 아니야. 거기말고도 시설은 많을 거야."

남편의 대답은 자신있는 문제에 답을 쓰듯 명쾌했다. 그렇지만 나는, 질문의 뜻조차 파악할 수 없는 문제들이 늘비한 시험지를 앞에 두고 있는 것만 같았다.

당장이라도 다시 전화할 듯하던 사내의 전화가 없는 걸로 보아 시누이나 남편이 어떤 식으로든 조처를 취했으리라 짐작하면서도 나는 묻지 못했다. 희영 엄만 모를 거야. 어떤 땐 참고 산 내 엄마가 더 밉기도 했으니까…… 그리움? 그것만은 고마워해야지. 그리워할 여지를 조금도 남기지 않았다는 거. 당신은 몰라…… 그래도 부모인데,라는 내 반응에 대해 해명하려는 노력이 시누이와 남편으로 하여금 더 격하게 만든다는 걸 깨달은 뒤 나는 그만 입을 다물었다. 침묵 속에서 마음은 끝이 안 보이는 뻘에서 발이 푹푹 빠지며 헤매고 있었다. 완성된 십자수를 수틀에서 뜯어내어 장롱 속에 처박고 나는 새 수본을 사왔다. 남녀가 아기 옷을 펼쳐 보이는, '단란한 가족'이라는 낯 간지러운 제목이 붙은 그림이며 세 가지 빛깔의 풍선을 들고 있는 소녀며. 사랑한다, 아니다, 사랑한다, 아니다, 아카시아 나뭇잎을 하나씩 뜯어가면서 사랑을 점치는 여자애처럼, 실을 교차시켜 한 땀씩 수를 놓을 때마다 내 마음도 저울의 양쪽 접시 위에서 퍽퍽, 팥죽처럼 끓었다.

저울의 한쪽 접시. 나도 사람의 본성이 쉬 변한다고 믿을 만큼 순진하지는 않다. 하지만 그때 시아버지는 혈기방장한 나이였다. 지금은 칠순이 넘었다. 왜 조직폭력배였다가 어린 양들을 돌보는 목회자가 된 사람도 있지 않은가. 오래 소식 없다가 어느날 여성지에서 본 대학 동창 문경이는 어떻구. "일산에서 살림 잘하기로 소문난 주부 서문경에게서 배우는 알뜰살림 지혜"라는 화보에서 환하게 웃고 있던 문경의 별명이 '문리대 꽃뱀'이었다는 걸 누가 짐작할 수 있을까. 남편의 헌 와이셔츠로 똑같은 앞치마를 만들어 두른 문경 모녀의 웃음은 사진에 나온 그애의 집처럼 소박했다.

반대편 저울접시엔 '개 꼬리 삼년 두어도 황모 못 된다'는 속담이 턱하니 올라앉아, 개꼬리인지 황모인지 알아맞혀보라는 듯 터럭을 날리고 있었다. 어렸을 적, '제 털 뽑아 제 구멍에 다시 박겠다'는 소리를 듣던 큰오빠는 청렴한 공무원으로 이름남으로써 올케 속을 터뜨리고, 동네 골목대장이던 둘째오빠네는 세 식구 살림에 한달 쌀이 한 가마니 든다 할 정도로 객식구가 들끓고…… 중년이 된 지금에도 형제자매들은 아주 어렸을 적에 지녔던 성정에서 그리 못 벗어났다. 남의 이야기 할 것 없었다. 남편과 연애할 때 언니들은 그러면 그렇지, 했었다. 제법 무난하게 사는 집 막내딸이면서도 늘 엄마가 첩이거나 아버지가 없거나 고아원에서 사는 아이들과 더 친했던 내 어린날까지 들추면서.

남편을 인사시키던 날, 근본이 어떤지도 모르는 사내를 끌고 들어왔다면서 아버지는 팽 돌아앉았다. 아버지가 남편을 사위로 인정하는 데 삼년이 걸렸다. 언니들로부터 "니네 신랑, 장인 장모에게 혼자 너무 잘하지 좀 말라고 해라. 다른 사위들이 빛이 안 나잖니?"라는, 칭

찬인지 타박인지를 받던 남편의 살가움이 얻어낸 결실이었다. 장인에 게서 냉대에 가까운 대접을 받으면서 부득부득 처가를 찾는 남편을 보면 안쓰럽기도 했고 어떤 땐 피학성향이 있지 않은가 의심스럽기도 했다. 생부를 외면하는 남편은 무슨 마음으로 냉대하는 장인을 섬겼 을까. 칸마다 채워가는 십자가 우리 집을 넘보는 무엇을 막아내는 십 자가라도 되는 듯이 나는 열심히 수를 놓았다. 수놓기에 몰두하다 보 면 마음을 끓게 하던 불길은 사위었다. 하지만 그건 십자가가 아니라 가위표였다.

"김경선씨 며느님 되시지요? 저는 전에 전화 드렸던……"

"저희 남편이 전화 안 드렸던가요?"

"네, 받았습니다. 어렸을 때 충격이 심한 것 같더군요. 하지만 이제 는 칠순이 넘은 분이에요. 젊어 한때 잘못이야, 누구에게나 있을 수 있는 일 아닙니까? 게다가 남편 되시는 분은 명문 K대까지 나온 엘리 뜨라면서요."

"네? 그건 어떻게?"

"아버님이 워낙 서운하셨나봐요. 막노동으로 명문대까지 보냈는데 이렇게 모른 척할 수 있냐고요."

"그게 무슨 말씀이세요? 제 남편이 K대를 나온 건 사실이지만, 순 전히 고학으로 학교를 마쳤어요. 남편이 어떻게 고생하면서 학교를 다녔는지는 제가 잘 알아요."

은근히 주눅들었던 내 목소리가 높아졌다. 대학시절 남편이 겪은 고생을, 가난한 고학생의 연인이었던 나만큼 잘 알고 있는 사람이 어 디 있으랴. 분위기 있는 레스또랑은커녕 주말마다 북한산에 오르느라 종아리에 알 밸 지경이었다. 시내버스표와 김밥, 오이나 사과 몇알로 온종일 함께 있을 수 있는 곳은 그때 생각으로는 산뿐이었다. 겨울에서 봄으로 넘어가느라 삭막한 북한산 대동문에서 시가지를 내려다보면서 "서울엔 저렇게 집이 많은데…… 우리도 저 가운데 하나에 우리집을 가졌으면 좋겠다"는, 고단하고 청승맞은 청혼을 받았던 나였으니만큼 얼마든지 당당해질 수 있었다. 나는 차라리 기뻤다. 시아버지가 비열한 사람이라는 결정적인 증거를 잡았으므로. 남편의 입장에 편승하면서도 노인네를 산속에 유기한 듯 발뻗기가 편치 않았던 내게, 시아버지의 거짓말은 우리가 정당하다는 결정적인 증거로 여겨졌다. 그런 거짓말을 천연스럽게 할 수 있는 노인이라면 무슨 패악인들 못 저지르랴…… 전화번호를 바꿔야 할까봐. 어떻게 알아냈는지 회사로도 전화가 오는데 또다시 집에까지…… 남편의 반응에도 나는 침묵으로 동조했다.

친정과 아이의 유치원 선생에게만 바뀐 전화번호를 알렸을 뿐, 친구들에게조차 연락을 하지 않고 지내는 나날이 이어졌다. 혼자 있는 시간이면 진공 속에 던져진 것 같았다. 이따금 전화기를 들고 얼마 전까지 우리가 쓰던 번호를 눌러 녹음된 목소리를 거푸 듣기도 했다. 지금 거신 전화번호는 결번이오니, 확인하시고 다시 걸어주시기 바랍니다. 우리 가족은 실종중이었다. 한밤중, 잠결에 옆이 허전해서 나가보면, 어둠침침한 거실에서 혼자 술을 마시는 남편. 그의 마음이 어디쯤에서 헤매는지 알 길이 없었다. 독실하나 편협하지 않은 기독교인이던 시누이는 걸핏하면 기도원으로 달려가 며칠씩 머무르느라 집을 비우기 일쑤였다. 그런데도 남들은 우리를 잘만 찾아내고 있었다.

"이렇게까지 하시는 심정, 저희도 어느정도는 이해합니다. 성장기의 상처는 지워지기 어렵지요. 그렇지만 죄는 미워해도 사람은 미워하지 말라는 이야기가 있지 않습니까?"

패륜을 꾸짖는 듯하던 지난번 사내와 달리, 종교단체에서 사회복지 업무를 맡고 있다는 그는 말소리도 나직나직했다.

"며느님께서도 힘드시죠? 무조건 모셔가시라는 건 아닙니다. 오래 헤어져 있던 사람들이 함께 사는 게 어디 쉽겠습니까? 하지만 한번 만나보시기나 하면 어떨까요? 아버님께서도 옛일을 뉘우치면서 우시더군요. 사는 게 너무 힘들어서 식구들에게 몹시 굴었다고 하시면서요."

어떻게 해서 담당자가 바뀌었는지, 어떻게 우리 전화번호를 알아냈는지, 마구 떠오르는 궁금증을 스스로 가라앉혀야 할 정도로 부드러운 그의 말투는 줄타기하듯 간당간당 가누던 나날을 출렁, 흔들어놓았다.

그즈음, 희영은 자라면서 떨쳐냈나 싶게 한동안 잠잠하던 경기를 다시 일으키기 시작했다. 와아앙, 불에 데인 것 같은 아이의 울음소리가 잠을 흔들었다. 익숙한 증상이면서도 그때마다 가슴이 덜컥 내려앉았다. 어느날, 한바탕 고비를 넘기고 응급실에서 잠든 희영의 작은 얼굴에 비적비적 솟아나 엉긴 진땀을 닦아주다 말고 나는 내 입에서 무심결에 흘러나오는 낯선 목소리를 들었다. 당신 아버지, 혹시 간질병 같은 거 앓았던 건 아녜요? 내 목소리에 놀라 소스라친 건 다름아닌 나였다. 다행히, 막 응급실로 실려들어오는 추레한 노인과 구급대원의 소란스러운 움직임 때문에 남편은 내 말을 못 들은 것 같았다.

희영의 악착같은 면을 보면 정나미가 떨어지면서도, 속으로 은근히 마음을 놓기도 했다. 이 험한 세상에서 제 실속 못 차리고 앞가림 못하는 것보다는 낫지 않겠느냐는 어미의 이기심이었다. 친구를 울리는 게 못마땅해 희영을 나무랄 때도, 질질 짜면서 들어오는 아이를 보면 더 부아 나리라는 지레짐작이 길게 야단치는 것을 막아줬다. 내 제어장치가 언제부터 풀렸는지 모르겠다. 옆집 아이와 싸우고 돌아온 희영을 야단치다가 마침내 희영이 경기를 일으키는 걸 보고서야 내 안에 있는 줄도 몰랐던 흉포함이 날뛰었다는 걸 깨달았을 것이다. 걸핏하면 날뛰고 싶어하는 그놈을 바라보느라 눈 홉뜬 내 곁에서 남편은 가시덤불이 마구 자라는 것도 모른 채 깊이 잠들곤 했다.

어느날 아침, 나는 내 몸을 흔드는 손길에 눈을 떴다. 남편이 하얗게 질린 얼굴로 나를 깨우고 있었다. 당신 왜 그래요? 어디 아파요? 남편은 가슴을 움켜쥐고 있었다. 가슴이, 그냥 가슴이 너무 아파. 남편은 의사 앞에서도 겁에 질려 있었다. 그냥 심장이 그대로 굳어버리는 것 같아요. 남편의 고통과 무관하게 심전도검사 결과는 정상이라고 할 수 있는 정도였고 다른 검사에도 이상은 없었다. 스트레스를 심하게 받으면 그런 경우가 있지요. 의사는 가볍게 넘어갔다. 어떤 날엔가는 출근을 하러 나갔던 남편이 이십분쯤 지나서 전화를 해오기도 했다. 옴쭉도 할 수가 없어…… 집에서 그리 멀지 않은 곳의 길가에 차를 세워놓은 채 남편은 숨을 거칠게 몰아쉬고 있었다. 마침내 의사는 공황장애라는 진단을 내렸고, 약을 먹으면서 남편은 병든 병아리처럼 잠이 늘었다. 남편은 잠속으로 달아나고 있었다.

"언제까지 도망만 칠 거야? 당신이 한번 가봐요. 난 두고두고 후회할 일 만들고 싶지 않아. 살다가 무슨 일이 생길지 모르는데, 그때마다 당신 아버지를 떠올리면서 인과응보려니, 이런 생각 들까봐 겁나."

"인과응보라면 나도 좀 아는데, 지금 그 인간이 받고 있는 게 바로 응보야."

그 인과응보의 여파로, 희영을 낳으면서 끊었던 담배를 다시 피우기 시작한 남편이 담배연기를 길게 내뿜어 자기 얼굴을 가렸다. 할 수만 있다면 연기처럼 사라지고 싶어. 연기 속에 가려지는 남편의 얼굴이 그렇게 말하고 있었다.

"당신 살아봐서 알잖아. 내가 그렇게 몰인정한 놈이었어? 당신, 내가 아이 낳지 말자고 한 거 생각나? 희영이 낳았을 때 딸이라서 내가 기뻐했던 것도? 당신은 내가 아들을 바랐을 줄 알았겠지만, 천만에, 난 정말로 아들만은 낳고 싶지 않았어. 내 아버지의 피가 내 몸 어딘가에 숨어 있다가 대물림할까봐 겁났어. 그런 씨앗이라면, 이 세상에서 단종시켜야 해."

단종이라니, 그럼 희영인 뭐냐, 그 와중에도 그런 마음이 잠깐 들었던 것 같다. 그렇지만 지금은 성차별을 들먹일 때가 아니었다.

"당신 그거 알아. 회사에서 바쁘게 일하는데 사회복지산지 뭔지 하는 사람에게서 전화가 와. 그러면 난, 어찌어찌 세상에 발 붙이고 사는 회사원 김아무개에서 대번에 온동네가 침 뱉던 개망나니의 씨가 되어버리는 거야. 몇십년 전 과거를 아직도 풀어내지 못해서 제 아비 내친 놈이 되고. 내가 혐오스러워. 핏줄 속에 흐르는 게 피가 아니라 탁한 고름 같다구. 회사 옥상에 올라가서 사람들 사는 곳을 내려다보면 발바닥이 간질거려. 내 쪽에서 끝낼 수도 있다고 누가 속삭이는 것 같아."

"………"

"당신한텐 말 안했지만, 벌써 다녀왔어. 그동안 시설에서 어떻게 살았나도 주위 사람들에게 듣고. 내 기억 그대로야. 우린 벗어날 수 없을 거야."

남편은 재떨이에 꽁초를 위악적으로 짓이겼지만 그 눈길은 제발 그만,이라고 애원하고 있었다. 그 눈빛을 보자, 오래 전, 하얗게 빛나던 둑길이 떠오르며 그만 다리에 힘이 풀렸다.

간석지의 둑길이었다. 왼편엔 바다를 메워서 만든 논이, 오른편에는 갈대가 나부끼는 농수로가 나 있는 둑길. 끝이 보이지 않는 기다란 길 위로 오후의 햇살이 하얗게 빛났다. 나는 그 길을 맨발로 걷고 있었다. "안 아프니? 이제 그만 신발 신어." 그애가 나를 바라보며 애원하고 있었다. 금방이라도 울 듯한 얼굴이었다.

그애는 우리 반에서 가장 못생기고 가난한 아이였다. 게다가 본처인 큰엄마의 구박을 받으면서 그 집에서 더부살이하는 첩실 소생이었다. 학대는 그애의 일용할 양식이나 다름없었다. 반장인 내가 저를 다른 애와 차별없이 대하는 걸, 그애는 자기에게 특별한 친절을 베푼다고 생각하고 내 주위를 맴돌았다. 그날 내가 왜 그애와 그 길을 걷고 있었을까. 햇살 아래 반사되는 개흙이 너무 고와서 나는 풀섶에 주저앉아서 신발도 양말도 벗어버렸다. 잠깐 그래보고 싶었을 것이다. 하얀 길의, 그 부드러워 보이는 개흙의 유혹에 잠깐 넘어갔을 뿐이다. 그냥 단순한 유희였다.

시멘트처럼 결이 고운 흙이 먼저 발바닥에 닿았다. 혓바닥에 얹힌 포도당 가루처럼 녹아, 그대로 피부에 스며들 것 같은 고운 흙이었다. 귀를 후빌 때처럼 발바닥이 간질거렸다. 그러나 그 보드라움은 이내 표변했다. 한발짝씩 내딛자, 그 보드라움 사이로 뾰족뾰족한 것이 찔러왔다. 자디잔 돌이었을 것이다. 걸으면 걸을수록 따가움은 짙어져만 갔다. 그런데도 내가 신을 신지 않은 건 그 고통 속에 일말의 감미로움 같은 게 느껴져서였다. 그런 나를 바라보며 그애는 제가 더 아픈 듯 울상을 지었지만 나는 맨발을 고수했다. 그 애원하는 눈길이 없었더라도 내가 그 길을 끝까지 맨발로 걸었을까. 이따금 그 길을 떠올릴 때면 뒤따르는 물음이었다.

남편은 옛 기억에서 벗어날 수 없을 것이다. 설사 시아버지가 순한 양이 되었다 하더라도 남편의 눈에는 양의 탈을 쓴 이리로만 보일 것이다. 준비가 덜 된 건 남편 쪽이었다. 나는 남편이 새로 바리케이드를 쌓는 데 협조했다. 다시 한번 전화번호를 바꾸고, 남편은 시누이네 집으로, 나와 아이는 친정으로 주민등록을 옮기는 걸로.

처음 전화번호를 바꿨을 땐 얼렁뚱땅 얼버무렸지만 이번엔 그냥 넘어가기가 어려웠다. 유치원에서 미술관으로 견학가는 날, 나는 아이를 유치원 버스에 태우고 그 길로 친정으로 향했다. 생각하니 오랜만의 친정 나들이였다. 고작 전철로 한시간 거리인데도. 혼자서 집을 지키다 맞아들이는 친정엄마의 눈길이 유심했다.

"너, 혹시 둘째 가진 건 아니니?"

"엄만…… 희영이 하나로도 벅차. 걔가 세 몫은 하잖우."

"그런데 그새 얼굴이 왜 이렇게 상했냐?"

"그냥, 좀 신경쓸 일이 있었어. 엄마, 나 주민등록을 엄마네 집으로 옮겨놓을까 하고."

"아니, 그게 무슨 소리냐? 주민등록을 옮기다니?"

"에이, 엄마, 엄마가 생각하는 그런 일 아냐. 희영이 아빤 나 없인 살아도 장모님 없이는 못 산다는 사람이잖우. 내가 이혼해달라고 애원해도 안할 거야. 사실은, 시댁 쪽에 문제가 좀 있나봐."

난데없이 나타난 엄마의 바깥사돈, 남편과 시누이가 기억하는 시아버지, 우울증의 기미를 보이는 남편과 시누이의 변한 모습을 되도록 간략하게, 하지만 전화번호를 바꾸고 주민등록을 옮기는 당위성이 납득될 만큼 말하는 동안, 엄마의 어깨는 솟구쳤다가 천천히 가라앉곤 했다. 나는 짐짓 씩씩하게 말했다.

"희영이가 나 어렸을 적 닮지 않고 사납다고 그랬지? 이제 생각하니 지네 할아버지 닮았나봐. 최소한 궁금증 하나는 풀었잖아?"

언젠가, 아파트 출입구 앞에서 한무리의 아이들이 동그라미를 그리며 옹송그리고 있는 것을 보았다. 나는 아이들의 머리 위로 고개를 들이밀었다. 아이들이 만든 원 안에는 아주 커다란 배추벌레가 꿈틀거리면서 힘겹게 나아가고 있었다. 도시에서 자란 아이들이어선지, 아이들의 눈은 호기심과 두려움이 뒤범벅되어 있었다. 그때, 조그만 계집애가 아이들을 헤치고 쪼르르 원 안으로 들어서더니 대번에 발로 콱 밟아버렸다. 제 오빠뻘이 되고도 남을 애들이 움찔하는데, 희영은 제 신발 바닥을 보도블록에 비벼가며 짓이겨진 배추벌레를 천연덕스럽게 떨어내고 있었다. 그때가 생각나 새삼 진저리치는 나에게 엄마는 맵게 눈을 흘겼다.

"별 데다 다 갖다붙이려고 하지 마라. 어렸을 적에 네 고집도 희영이 못지않았어. 앞집 영진이네가 이사한다니까, 영진이한테 시집가겠다고, 따라가겠다고 하루 낮밤을 울어댄 거는 생각 안 나지? 김서방이 남자치고 눈썹이 너무 옅어서 부모 덕 없을 줄은 알았다만…… 넌 그냥 네 업이려니 하면서 김서방이랑 희영이 고모 하자는 대로 따라가."

"나야, 뭐. 한마디 했다가는 알지도 못하면서 나선다는 분위기라 입 다물고 있는 중이지, 뭐."

"그래, 그래야. 좀 쉬었다가, 온 김에 동사무소에 들러서 아예 전입신고 하고 가든가."

"그러잖아도 그러려구요."

바람이 새어 들어왔는지, 베란다에 매달아놓은 풍경이 쟁강쟁강, 투명한 소리를 냈다. 엄마와 내 눈길이 동시에 그리로 향했다. 그 소리가, 혼탁하던 머릿속에 한줄기 맑은 기운을 흘려넣었다. 전화벨소리에 철렁 놀라고, 희영을 보면서 본 적도 없는 시아버지의 사나운 피를 연상하고, 희영이 집에 조금만 늦게 돌아와도 때가 덕지덕지 앉은 주먹에 입이 틀어막힌 채 끌려가는 아이를 떠올리고, 살을 맞대고 누운 남편의 마음속에 뱀처럼 똬리 틀고 있는 아픈 기억을 만질 수 없어서 가슴이 시리고…… 어째서 이런 일이 벌어졌을까. 무언가 나를 납득시킬 만한 이유를 찾아야 했다. 나는 어렸을 적부터 내가 범했던 크고작은 잘못들을 찾아냈다. 줄기에 딸려나오는 감자처럼 잘못한 일은 많고도 많았다. 평온한 거죽을 한겹만 들추면 줄줄이 파헤쳐지는 생채기들. 나는 근신중이었다. 여고시절, 근신처분을 받은 아이들은 땡볕을 받으면서 운동장 가장자리, 있어도 그만 없어도 그만인 잡초를 뽑곤 했다. 그애들 가운데 몇은, 저희가 뽑아낸 잡초처럼 학교에서, 제가 몸담았던 세상에서 몸을 빼서 또다른 세상으로 사라지기도 했다. 교실에서 그애들을 바라보면서 내가 운동장 아닌 교실에 있다는 것에 안도한 죄는 없었던가?

쟁강쟁강, 머릿속에 늘 연기가 자욱한 것처럼 무지근하던 나날이 갑자기 다른 생의 일인 듯 아득히 물러났다. 여긴 딴세상 같아…… 그만 그대로 주질러앉고 싶어질 것 같아서, 나는 그 고요한 세상에서 몸을 뽑아냈다.

큰길가, 공사중에 부도가 나서, 흉가처럼 유리창이 다 깨어진 건물 모퉁이를 돌아설 때였다. 언덕 쪽으로 난 상가 앞 포도에 한 할머니가 쓰러져 있었다. 햇빛에 허옇게 바랜 입술이 먼저 눈에 띄었다. 목덜미엔 피가 진득하게 말라붙었고 옷은 오랜 노숙의 흔적을 보여주었다. 힐금거리며 지나치는 사람들에 부딪히며, 나는 그 자리를 지나칠 수 없었다. 겨우 걸음을 떼어 다가섰지만, 죽은 듯해서 흔들어볼 엄두도 내지 못했다. 할머니, 정신 차리세요. 할머니. 그러자 다시 열릴 것 같지 않던 눈꺼풀이 무겁게 열렸다. 그 눈꺼풀은, 내가 사온 생수를 빨대로 두어 모금 마신 뒤 다시 닫혔다. 마음은 급했는데 공중전화가 눈에 뜨이지 않았다. 생수를 산 가게에 가서 사정을 설명하고 119에 연락을 부탁했지만, 눈이 우멍한 가게 주인은 되도록 얽혀들고 싶지 않다는 표정이 역력했다. 나는 간절함을 덧입은 뻔뻔함으로 그에게서 신고해주겠다는 답을 얻어냈다. 가게에서 나오다 생각하니, 그리 멀지 않은 곳에 파출소도 있었다. 나는 잰걸음으로 달려가 또 한번 신고를 했다.

파출소를 등지고 나오면서, 나는 그동안 꼭꼭 여며두었던 눈물을 풀어버렸다. 내가 할 수 있는 일은 고작 거기까지였다. 파출소에 신고하고 마음의 무게를 더는 일. 그 할머니에게도 혈육이 있었을 거라는 생각에 가슴 저리면서도 나는 어김없이 동사무소로 향하고 있었다. 아가, 나 좀 데려가다오. 여긴 너무 춥구나…… 꿈속에서 본 시아버지는 가래가 끓어 끈적이는 목소리로 애원했다. 꿈속의 그 순간에도 나는 신혼초 남편이 내게 던졌던 재떨이를 떠올리면서 안된다고 고개를 젓고 있었다. 말다툼을 하다가 두꺼운 유리 재떨이에 맞은 나는 뒤로 넘어지면서 정신을 놓았다. 깨어나보니 병원이었다. 한밤중이었는데도 시누이가 달려와 있었고 세상에 다시 없는 극성스러운 장모도 그러지 못하리라 싶게 시누이는 그 자리에서 남편을 닦아세웠다. 결혼생활에서 딱 한번 겪은 그 폭력의 기억이 생생해 시아버지에게서 뒷걸음질쳤던 그 꿈속에서처럼, 나는 우리를 실종시키려 동사무소를 찾아가고 있었다. 끝내 숨을 수 있을까, 내가 나를 가릴 수 있을까, 생목 오르는 물음들을 밟으며, 고개를 외로 틀어 쏟아지는 눈물을 가리면서, 햇빛이 꿈결같이 환한 대낮에.

—『창작과비평』 2001년 봄호

술래가 숫자를 헤아리는 동안 나머지 아이들은 호주머니에서 쏟아져나온 구슬처럼 와그르르 흩어져서 골목으로 숨어들 수 있었으니까. 언젠가 뛰어가다 보니까 글쎄 그 골목엔 나 혼잔 거야. 보통 서너명씩 패를 지어서 흩어졌거든. 혼자라는 걸 알게 되니까 기분이 이상해지더라. 휘움한 골목엔 그만그만한 대문들이 절반쯤 열려 있고. 다른 골목에선 아이들이 신나게 숨고 있을 텐데 나 있는 골목은 조용한 거야. 찾는다. 술래가 외치는 소리가 들렸으니 얼른 숨고 봐야 하는데, 이상도 하지, 숨기는커녕 공터로 도로 나가고 싶더라.

봄날은 간다

봄날은 간다

지원이야. 뭐하고 있었니? 먹고 있던 중 아니었어? 난 애들하고 벌써 먹었지. 넌 혼자라서 반찬 같은 것도 잘 안 해먹겠구나. 못 믿겠어. 그럼 오늘 저녁은 뭐하고 먹었는지 말해봐. 개구리반찬? 하하…… 죽었니 살았니?

어렸을 때, 우리 동네 입구에 공터가 있었어. 이불 홑청 세 개를 펼친 크기만할까. 그 공터 끄트머리에서 길이 세 갈래로 뻗쳐. 그 길과 길 사이엔 집들이 들어서 있고. 학교에서 돌아오면 각자 자기 집에 책가방을 던져놓고 다시 공터로 모이는 거야. 어떤 앤 엄마한테 붙잡힐까봐 아예 집에 들어가지도 않고. 공기놀이, 고무줄, 사방치기, 여우야 여우야…… 무궁무진했지. 숨바꼭질하기엔 아주 좋은 곳이었어. 술래가 숫자를 헤아리는 동안 나머지 아이들은 호주머니에서 쏟아져 나온 구슬처럼 와그르르 흩어져서 골목으로 숨어들 수 있었으니까.

언젠가 뛰어가다 보니까 글쎄 그 골목엔 나 혼잔 거야. 보통 서너명씩 패를 지어서 흩어졌거든. 혼자라는 걸 알게 되니까 기분이 이상해지더라. 휘움한 골목엔 그만그만한 대문들이 절반쯤 열려 있고. 다른 골목에선 아이들이 신나게 숨고 있을 텐데 나 있는 골목은 조용한 거야. 찾는다. 술래가 외치는 소리가 들렸으니 얼른 숨고 봐야 하는데, 이상도 하지, 숨기는커녕 공터로 도로 나가고 싶더라. 지금도 고향 생각하면 그 공터가 맨 먼저 떠올라. 그 골목 안 집마다 내 또래 아이들이 있어서 그런가? 언제나 열명쯤은 나와서 우글거렸어. 방학 때면 도시에서 사는 친척집 아이들도 내려와 섞이곤 했지. 그런데 어떤 놀이에도 끼지 않고 바라보기만 하는 아이들이 있었어. 그 공터에 모서리가 잇닿은 집 손자와 손녀. 서울에서 과부가 되어 내려온 그 집 며느리, 그 애 엄마는 역 앞에서 다방을 했어. 응, 마담. 아마 다방마담 자식이라는 소리 듣지 않게 하려고 그랬나봐. 아이들은 서울에 두고 내려온 거야. 그애들은 방학 때만 내려왔어.

그애들은 늘 저희 집 담벼락에 기대서 있었어. 집에서 몇발짝이라도 떨어지면 큰일나는 것처럼. 마을에서 동떨어진 곳, 아무도 발길 들이지 않는 외딴집에 단둘이 사는 오누이처럼 보였어. 텔레파시로 의사소통을 하고, 둘 중의 하나가 아프면 멀리 떨어진 곳에 있는 다른 한 사람도 같은 부위에 통증을 느끼는 그런 아이들. 오래된 블록담장은 그애들의 유난히 뽀얀 피부 때문에 더 누추하게 보였어. 삭아버린 블록담은 아이들 보물창고였는데, 숭숭 뚫린 구멍은 공깃돌 숨겨두기엔 그만이었어. 조숙한 남자애들은 성냥갑도 숨겨놓고. 그 구멍에 눈을 붙이면 그애네 뒷마당이 훤히 보였어.

물하고 기름처럼 겉돌다가도 얼마 안 가 놀이에 섞여버리는 다른 도시 아이들과 달리 그애들은 놀이에 끼지 않았어. 어쩌면 우리 동네 애들이 그애들을 끼워주지 않은 건지도 몰라. 뭐랄까, 투명하지만 단단한 유리벽 안에 있는 아이들 같다고 할까. 근데 내가 왜 그애들 이야기를 하는 거니? 아, 개구리반찬 이야기 하다가 그랬구나. 여우가 진짜 개구리를 먹긴 하니? 잘 모르겠어. 이야기를 보면 여우는 사람도 잡아먹잖아. 왜 사람들은 그렇게 여우를 미워하고 무서워했을까. 무덤을 파헤쳐서? 사람의 간을 내먹는 여우가 개구리 따위를 먹을까 문득 궁금해지네. 네 말 맞아. 뱅어포 즐기는 사람이라고 고래고기 먹지 말란 법은 없을 테니까. 그런데 종애야, 이게 무슨 소리니? 아까부터 들리던데.

잠깐만. 이젠 안 들리지? 바람소리야. 베란다 문을 조금 열어놓고 있었거든. 차갑긴 해도 그게 좋아, 아직은. 이 아파트, 다른 건 다 허술한데 베란다 새시만큼은 마음먹고 했는지 틈이 없단다. 들어앉아 있으면 숨이 답답해져. 베란다 문을 조금 열어놓았더니. 아니. 베란다 쪽 문을 닫은 게 아니라, 복도 쪽 창문을 조금 열었어. 베란다 문을 통해서 들어온 바람이 온집안 휘젓고 다니다가 벽에 부딪쳐서 나는 소리거든. 빠져나갈 틈만 있으면 알아서 나가. 바람, 저도 답답할 거야. 어찌어찌 들어오긴 했는데 나가려니 나갈 수는 없지, 그렇다고 뒤돌아서 들어온 곳으로 나가자니 뒤따라온 바람들이 턱턱 부딪치지…… 내가 바람이라도 미칠 거야. 뒤쫓아온 바람에 떠밀려 죽은 놈은 없겠어? 그러니 귀신 우는 소리도 나겠지.

응, 밖에 나갈 때도 조금 열어놓고 나가. 여기 17층이라 바람이 센 편이야. 바퀴벌레가 먼지도 먹는다며? 바퀴벌레말고도 먼지를 먹고 사는 벌레들이 또 있지 않니? 잘은 모르겠는데, 왠지 그런 벌레들이 있을 것만 같아. 그 벌레들이 빈집에서, 정적 속에서 풀솜 같은 먼지를 고요히 씹어 삼키고 있을 것만 같아서 문을 닫아놓을 수가 없어. 밖에 나갔다가 들어올 때 그 소리를 들으면 꼭 귀신 나오는 폐가에 들어서는 것처럼 스산한데도 무슨 마음인지 베란다 쪽 문을 꼭 열어놓고 나가게 돼. 고집 피우다 망하는 거, 어디 한두번이어야 말이지.

사실이 그렇지, 뭐. 나 결혼하려 할 때에 우리 엄마가 말렸다는 얘기 안했니? 그 사람, 유나 아빠 데리고 가서 처음 인사시킬 때, 나 속으로 자랑스러웠단다. 누가 보아도 꿀릴 데 없는 신랑감이었으니까. 명문대 출신에 중앙일간지 기자라는 직업도 그렇고. 인물이야 오죽 훤해. 난 말야, 그 사람 집안이 넉넉지 않은 게 차라리 다행이다 싶었단다. 우리 집이야 그냥 평범한 공무원 집안이잖아. 우리 엄만 반찬값 몇푼 아낀다고 텃밭을 살뜰하게 가꾸고. 감자꽃, 가지꽃, 파꽃이 번갈아 피는 그 조그만 밭이 엄마에겐 살림 밑천이었어. 그런데 말야, 부엌이랑 텃밭을 오가며 평생을 보낸 우리 엄마가, 아버지 앞에서 싹싹하게 대답하는 그 사람을 유심히 보던 엄마가 날 은밀히 부엌으로 불러내더라. 그러더니 행주를 집어들고 얼룩 한점 없는 가스레인지 가장자리를 문지르는 거야.

물기가 거의 마른 행주가 가스레인지의 스테인리스에서 빽빽하게 밀렸다. 사윗감을 맞느라고 그을린 얼굴에 먹인 화장은 거칠한 피부를 가리지 못했다. 심란할 때면 손에 일감을 집는 엄마의 버릇을 알고 있어서, 엄마의 행주질에 가슴이 둔하게 내려앉았다. 두려움, 속에서 증식하는 두려움을 감추느라 엄마 등뒤에서 다가가 양팔로 껴안으며 물었다. 무슨 일인데, 엄마. 딸 보내려니까 섭섭해서 그래? 엄마는 잠간 가만히 안겨 있었다. 들뜬 화장이 가을바람처럼 마음을 소슬하게 했다. 세월의 바람이 물기를 앗아가는 걸까. 엄마는 몸을 돌렸다. 인물 좋고 능력 있고 다 좋은데 얘야, 너 그 사람 아니면 안되겠니? 내겐 왠지 쇳기운이 느껴지는구나.

넉넉지 못한 형편이니까 늘 어려울 때를 대비하자는 게 울 엄마의 신조였어. 이해는 하지만 막상 날마다 절약 소리를 듣고 사는 건 참 지겨운 일이다. 너. 누가 쓰다 물려준 가스레인지를 정성스럽게 닦는 엄마에게 다른 때 같으면 난 짜증부터 부렸을 거야. 근사한 사윗감이라고 데리고 왔는데 다른 사람도 아닌 엄마가 트집잡을 줄은 몰랐지. 어쩌면 나 스스로 미심쩍었던 부분, 바로 그 부분을 하필 엄마가 보았다는 것 때문에 그랬을 거야. 기운부터 빠지더라.

사귄 지 얼마 안되어 둘이 등산을 간 적이 있어. 정상이 저만큼 보이는 데에서, 앞서가던 누군가가 저게 정상이라고 일러줬어. 정상이에요? 그 사람이 되묻더라. 새 게임기를 선물 받는 아이처럼 들뜬 목소리였어. 그때부터 그 사람이 걸음을 재촉하는 거야. 걷는 게 아니라 아예 뛰더라구. 나야 거기까지 오르는 것만 해도 종아리에서 허벅지까지 뻣뻣해지면서 쥐가 날 판이었단다. 그래도 어떡해, 쫓아가야지. 급히 따라가느라 아래를 볼 겨를도 없이 걷다가 땅이 꺼진 데를 디뎠어. 휘청 하는 순간 부아가 치미는 거야. 하산 시간이 모자란 것도 아닌데 왜 뛰어야 하는지 알지도 못한 채 뛰어야 한다니. 난 그만 길가의 나무에 기대고 서버렸어. 그 사람은 내가 당연히 따라오려니 하고 내처 갔나봐. 한참 있다가 씩씩거리면서 돌아오더라구. 길모퉁이의 나뭇가지 사이로 그 사람의 붉은 점퍼가 보이는데, 겨우 가라앉은 가슴이 왜 그런지 이상하게 두근거리는 거야. 아냐, 그건 두근두근이 아니라 차라리 벌렁벌렁이었을 거야. 싸웠어. 나 때문에 되돌아와야 했으니까. 나도 맞섰어. 도대체 왜 뛰는 거예요? 시간이 모자란 것도 아니잖아. 뭐래는 줄 아니? 자기도 모른대. 그런데 저만큼 보이는 정상이 자기를 뛰게 만든대. 정상이 저만큼 보이면 그때부턴 뛰지 않을 수가 없대.

그런데 말야, 참 알 수 없는 일이지? 그 사람이 제 욕심에 겨워 위태롭게 날뛸 때마다, 나는 그를 가만히 끌어안고 그의 등뼈를 하나하나 짚어내리며 가만가만 말해주고 싶은 거야. 천천히, 숨을 깊게 들이쉬고 천천히 내뿜으면서…… 그렇게 그를 진정시키고 싶었어. 그럴 수 있다고 믿었어.

마음속 부대낌이 고스란히 드러나는 엄마의 눈을 보면서 나는 짐짓 씩씩하게 대답했어. 엄만 딸년을 그렇게 몰라? 쇠도 잘 쓰면 이로울 거야. 호미 없으면 어떻게 밭 일구겠수?라고.

어렸을 때, 같은 동네에서 살던 친구가 있어. 선옥이. 전에 말한 공터 골목 안쪽에서 사는 애였어. 지금도 걔를 생각하면 양손에 든 신발이 먼저 떠오른다. 우리 집은 골목 어귀에 있었어. 걔네 집하고 다섯 집쯤 떨어져 있었나? 그앤 운동화를 손에 쥔 채 맨발로 골목을 빠져나와 꼭 우리 집 앞에서 신발을 신었어. 외발로 서서 다른 발에 묻은 흙먼지를 탁탁 턴 다음 신발을 신고 다시 다른 쪽 발을 털어내고. 걔네 아버지가 술을 마시면 개가 되어버리거든. 제 아버지가 술 마시고 온 날이면 아예 마음의 준비를 했다가, 일단 큰소리가 나면 후닥닥 신발 들고 뛰쳐나오는 거였어. 저희 집 대문 밖으로 나오면 제딴엔 태연하게 보이느라고 뛰지 않고 종종걸음을 쳤는데, 마음이 급해서 신발 신을 여유는 없었던 거야. 우리 집이 그애에겐 안전거리로 여겨졌던가봐. 그땐 대문을 대개 열어놓고 살았잖니? 제가 빠져나온 골목 쪽을 힐끔힐끔 바라보면서 신발을 신는 거야. 그런 다음이면 한동안 골목 안에서 그애 엄마를 볼 수 없었어. 멍이 풀릴 때까지 기다리느라 문밖 출입도 못한 거야. 감춘다고 그게 가려지나. 동네사람들은 다 알고 있었는데. 뭐하는 사람이냐구? 글쎄, 무슨 조합에 다닌다고 했던 것 같은데 잘은 모르겠어.

그럼. 늘 우리 집 앞으로 지나다니는데. 초등학교 때, 같은 반 아이들과 놀러나갔다가 선옥이 아버지하고 마주친 적이 있어. 무슨 일론가, 남자애들 둘이 티격태격 말다툼을 하다가 주먹질로까지 번졌는데, 여자애들은 말리지도 못하고 옆에서 발만 동동 굴렀지. 결국 한 애가 다른 애 코피를 터뜨리는 지경까지 이르렀어. 그런데 바로 그 순간, 선옥이 아버지가 지나가다가 본 거야. 나는 그 무서운 선옥이 아버지라는 걸 아니까 바싹 얼었지. 다른 애들은 다른 동네에서 살았으니까 잘 몰랐을 테고. 야, 이 녀석들아, 어디서 싸움질이야? 선옥이 아버지는 아이들을 일렬로 세웠어. 그러더니 코피 때문에 고개를 뒤로 젖힌 애를 우리 앞에 세워놓고 묻더라. 누구냐? 누가 이렇게 한 거냐? 결국 때린 애가 제 발로 나섰어. 맞기는 내가 더 맞았단 말예요. 그애 말이 끝나기도 전에 선옥이 아버지는 그애 멱살을 잡고 다그쳤어. 야 이 녀석아, 너보다 조그만 애를 그렇게 때려? 또 그럴 거야 안 그럴 거야? 그날 우리는 일장훈시를 듣고 나서야 풀려났어. 그런데, 바로 그날, 심부름 다녀오다가 논둑길에서 다시 마주친 거야. 일진 되게 나쁜 날이었지. 조금 미리 보았더라면 다른 길로 갈 수도 있었을 텐데, 어쩌겠어. 길을 비켜주느라 길섶으로 비끼다가 난 그만 미끄러지면서

144

논에 텀벙 빠졌어. 스르륵 미끄러져 논으로 빠지는 순간에도 그 사람의 눈길을 끌었다는 게 더 절망스러웠던 걸 보면 무섭긴 했나봐. 선옥이 아버지가 다가오더니 손을 내밀더라. 거절하면 날 더 잘 기억할 것 같아서 하는 수 없이 손을 내밀었어. 내 젖은 손을 잡아서 길 위로 올려주더니 그러는 거야. 우리 선옥이하고 사이좋게 지내라. 싸우지 말고.

저녁 무렵, 들판엔 낮게 깔린 해가 저무느라 날카로워진 볕을 쏘아 내리고 있었다. 개망초꽃이 그 햇빛 아래 질린 흰빛으로 빛났다. 불안에 지질린 선옥의 맨발이 떠올랐다. 선옥이에게 숙제를 물으러 갔다가 본 그애 엄마의 검푸르게 부풀어오른 얼굴도. 봄이 되어도 꽃이 피지 않는 키다리아저씨의 정원에서 헤매다 높다란 담장을 넘어 밖으로 나와서 세상을 보면 그럴까. 어리둥절하고 서먹했다. 타박타박, 집으로 향하는 걸음에 맥이 풀렸다. 어떤 게 진짜 선옥이 아버질까. 마음은 젖은 옷자락 때문이 아니라도 습습했다. 종아리에 커다란 거머리가 붙어 있다는 걸 안 건 집에 돌아와서였다. 거머리를 떼낸 자리에서 주르륵 흐르던 피.

그날 네가 우리 집 문을 두드렸을 때, 새벽이었잖니, 잠결에 너를 맞아들이긴 했는데 참 난감하더라. 네 표정에 겁부터 났을 거야. 그때 네가 입고 있던 옷이 생각나. 앞가슴판에 무슨 캐릭터가 프린트된 티셔츠. 입을 커다랗게 벌리고 웃는 얼굴이었어. 그런데 그 웃음 위에 얹힌 네 표정이 잊히지 않아. 티셔츠에 프린트된 웃음과 네 표정 사이의 그 아득한 거리라니.

그날, 네가 털어놓을 때도 난 솔직히 네가 맞을 만한 일을 했겠지 싶었어. 너랑은 고등학교 졸업하고 마트에서 만난 게 처음이잖니. 서먹하다면 서먹한 사이였는데 새벽같이 뛰어들었다는 게 낯설었나봐.

고등학교 때, 네가 좀 유별나다고 생각했던 기억이 남아서였는지도 몰라. 우리 학교 수위아저씨가 사진사 노릇도 겸했잖니. 아이들은 틈만 나면 사진을 찍었고. 체육관으로 올라가는 돌계단에 앉아서 아까시꽃을 뜯어먹으며 찍기도 하고, 학교 옆 신학대학 운동장에서 어깨동무를 하고 찍기도 하고, 무슨 마음이었는지 교문에 우르르 매달려서 찍은 사진도 있더라. 근데 너랑 찍은 사진은 한장도 없는 거야. 그때 널 처음 만나고 돌아와서 찾아봤거든. 그러고 생각하니 넌 책에만 파묻혀 있었던 것 같아. 아까 말했던 그 오누이, 그애들처럼 오롯이 떨어져 있는 그런 애. 그러니 너보다는 신문에서 자주 이름을 보게 되는 너희 남편이 오히려 더 가깝게 느껴졌던 것 같아. 그런 엘리뜨가 그렇게 무지막지한 일을 할 정도면 뭔가 이유가 있으려니…… 그런 마음도 있었던 것 같고.

네가 같은 아파트 단지에 살고 있다는 거 몰랐더라면 난 그때 어떻게 했을까…… 사실 그때 마트에서 만나서 딱 한번 가본 너희 집을 어떻게 떠올렸는지, 어떻게 찾아갔는지도 모르겠어.

글쎄, 왜 그렇게 얻어맞고 살아야 했냐고 누가 묻는다면 대답할 말이 없어. 나도 잘 모르니까. 처음에 왜 맞기 시작했냐면, 아니, 시댁 문제는 아니었어.

내가 전에 얘기했는지 모르겠다. 나, 결혼하고 나서 주말마다 시댁에 가서 밥 지어 바치고 살았어. 그때 우리 시어머니 쉰살도 채 안됐는데. 그 사람이 둘짼데, 워낙 머리가 좋았나봐. 일찌감치 가문의 기둥으로 뽑혔다니까. 그 바람에 형도 동생도 대학입시 말도 못 꺼냈대. 찢어지게 가난한 집에서 서울로 유학 보내는 거, 한명도 벅찼겠지. 일간지 기자가 되었으니 가문중흥의 역사적 사명을 어느정도는 완수한 거 아니겠니? 자기도 부담스러웠을 거야. 자기 때문에 위아래 두루 희생한 셈이니까. 신혼초부터 나를 시댁에 자꾸 보내더라구. 그땐 시댁도 서울로 올라와서 두 정류장 떨어진 곳에 있었어. 유나 가지고 배가 동산만해도 꼬박꼬박 갔다. 처음엔 시어머니도 어색해하시더니 나중엔 설거짓거리를 씽크대가 넘치도록 쌓아놓고 기다리더라. 아들이 보낸 파출부라는 걸 알아차린 거지, 뭐.

　시집 파출부 노릇도 못할 일이었지만, 더 싫었던 건 걸핏하면 남과 비교하고 흉보는 유나 아빠 버릇이었어. 그 사람은 사람과 사람의 관계에 굉장히 민감하거든. 누가 누구와 친하고, 누구는 누구 라인에 서 있고. 동지 아니면 적이었지. 그 사람 살아온 거 생각하면 이해는 되지만 막상 듣다 보면 속이 더부룩해져. 그냥 듣고 넘기면 그뿐인데, 내가 맞장구쳐주길 바랐거든. 그날도 어떤 사람을 실컷 욕하고 나서 나에게 묻는 거야. 당신 보기에도 그 인간이 그렇지,라고. 다른 때라면 이골이 나서 응응,하고 말았을 거야. 안 그랬다가는 나까지 시달리니까. 그런데 그날은 그러기 싫었어. 나도 아는 사람인데 나 보기엔 좀 무심했을 뿐 좋은 사람이었거든. 바로 그 사람 부부하고 즐겁게 식사를 같이하고 돌아온 뒤끝이기도 했고. 앞에 있을 땐 둘도 없는 친구처럼 굴더니. 그래 가만히 있는데 유나 아빠 내 대답을 기다릴 틈도 없이 말을 이었어. 당연히 동조할 거라고 믿었을 테니까. 누군 저만큼 깨끗하지 않아서 그러나. 저처럼 부잣집에서 태어나 부모 유산 받은 것도 아니고 그러니까 어쩔 수 없는 거지. 그런데 제가 뭐라고⋯⋯

　그가 문득 말을 그쳤다. 그의 눈이 커졌다. 당신, 나를 믿지 않는군. 이상하게 낮아진, 지하로 끌려들어가는 듯한 목소리였다. 가만히 있었다. 사실이니까. 그는 고개를 주억거렸다. 오랜 세월 지녀왔던 의심을 단김에 확인한 사람이 그럴까. 그의 얼굴은 한순간 환해지기까지 했다. 끊어지기 직전 필라멘트의 눈부심. 그 눈부심을 견디지 못한 그의 눈이 안구 뒤쪽 깊숙한 곳으로 숨고 싶어했다. 그의 눈에서 빛이 천천히 꺼져들었다. 그래, 당신은 나를 믿지 않아. 자기 안의 또다른 자기에게 말하는 것 같았다. 치명적인 독을 삼키고 그 독이 온몸에 번져가는 걸 고스란히 느끼는 사람이 그럴까. 불신이라는 쓰디쓴 독액을 삼킨 그의 목소리가 거스러졌다. 듣는 사람까지도 쓰라리게 만드는 비통함. 갑자기 그의 손이 뻗쳐나와 덜미를 더럭 움켜잡았다. 날 믿지 않는군, 날 믿지 않아……

처음엔 아프기보다는 어이가 없었어. 도무지 상상도 못해본 일이었으니까. 뭐든 그렇지. 처음이 어렵지 나중엔 이력이 붙더라. 이유? 그거야 때리는 사람 마음이지. 맞을 땐 당장 떨어지는 매 때문에 아무 생각 없어. 악에 받치기도 하고 그 와중에도 머리가 모서리에 닿지 않도록 머리를 감싸고 그러느라. 그러다 끝나면, 앞으로 얼마동안은 조용하겠구나 싶어. 그런데 정작 그렇게 숨을 돌리고 나면 그때부터 내 마음이 불지옥인 거야. 나는 벌레구나. 나는 벌레만도 못하구나. 그 모진 매를 맞으면서 악도 쓰지 못한 나는. 그래도 주섬주섬 일어나 부추 사러 나갔다, 나. 부추? 라디오에서 들었어. 부추 달인 물이 어혈을 풀어준대. 부추 달이는 냄새 맡은 적 없지? 생각만 해도 속이 메슥거린다. 글쎄, 뭐라고 표현할 수가 없어. 그 가느다란 초록 잎새에서 어떻게 그렇게 역겨운 냄새가 나는지. 그 냄새 맡다 보면 차라리 삭은 똥물을 마시는 게 수월하겠다 싶어. 작신작신 얻어맞고 그 사람 눈앞에서 부추 달이는 나도 참 어지간했지? 어혈을 풀고 뭐고 이전에, 그냥 나를 위해 뭔가를 하지 않으면 그대로 내가 벌레가 되어버릴 것 같았어. 그때 그 부추 냄새에 질려서 내가 지금도 부추전을 안 먹잖아. 부추가 들어간 오이소박이도 안 먹고. 심지어 부대찌개도 기피하잖아. 부대찌개? '부' 자가 들어가잖니, 부추의 '부' 자. 하하하하. 고추도 '추' 자가 들어간다구? 맞아, 맞아…… 그래, 이제 그래도 될까? 그럼 언제 부추전 부쳐 먹어봐야지. 풋고추도 송송 썰어 넣고. 하하하.

한동안 마음이 시끄러웠어. 이 생각 저 생각 하다보니 왠지 네 생각 많이 나더라. 큰일은 아니고…… 아니, 정말 큰일이지. 우리 재명이, 그 어린것이 세상 살기가 싫단다. 5학년이야. 요즘 애가 통 말이 없어서 난 사춘기가 일찍 오나보다 했지. 근데 하루하루 안색이 죽는 게 보이는 거야. 밥도 잘 안 먹고, 밥 먹고 나면 손이 저절로 배 위로 올라가더라구. 처음엔 애꿎은 구충제만 먹였다. 안되겠어서 병원에 갔더니 과민성대장증후군이래. 약을 아무리 먹어도 안 낫더라. 애는 꼭 오이지처럼 말라가고. 어느날 텔레비전 뉴스를 보는데 문득 짚이는 데가 있는 거야. 재명이가 워낙 아이들하고 잘 섞이는 애라서 설마 그럴까, 싶었는데도 자꾸 그 생각이 드는 거야. 재명이한테 넌지시 물어봤어. 재명아, 너 요즘 친구들하고 잘 지내니? 재명이 눈동자가 흔들리는 게 보여. 그런데도 대답은 금방 나와. 그럼요. 난 네가 잘 지내리라고 믿어. 하지만 사람이 여럿 섞이다 보면 별별 사람이 다 있거든. 동물원에 가면 원숭이도 있고 기린도 있고 사자도 하이에나도 있잖아. 그런데 그걸 다 따로따로 놓아두잖니. 한 우리에 넣으면 외롭지 않고 좋을 텐데 왜 그러겠니? 개들이 아무리 착해도 다같이 살 수는 없어. 어떤 동물은 다른 동물을 잡아먹어야만 살 수 있거든. 곰곰이 듣던 재명이가 한참 만에 입을 떼더라. 엄마, 나 학교 안 다니면 안돼요? 안 가고 싶어요,라고. 저랑 친하던 애가 병원에 다니는 걸 보니까 저도 그렇게 될까봐 겁난대. 아니, 정신병원. 그래, 그거야. 내 짐작이 맞은 거야.

개네 학년에 성질 사나운 아이들 몇이 똘똘 뭉쳐 다니면서 아이들을 괴롭힌대. 그 대장하고 정신과 치료 받는다는 재명이 친구하고 비위가 안 맞았나봐. 아니, 의젓하고 무던한 애였어. 그런데도 여럿이 뭉쳐서 따돌리는 데는 장사가 없었는지 정신과 치료 받다가 그만 휴학하고 말았대. 그애가 없어지니까 재명이가 타깃이 된 거야.

재명이 가졌을 때, 난 다른 건 몰라도 착한 아이로 키우고 싶었어. 타고난 성정이야 어쩔 수 없겠지만, 모나지 않고 세상에 폐 끼치지 않는 사람으로. 그냥저냥 먹고살 형편은 되었으면 좋겠고. 큰애 태명인 욕심을 타고난 애라 조금 벅찼거든. 재명인 뱃속에서 내 뜻을 알아들은 것처럼 순했어. 일찌감치 철든 애 같았지. 배만 부르면 혼자 곰실 곰실 잘 놀았어. 아주 꼬마 때에도 시장에 가면 내가 든 짐들을 나눠 들려고 하고. 제 형은 맨손으로도 다리가 아프네 어쩌네 징징거리는데 그 조그만 게 땀을 뻘뻘 흘리면서도 굳이 제가 짐을 들려고 하는 거야. 딱하지. 재명이 세살 땐가봐. 태명이가 동생을 들들 볶더라구. 제 이모가 사온 과자를 둘로 나누어줬는데, 태명이가 자꾸 재명이 걸 탐내는 거야. 재명인 워낙 형이 그런 걸 아니까 달라는 대로 주고. 내 줘도 저 먹을 건 남을 정도였어. 그런데 태명이 그 녀석이 나중엔 재명이 손에 남은 한개까지 다 뺏더라. 난 어떻게 하나 하고 모르는 척 보기만 했어. 이번에야말로 형에게 덤벼들겠지 하면서. 재명이 저도 어지간히 속상했나봐. 얼굴이 붉으락푸르락, 어깨가 들썩일 정도로 숨을 몰아쉬더니 글쎄, 형은 놔두고 벽에다 제 머리를 짓찧더라. 그런 애였어.

그렇지 않을까 짐작은 했으면서도 막상 듣고 나니 아찔하더라. 어린게 얼마나 괴로웠으면 그렇게 얼굴이 탔을까. 학교에 가는 발걸음이 도살장 가는 소만큼 무거웠겠지. 왜 엄마한테 말 안했어? 다그쳤더니 뭐라는 줄 아니? 남이 뭐라고 하면 싸우지 말고 그 사람이 왜 그럴까 먼저 생각해보라고 했잖아요, 엄마가.

그날 밤에 재명이 방에 가보았더니 아이가 땀에 펑 젖은 채 몸부림치고 있더라. 얼마나 몸부림쳤는지 몸에서 단내가 다 났어. 나오려는데 재명이가 잠꼬대까지 하더라. 야 이 나쁜 놈들아. 졸라……

언젠가 자기를 사람들 앞에서 개 밟듯 밟아가며 괴롭히던 상급자를 총으로 쏜 군인의 이야기를 들은 적이 있어. 그 상급자가 병원에 실려 왔을 땐 어디를 몇방 맞았는지 확인하기 어려울 정도로 몸이 걸레쪽이 되어 있었대. 첫발은 얼결에 쏘았대. 쏘고 나서 자기도 놀라서 멍하니 바라보는데 쓰러졌던 사람이 총을 빼앗으려 하니까 또 한발을 쏘았대. 그 다음엔, 총 한방에 이처럼 맥없이 늘어지는 게 그토록 나를 괴롭혔구나, 분노하면서 마구 쏘았대. 나중엔 자기도 자살을 기도했는데 살아났나봐. 살아 있는 게 더 힘들 거야.

재명이가 꿈자리까지 짓밟힌다 생각하니까 그 군인 얘기가 떠오르면서 그 심정이 이해가 되는 거야. 재명이를 괴롭힌 애가 누군지 알기만 하면, 그애네 집으로 당장이라도 쳐들어가고 싶었으니까. 나도 내가 그렇게 사나운 줄 몰랐어. 아무것도 모르고 자고 있는 남편까지도 밉데, 그땐. 술에 떡이 되어 들어오는 바람에 말도 못 꺼냈거든. 어떻게도 못하겠어서 집에 있던 술을 꺼내 마셨어. 내가 잘못 가르친 거야. 이유없이 맞게 되면 맞붙어서 싸우라고 가르쳐야 했어. 착하게 키우겠다는 내 허영심 때문에 아이만 괴로워진 거야. 그러면서 밤을 꼴딱 새웠어. 치받치던 노여움이 조금 풀어지니까 나 어릴 때 생각이 나더라. 선옥이, 그 신발 들고 뛰쳐나오던 애도. 그애를 보면 나는 궁금했어. 한두번 겪는 일도 아닌데 왜 좀 미리 집을 벗어나지 않는 걸까, 하고. 나 같으면 아버지가 술을 마시고 들어오면 아예 일찌감치 집을 나설 텐데. 왜 꼭 소리가 터져나올 때까지 기다리는 걸까. 그게 그렇게 궁금했어. 그런데 그애가 왜 그렇게 막판까지 버티다가 뛰어나왔는지 알 것 같은 거야. 이번만은 괜찮겠지, 이번만은 그냥 넘어가겠지, 결국 일이 벌어지리라는 걸 알면서도 미련맞게 기대한 거 아니었을까. 학교폭력이 어떠네 해도 우리 애들하곤 상관없는 일이겠지, 우리 애들은 괜찮겠지 여겼던 것처럼. 아니, 어쩌면 선옥인 지네 엄마를 보호한답시고 버틸 수 있는 만큼 버틴 건지도 몰라. 그때, 하얀 얼굴로 말없이 벽에 붙어 서 있던 그 오누이도 떠오르더라. 그 유리벽을 치울 수는 없었던 걸까. 그걸 치우려고 해본 적은 있었던가. 동네아이들끼리 모여 놀아도 늘 앞장서는 애가 있잖니. 어쩌면 그때, 그런 애가 그애들을 밀어내려 해서 아무도 그애들을 받아들이지 않은 거나 아닌가. 그러면서 그애들이 스스로 벽을 둘렀다고 기억하는 거 아닌가.

해볼 만큼 해봤다. 엄만 모른 척하라는 재명이의 당부를 어기고 그애들 엄마를 만나보았다. 어떤 엄마는 자식이 어디 마음대로 되나요? 한숨을 쉬었고 어떤 엄마는 우리 애가 그럴 리 없다고, 그 집 애가 이상한 거 아니냐고 도리어 화를 냈다. 아이의 생일엔 그애들을 끼워서 맥도날드에서 생일파티를 열었다. 신경은 온통 그 패거리의 대장인 아이에게 가 있었다. 겉보기로는 아파트에서 만나는 수많은 아이와 다르지 않았다. 웃을 땐 오히려 순진해 보였다. 그애에게 자꾸만 묻고 있었다. 뭐 더 먹을래? 다른 거 더 시킬까? 실내에 틀어놓은 요란한 음악에 머릿속이 지끈거렸다. 재명이에겐 가시방석이었을 그 파티가 끝나갈 무렵 그애가 말했다. 아줌마, 염려 마세요. 누가 재명이 괴롭히면 친구들이 혼내줄 거예요. 너희들도 그럴 거지? 친구들을 돌아보며 다짐받는 그애를 보니 아뜩해졌다. 자칫하면 재명이가 그 패거리에 끼여들 판이었다.

이민갈 생각도 했어. 아침이면 문을 나서는 재명이를 보면서 선옥이의 맨발을 떠올리는 날. 학교에서 돌아와 제 방으로 들어가는 재명이 어깨가 중늙은이처럼 힘없이 처졌다는 걸 깨달을 때. 재명이 아빠한테 말을 꺼내긴 했어. 떠나겠다는 게 입버릇이었거든. 막상 말을 꺼내니까 말없이 담배만 피우는데……

억울해, 그 조그만 가슴이 상처로 오그라들었을 생각 하면. 놀이터에서 뛰노는 아이들 환한 얼굴 봐도, 김치를 버무리다가도 속이 치받친다. 선옥이는 어떻게 살고 있을까, 개라면 자기 아이가 이런 일 겪을 때 어떻게 할까 궁금하고. 그제야 네가 얼마나 아팠을까 싶더라. 그때 너에게 좀더 잘해주지 못한 게 또 그렇게 미안하고…… 저런! 아니, 텔레비전 켜놓고 있었거든. 미국이 드디어 폭탄 쏟아붓네. 잠깐만, 소리 좀 키워볼까. 한다한다 하더니 정말 하는구나. 하긴 지네들이야 워낙 막강하니까 겁날 거 없겠지. 웃긴다. 저렇게 폭탄 퍼부으면서 굶주린 사람들을 위해 비상식량도 떨어뜨린대. 웃으면서 뺨 때리네.

웃는 얼굴에게 맞는 뺨이 더 아파. 주위 사람에겐 뺨 때리는 손말고 웃는 얼굴만 보이니까.

아까 전화벨이 울렸을 때, 사실은 집에서 온 전환가 싶어서 안 받으려 했어. 우리 식구들은 언제부턴가 내가 잘못해서 이런 일이 벌어졌다고 생각해. 엄마? 엄마는 기연가미연가하고. 그 사람, 남을 자기편으로 끌어들이지 않으면 못 견디는 사람이야. 우리 친정에 가면 얼마나 사근사근한데. 내가 봐도 탐나는 사윗감이라니까. 지금도 쉬는 날이면 가끔 우리 친정에 간대. 내가 거기 있을까봐 그러는 건지 아니면 우리 부모님까지 제편으로 끌어들이려는 건지 모르지. 난 집에 안 가거든. 아이 두고 집 나온 딸하고, 마누라가 속 썩이는데도 처가에 들르는 사위하고 누구한테 더 점수를 주겠니. 어쩌다 친정에 가면, 저게 성질이 저렇게 못되어가지고…… 하는 눈으로 보시지. 심지어 여동생도 그래. 이젠 그만 형부 용서해. 형부가 언니한테 뭘 잘못했는지는 모르지만, 언니가 사과를 받아주지 않는다고 내 앞에서 울먹이는 걸보니 마음이 안됐더라,고. 그 이야기를 하면서 날 보는 동생의 눈에 글쎄 원망이 서리서리 서려 있더라. 그걸 보는 게 더 아파. 가까운 사람들의 오해. 소름 돋게 외롭지.

아니, 이야기 못했어. 말리는 걸 뿌리치고 한 결혼인데 어떻게 말해. 혹시 아신대도, 아이 있으니까 맞춰가며 살라고 그러시겠지. 포기했어. 그 사람 친구한테 어렵게어렵게 입을 뗀 적이 있어. 나랑 그 사람을 만나게 해준 사람이야. 내 친구의 남편인데 그 사람이랑 동창이기도 해. 그 사람이 원래 그런지 알고 싶었어. 창피한 걸 무릅쓰고 만나서 다 이야기했어. 내 쪽으로 밀고 들어오는 벽 앞에서 말하는 것같았어. 그래요? 그랬어요? 하더니 나중에 자기 마누라한테 묻더래. 내가 정신이 어떻게 된 거 아니냐고. 얼토당토않은 이야기를 하고 있더라고. 내 친구는 몸에 든 멍을 보고도 내가 맞을 짓을 했으니 맞았지 하는 얼굴이고. 이야기해봤자 나만 우습게 되는 거야. 지금 봐도 그렇잖니. 아이도 남편도 팽개치고 집을 나왔으니 내가 나쁜 년이지. 그 사람도 아이 눈은 겁나는지 유나 앞에선 안 그랬어. 나도 아이가 눈치챌까봐 입도 벙긋 못하고 맞았고. 그래도 여자애라 그런지 눈치가 빨라. 엄마가 어디 좀 가 있다 와야 하니까 할머니네 집에서 학교 다닐 수 있지, 물었더니 유나가 그래. 엄마 마음대로 하세요. 전 괜찮아요.

얼마 전에도 친정에 들렀더래. 내가 없으면 살맛이 안 나나봐. 하긴 어떤 년이 나처럼 그렇게 죽은 듯이 당하고 살겠어. 그 인간은 그걸 사랑이라고 불러. 자기가 날 사랑하는데 내가 자기만큼 사랑하지 않는 거라고. 사랑이 한밤중이건 신새벽이건 주먹질하는 거니? 옷도 수습하지 못하고 뛰쳐나오게 만드는 게 사랑이야?

미안하다. 공연히 너한테……

어느날, 너희 집 앞에서 서성이다가 서울역으로 간 적도 있어. 다행히 그날은 호주머니에 돈이 꽤 들어 있었어. 전에 이름 들어본 절 근처까지 가는 차표를 끊고 차에 올라타는 순간부터 잠에 푹 빠졌어. 그땐 왜 그렇게 잠만 쏟아졌는지. 생각하면 또다시 생피 철철 흘리까봐 겁이 났는지 시도때도 없이 잠이 오더라. 민박집을 찾아들자마자 쓰러져 또다시 잠들었어. 눈을 뜨니 이미 해가 중천에서 서쪽으로 비껴 있었어.

문을 여니 앞산이 다가들었다. 머릿속이 말갛게 씻겨나갔다. 마당의 나무에선 초록 잎새가 바람결에 살랑였다. 수돗가의 자배기엔 누가 잡아다놓았는지 물방개 한마리가 동동 떠 있었다. 평일이라서 민박집은 비어 있었다. 세수를 하러 수돗가로 나서면서 뜻없이 중얼거렸다. 이렇게 살 수도 있구나. 이렇게 자배기에 방개를 잡아놓고, 이렇게 맑고 고요하게 살 수도 있었구나…… 하오의 바람이 소슬했다. 자배기의 물에 잔물결이 일고 마당의 나뭇잎이 그래, 그래, 고개를 주억거리며 나부꼈다. 눈물이 쏟아졌다. 얻어맞고 밟힐 때에도 안 나오던 눈물이. 이렇게 살 수도 있는데, 이렇게 살 수도 있었는데…… 물방개가 갇힌 자배기를 부여잡고 꼼짝도 못한 채 울었다.

울었어. 한참을 울고 났더니 그제서야 배가 고프더라. 속을 다 비워낸 것 같았어. 그래, 우느라고 체력이 좀 소모되었겠지? 잠깐만, 지금 생각났는데, 앞으로 그런 거 개발해볼까? 울음 다이어트 프로그램. 얼마나 좋아. 운동하느라 땀 흘릴 필요도 없고, 먹고 싶은 거 참느라 고생할 필요도 없고, 그냥 누운 채로 슬픈 생각하면서 줄줄 울기만 하면되는 거야. 사람들이 저마다 속에 눈물을 얼마나 쌓아두었겠니? 우린 그냥 사람들이 계속 울 수 있는 분위기를 조성하기만 하면 되는 거야. 푸른빛 도는 얇은 천으로 네 벽을 두른 방이 있어야겠지. 비딸리의 「샤꼰」이나 헨델의 「사라방드」 같은 곡 그리고 「레퀴엠」들을 틀고. 사람들은 그 방에 들어서기 전에 편안한 옷으로 갈아입는 거야. 허름한 가운 같은 거면 좋겠지. 호주머니엔 거즈 손수건도 넣어두고. 우는데 소질이 있는 사람은 아르바이트 주선도 할까. 곡비. 맞아, 어딘가에선 아직도 곡비가 남아 있다던데. 울고 싶지만 울 수 없는 사람들을 대신해서 돈 받고 울어주는 사람. 집시? 그랬던 것 같다. 자기 대신 우는 사람을 보면 가슴속의 눈물이 흘러나갈까.

무슨 이야기 하다 이리로 왔지? 아 그래, 그 민박집 이야기하다 그랬지…… 그 팔자 사나운 물방개 옆에 쪼그리고 앉아서 세수하고 뚱 뚱 부은 눈으로 식당에 가서 최고로 비싼 밥을 먹었어. 배부르니 아무 생각도 안 나더라. 전날 저녁 먹고 아무것도 안 먹었거든. 산책을 나갔어.

동네에서 좀 비낀 곳에 길이 나 있었다. 전날 밤 겪은 치욕이 전생처럼 아득했다. 걸음이 저절로 느려졌다. 길이 끝나는 지점에 가건물 같은 게 있고, 그 앞에 넙죽넙죽 엎드려 있던 개들이 우르르 일어섰다. 누렇고 커다란 개들. 가장 사나워 보이는 개 한 마리만 줄에 매여 있고 나머진 풀어놓은 채였다. 네 마리가 짖으며 우르르 달려들었다. 아찔했다. 일단 물렸다 하면 떼거리로 물고늘어질 게 뻔했다. 조용히 몸을 낮추면서 힘주어 말했다. 짖지 마. 개들이 달려들던 기세를 늦혔다. 짖지 마, 짖지 말란 말야. 다가들던 개 가운데 한 마리는 배 아래 처진 젖이 보이는 걸로 미루어 어미였고 나머지는 덩치는 커도 얼굴은 어렸다. 강아지들은 엄마, 이젠 어떻게 해? 묻는 듯이 어미의 눈치를 보고 있었다. 그 천진한 표정에 마음이 풀렸다. 강아지를 향해 손을 내밀었다. 어미의 눈치를 보면서 한 마리가 다가왔다. 그 발을 붙잡아 쓰다듬은 다음 등뒤로 그 개들의 시선을 받으면서 천천히 걸어나왔다. 문득 발걸음이 멈춰졌다. 만일 그 개들 앞에서 겁먹은 기색을 보였더라면, 그리고 달아났더라면 어떻게 되었을까.

어쩌면, 그 사람이 나한테 그렇게 몹시 굴었던 건 내가 너무 만만해서 아니었을까. 애초에 내가 남들 알까봐 쉬쉬하지 않았더라면 뭔가가 달라지지 않았을까. 그 민박집에서 머무르는 동안 나는 그 생각 하나만 붙들고 지냈어. 집으로 돌아가자마자 이혼해달라고 했지. 못하지. 이혼하면 자기 선택이 잘못되었다는 걸 인정하는 셈이잖니. 자기 체면에 손상도 가고. 여기? 선배네가 사놓고 콘도처럼 쓰는 곳이야.

난 아직도 모르겠어. 그 오랜 세월을 어떻게 그렇게 바보같이 살 수 있었을까. 그때를 생각하면…… 나는 없었던 것 같아. 나 아닌 나로 살았던 것 같고. 그것도 우습지. 나 아닌 나라니? 그 모습 또한 내가 아니었을까. 내 안에 없는 내가 어떻게 나올 수 있었을까. 그것도 알아. 그럼 나는 누굴까? 내 안엔 내가 얼마나 많이 들어 있는 걸까? 그게 궁금해, 요즘은. 그걸 알아야 다시 무얼 해도 할 수 있을 것 같아. 가끔 그런 생각이 들거든. 그 기억을, 내게 있는 비열함, 속좁음, 이기심을 다 덮어버리는 덮개로 사용하고 있지나 않은가. 텔레비전에서 가끔 그런 다큐멘터리 하잖니? 야꾸자인 남편을 회개시킨 아내 이야기 같은. 그 여자의 진정이 마침내 그를 움직여서 그 남편이 주님의 어린양이 된다는. 그런 걸 보면 가슴이 저며와. 왜 난 저기에 이르지 못한 걸까. 어쩌면 내가 더 참아야 하는 거 아니었을까. 아니면 내가 무언가 잘못해서 그 사람을 그렇게 만든 건 아닌가. 그러면 슬그머니 반발하게 돼. 저게 정말일까, 카메라 앞에서 웃는 저 여자, 사실은 몸에 푸릇푸릇한 멍이며 핏자국을 지니고 있는 건 아닐까. 일단 그런 생각이 들기 시작하면, 기가 막혀. 이런 거야. 내 눈앞엔 물이 설설 끓는 가마솥이 있어. 그런데 그 가마솥 뚜껑이 어느 순간, 내 발목을 물었던 자라로 보이는 거야. 어리어리해진 나는 솥뚜껑을 만져봐. 앗 뜨거라, 손을 끌어들이면서 그냥 솥뚜껑이라는 걸 확인해. 그런데도 슬그머니 의심이 드는거야. 내가 만진 게 정녕 솥뚜껑이었을까. 혹 볕에 달궈진 자라의 등은 아니었을까. 환장하겠어. 그럴 때? 그냥 나가서 하염없이 돌아다니거나 음악을 커다랗게 틀어봐. 참, 너 이 노래 들어볼래?

수화기에선 직직 끓는 잡음이 난다. 지원은 수화기를 바싹 귀에 갖다댄다. 기타 전주가 가느다랗게 들려온다. 잘 들리니? 더 크게 할까? 종애가 묻는다. 아니, 됐어. 지원이 대답하고 종애는 수화기 뒤편으로 숨는다. 어어머어니님의 손을 놓고 돌아설 때에 부엉새도 울었다오 나도 울었소…… 중간중간 애끓듯 끊어지는 노랫소리가 아슴푸레 들린다. 지원은 문득 깨닫는다. 종애가 이 노래를 들으며 울었구나…… 무엇이 종애의 마음, 그 현을 건드렸는지 알고 싶어서 수화기를 아예 귀에 붙인다. 언젠가 그런 장면을 꼭 본 것만 같다. 비가 죽죽 오는 고갯길, 고향도 정든이도 등지고 언제 다시 올지 기약없이 떠나는 이의 뒷모습을.

매앤드으라미 피고 지기 몇몇 해던가…… 어느 순간, 잡음이 싹 가시면서 노래가 절절하게 들려온다. 그 음악 뒤편에서 숨죽인 종애가 느껴진다. 누가 인상만 찌푸려도 지레 떨고 바라보기만 해도 움츠러드는 세월을 겪은. 지원은 몸을 오그린다. 지원의 몸을 오그리게 한 장사익의 목소리가 그친다. 종애가 수화기 저편에서 나타난다. 가라앉은 지원을 알고 그 마음을 끌어올리려는 듯 짐짓 명랑하지만, 목소리는 눅진하다.

끝이야. 잘 들렸니?

지원은 잠기려는 목을 끌어올리느라 문득 높아진 목소리로 대답한다.

응, 근데 왜 갑자기 막걸리 생각이 나니? 딱 한사발만 마셨으면 원이 없겠다.

까르르, 종애의 웃음이 수화기를 두드린다. 종애의 웃음소리를 들을 때마다, 아주 오랜만에 웃는다는, 그동안 웃을 일이 없었으리라는 걸 깨닫는 지원의 마음이 스산해진다.

있잖아, 막걸리가 있으면 보내주고 싶지만, 막걸리 대신 이 노래 들어볼래? 한영애야.

연분홍 치마가 봄바람에 휘날리이더라 오늘도 옷고름 씹어가아며……

살랑살랑 날리는 치맛자락 같은 노래. 종애를 울게 한 게 무얼까 헤아리며 「비 내리는 고모령」을 듣던 지원은 그만 산판을 굴러내리던 통나무에 가슴이 지질린 것처럼 먹먹해진다. 아얏 소리도 내지 못하고 인생의 몰매를 맞으며 넘겨버린 종애의 봄날. 햇살 아래 햇순 피워낼 때 음지식물처럼 습한 곳으로만 숨어드는 아이. 그 봄을 빼앗은 그들에겐 봄날이 있었을까. 미모사처럼 오그라든 마음을 한잎 한잎 펴듯, 수화기 건너편에서 종애는 볼륨을 조금씩 높인다. 꽃이 피면 같이 웃고 꽃이 지면 같이 울던…… 점점 커지는 노랫소리로 종애는 제 기척을 지워버린다.

—『동서문학』 2002년 봄호

왜 이리 추울까. 이 소름 돋은 거 봐. 살비듬이 죄다 얼음비늘이 된 거 같네. 감기가 오려나 왜 이리 한기가 들까. 그때도 이렇게

추웠지. 언제던가, 태풍이 지붕을 날리던 그해. 머리 푼 귀신이 떼거리로 몰려온 것처럼 바람소리가 우우, 수선스러웠어. 가만, 그러

고 보니 여기도 귀신들 떠다니는 바람에 이리 오싹한 건가? 아무튼 그때도 문밖에선 귀신 우는 소리가 들렸어. 방문을 열기만 하면

바람인지 귀신인지에 홀릴 것만 같아서 배가 땡땡해질 때까지 참다가 오줌을 누러 나갔지.

검은 돛배

검은 돛배

왜 이리 추울까. 이 소름 돋은 거 봐. 살비듬이 죄다 얼음비늘이 된 거 같네. 감기가 오려나 왜 이리 한기가 들까.

그때도 이렇게 추웠지. 언제던가, 태풍이 지붕을 날리던 그해. 머리 푼 귀신이 떼거리로 몰려온 것처럼 바람소리가 우우, 수선스러웠어. 가만, 그러고 보니 여기도 귀신들 떠다니는 바람에 이리 오싹한 건가?

아무튼 그때도 문밖에선 귀신 우는 소리가 들렸어. 방문을 열기만 하면 바람인지 귀신인지에 홀릴 것만 같아서 배가 땡땡 부풀 때까지 참다가 오줌을 누러 나갔지. 그땐 왜 그 흔한 요강 하나 없었나 몰라. 어쩌면 내가 부시다가 깨버려서, 저런 저 쓰잘데없는 년, 어머니한테 또 한소리 들었는지도 모르지. 변소까지 갈 엄두가 안 나 토방에서 쪼그리고 앉아 오줌을 누는데, 깜깜하다 깜깜하다 세상에 그런 하늘이 또 있었을까. 그냥 보고 있으면 거기서 검정 보자기가 덮쳐와 그대로 보쌈해갈 것 같았지. 명색이 여름이었는데 춥기는 왜 또 그렇게 춥던지. 하긴 논 한가운데 덩그마니 한채뿐인 집이었으니 바람막이 될 만한 게 뭐 있었겠어. 거기다 누가 왜 집을 지었는지 모르겠어. 논둑길에서 내려다보면 가릴 것도 없이 속이 훤히 들여다보이던 집. 우리가 이사오기 전까진 농사도구 같은 걸 넣어두는 창고거나 농막이 아니었나 싶어. 그런 판에 태풍까지 불었으니 오죽했겠어. 그때 그 태풍 이름이 뭐였더라…… 뭐라던가, 서양여자 이름이라 생각이 잘 안 나. 아무튼 코 큰 서양년 이름을 닮아서 그런지 그해 태풍은 유난히 앙칼지기도 했어. 바람소리에 눌려서 자다 깨다 하고 있는데, 새벽녘, 간댕간댕하던 함석지붕이 와지끈 쿵쾅하면서 날아갈 정도였으니. 그 지붕 뜯어가지 못해서 그렇게 기세 돋웠던 것처럼, 어느새 비는 그쳐 있었어. 하늘 한편이 번해오는 걸 보면서 잠들었는데 글쎄, 잠 깨고 누운 자리에서 올려다본 하늘은 어떻게 그렇게 파랄 수가 있었는지. 벼들은 다 엎어져버리고, 산사태에 집도 사람도 묻혀버리고, 누군가는 물살에 휩쓸려가 식구들 애간장을 태운다는데, 언제 그랬냐는 듯, 나쁜 꿈이었다는 듯 시치미 뚝 떼던 파란 하늘이라니. 엎어진 벼 사이에서 찾아낸 함석지붕 쪼가리만 아니었다면 그냥 꿈이었다고, 원래부터 지붕이 없었다고 믿어야 할 만큼 천연덕스러웠어.

어제, 전화 받았을 때, 바람이 불었었나, 왜 그때 날아간 지붕이, 뻥 뚫린 천장으로 휑하니 보이던 무정한 푸른 하늘이 느닷없이 떠올랐을까. 어머니 생각도 났지. 그 집 벗어나지 못하고 끝내 거기서 세상 뜬 내 어머니.

처음엔 믿어지지 않다가, 어처구니없다가, 기가 막히다가, 그리고 분했어. 아니 가다니? 누구 마음대로 그렇게 느닷없이 가버려? 다글

다글 끓던 분이 그나마 가라앉고 나니까, 당신 들으면 서운하겠지만, 솔직히 홀가분하더라. 왜 땅으로 내려앉을세라 전깃줄에 걸릴세라 얼레 쥐고 애면글면하다가, 갑자기 줄 끊고 손도 눈도 닿지 않는 곳으로 날아가버리는 연을 볼 때 그럴까. 그냥도 잔등이 척척 달라붙는 여름날, 줄창 업고 있던 아일 내동댕이치고 나면 그리 시원할까.

전화를 끊고 내가 왜 전기밥솥을 열어보았는지 나도 모를 일이야. 당신 위해 새로 안친 밥. 멀쩡하게 잘 있는 그 밥을 왜 들여다보았을까. 솥뚜껑을 열자 김이 훅 끼쳐나오고 거기, 검은쌀을 넣어 지은 밥이 거뭇거뭇한데, 흰쌀에 어렴풋이 물든 검붉은 기운을 보는 순간 훅, 울음이 치받쳤지. 저 밥도 못 먹고 떠날 거면서 그랬나.

당신, 대답해봐. 당신도 사람이라면 조금은 미안해야 되는 거 아냐? 웃긴, 저 멀끔한 얼굴하고는. 언제 찍은 사진인지 모르지만, 지금 봐도 당신, 인물 하나는 쓸 만했어. 그래봤자 답 안 나오는 일 저지르는 데에나 써먹은 인물이지만.

빙판길에 차가 미끄러졌다는 이야길 들었을 때, 난 농담인 줄 알았어. 지금이 언제야. 우수 지나 경칩 지나 천지사방 훈김 돌아 어질어질하는구만. 그런데 빙판이라니? 자다가 봉창 뜯는 소리였지. 저수지 옆, 산그늘에 가려 얼락녹을락하며 가까스로 남은 빙판, 거기에서 팽그르르 돌아 가드레일 받고 떨어졌다며? 시킨대도 그렇게는 못 할 거야. 병원에서 만난 김순경이 설명하는데, 명색이 과부된 나는 그 앞에서 실실 헛웃음치고 있더라구. 당신은 그런 사람이야. 고작 오미터쯤 남은 빙판, 남들 다 잘 지쳐가는 그 빙판에 덥석 걸려서 나 몰라라 세상 떠나고도 남을 사람이야. 그런 당신을 그리 오래 바랐던 나란 년은 또 뭔가 싶어서 나는 웃었어, 마구마구.

예, 뭘요. 그러셨어요? 가만, 아직 식사도 못하셨겠네. 여기 좀 앉으세요. 아줌마, 여기 손님 한분 상. 예, 그럼 천천히 드셔요.

당신, 누군가 봐. 일성도예 김사장이야. 목포에서 전시장 열었다가 당신 소식 듣고 올라오는 길이래. 명색이 중매쟁이니까 들렸겠지.

김사장이 당신을 데리고 오던 날은 하필 한동안 안 보이던 어머니가 꿈에 나타난 다음이었어. 간간이 나타나는 꿈속에서도 돌아가신 내 어머닌 어쩌면 그렇게 다정한 모습 한번 안 보여줬는지. 언제던가, 잠결에 더럭 떠밀리는 바람에 깨어나서, 불현듯 서러워서 그냥 엉엉 큰소리로 울어버린 적도 있어. 그때 같이 살던 정가는 정 많은 사내였어. 기댈 언덕이 있어서 울음이 터져나온 건지도 모르지. 정가는 한밤중 난데없는 통곡소리에 깨어나서도 성내지 않고, 제 아름에 넘치는 내 몸을 안고 토닥여줬지. 덩치는 작지만 제 체구보단 마음이 너르던 사내. 장충동 족발집에서 같이 일하던 그 사람이 내게 마음 두고 있다는 걸 알면서도 난 내내 모른 척했었어. 사랑? 난 그런 거 몰라. 그전에도 한 남자와 살림을 산 적은 있었지만, 그건 사랑 때문은 아니었어. 그건 그냥, 혼자 버티려면 내 앞에 놓인 시간이 너무 무거워서 지레 눌려 죽을까봐서였어. 옆에 누가 있으면 아무래도 내 시간이 줄어들 테니까 그랬지. 그런 내 눈에도 정가는 꽤 괜찮은 사내긴 했어. 티뜯는 손님상에 내갈 쌈장에 침 섞어놓는 아이들 버릇도 잡아놓고. 조기축구회에 들어 새벽마다 운동장에서 뛰는 것도 그렇고. 그래도 우연히 보게 된 영화만 아니라면 정가랑 같이 사는 그런 일은 없었을 거야.

주인집이 상을 당해서 공으로 생긴 휴일이었을 거야. 근처의 영화관에서 같이 영화를 보게 되었어. 뭐라더라…… 「승리자 펠레」인지

「정복왕 펠레」인지 아무튼 무슨 「펠레」라는 영화를 하고 있었어. 축구라면 유난히 사족을 못 써서, 큰 경기가 있는 날이면 텔레비전이 있는 홀 쪽으로 목이 쑤욱 나가곤 하는 정가는 축구 황제 펠레 이야긴 줄 알았대. 웬걸, 축구공은 코빼기도 안 비치고 축구장보다 너른 밭에서 죽어라고 일하는 사람들만 나오는 영화였어. 어쩐지 크지도 않은 극장이 텅텅 비어 있더라니.

첫 장면은 아직도 기억 나. 부연 안개 낀 바다에 배가 떠 있고, 뱃전엔 사람들이 몸을 포갠 채 널브러져 있었어. 어린 남자애가 할아버지라면 맞춤하게 늙은 아버지에게 묻고 또 물었지. 아빠, 그 얘기 좀 해달라고. 아버지는 대답했지. 먹을 건 널려 있고 아이들은 일 같은 건 안 하고 노는 그런 곳이라고. 어째 초장부터 꿈같은 이야기가 나오는 게 아슬하다 했더니, 왜 아녔겠어. 뭍에 발이 닿자마자 어그러졌지. 저 아이가 커서 운동장을 누비는 황제가 되려나 하고 기다리다 실망한 정가는 사기당한 기분이었는지 아예 고개를 젖히고 잠들었어. 하긴 나 어릴 때에도 나처럼 성자란 이름을 가진 애가 한 학년에 한둘은 꼭 있었으니까 서양사람도 마찬가지겠지, 하면서 나는 본전이나 뽑자고 영화를 보았어. 그런데 내가 겪은 세상이, 그 배고프고 기막히고 섧던 날들이 다름아닌 그 영화에 다 들어 있더라구. 사는 것도 구질구질한 내가 왜 그 지긋지긋한, 고개 돌리고 싶은 영화를 참으면서 보았는지 몰라. 끝까지 보지 못해서 도대체 누가 무슨 일에서 이겼다는 건지, 누가 졌다는 건지는 모르겠어. 정가가 잠에서 깨어나 기지개를 켜자마자 일어나 나왔으니까. 극장을 나서니까 오후라서 볕이 환한데 물 먹은 솜처럼 눅눅한 마음은 싱숭생숭, 어떻게 해볼 도리가 없는 거야. 그래서였을 거야. 텅 빈 홀로 돌아와 그날 밤 정가랑…… 나 좀 봐라, 그래도 당신 영정 앞인데 이게 무슨 주책이람. 아무튼 그렇게 해서 정가랑 살기 시작했어. 바람나서 떠났다던 정가네 마누라가 눈물바람을 하며 돌아오는 바람에 곱게 물러나긴 했지만. 그래도 내 딴엔 다정한 정가에게 정이 쏠렸나봐. 드럼통에다 치마만 둘러놔도 들쳐보고 싶어하는 사내들 손목 탁탁 쳐내가며, 당신 나타나기 전까지 누구에게도 마음 붙이지 않았던 걸 보면.

당신 오던 그날도, 저년, 저 쓰잘데없는 년, 어머니가 사정없이 등짝을 갈기는 바람에 후다닥, 잠에서 깨어났어. 얼마나 손때가 매웠는지 깨고 나서도 등줄기가 얼얼했다니까. 꿈에 맞은 등짝이 생시에도 아파 파스를 붙이고 나온 참이었지. 종일 구겨진 심사였는데, 저녁 무렵, 김사장이 처음 보는 비리비리한 사내 하나를 달고 온 거야. 해사한 얼굴에 황톳빛으로 물들인 생활한복을 입은 품하며, 텁수룩한 머리를 뒤로 빗어넘겨 묶은 거며 겉멋이 단단히 들어 보이는 게 영 마뜩잖았어.

진양댁, 인사나 나누세요. 이 한화백도 고향이 진양이니 혹시 알고 지내던 사이 아닌가 몰라.

고향은 무슨 얼어죽을 고향. 그래도 내 탯줄 묻었던 곳이라기에, 여기 와서 부대찌개집을 내면서 진양집이라고 이름을 붙이긴 했지만. 이런 이야기 들으려고 어머니가 꿈에 나타났었나? 곱새기며 사내를 보았지만 당연히 낯선 얼굴이었지. 악수라도 하라면서 내 손을 잡아이끈 김사장 손을 뿌리치다 얼결에 당신 뺨을 치는 불상사만 생기지 않았더라면 당신은 그저 지나가는 손님에 지나지 않았을 거야. 그러고 보니 당신, 첫날부터 나한테 맞았네. 팔자 도망은 못하는 건가봐. 그렇지? 졸지에 뺨 맞은 당신은, 자기 뺨이 두어뼘쯤 물러서 있지 못한 자기 죄라도 되는 듯이 굴었어. 웬만한 사내 같으면 큰소리부터 질렀을 텐데. 이것 봐라, 못 보던 인종일세…… 그래서였을 거야. 그 저녁 길어진 술자리에 합세해 당신 내력까지 듣게 된 건.

당신은 한때 불어선생이었대. 당신은 선생이 되려고 불어를 배운 건 아니라고 했어. 있는 집 외동아들이던 당신은, 꿈도 야무지지, 영화의 본고장 프랑스에 가서 영화배우가 되려고 했댔지. 가문에 없는 딴따라가 나올까봐, 당신 부모는 당신이 졸업하기도 전에 고향 근처의 여학교 선생 자리를 확보해놓고. 공부보다는 연애에 바쁜 당신을 불러내려 가문 좋은 집 처녀하고 결혼시키고 나서야 그 부모는 한시름 놓았다지. 하지만 마음 좋은 아저씨 알고 보니 간첩,이라던 그 시절 구호처럼 가문 좋은 처자 알고 보니 노름꾼. 배우를 꿈꾸었던 남편이 영화처럼 찬란한 삶을 마련해주지 못해서였을까. 동네 여자들과 점당 백원짜리부터 시작했는지, 아니면 아예 처음부터 노름판에 자리를 깔았는지 모르지만, 당신이 아내가 이상하다는 걸 눈치챘을 땐 이미 소문은 교무실에서 당신 자리만 빼고 너울너울 흘러다닌 뒤였지. 물려받은 밭뙈기, 물려받은 다랑이논, 물려받은 가게 터에 살고 있던 집까지 날려가며 뒷갈망했지만 약발은 오래 안 먹혔다고.

아따 순정이네, 순정. 나 같으면 초장에 엎어버렸겠다. 도대체 그 마누라 어디가 그렇게 예뻤소.

김사장이 변죽을 올리자 당신은 말꼬랑지 같은 머리채를 흔들며 말했지.

그래도 나 믿고 온 여자를 어찌 내칠 수가 있겠소. 산 팔고 논 팔고 오쟁이 진 놈 바라보듯 하는 남의 눈도 다 좋은데, 부모님 살던 그 집 팔 땐 부모님 생각에 눈물이 나더군요. 윗대부터 살아오던 집이라서 낡긴 했지만 그때 근동에서 조합장네 집 하면 좋은 집으로 명성이 짜했어요. 강원도에서 적송 들여다 지은 집이었다니까요.

조합장? 진양 조합장 집? 이야기를 데면데면 흘리던 내 머릿속에 문득 저릿하니 전류가 흘렀어. 오래 전, 내 마음속에서 환하던 집, 수리조합장인지 임협조합장인지 단위조합장인지는 모르지만, 아무튼 그 집을 사람들은 조합장 집이라고 불렀거든.

혹시 그 집이 새터에 있지 않았나요?

아줌마가 어떻게 새터를 아세요?

거봐. 내가 고향 까마귀라고 할 땐 거들떠도 안 보더니. 이거 오늘 진양댁 술 땅기는 날이네.

김사장의 너스레를 들으며 나는 채 비우지도 않은 내 잔에 공연히 술을 채웠어. 말간 소주 속에 어디서 튀어 들어갔는지 기름기 두어점이 동동 떠 있었지. 길둥근 무화과가 떠올랐어. 그 집 담장 밑에서 주운 무화과는 그때, 내가 난생 처음 본 과일이었거든. 덤덤한 열매 속에 석룻빛으로 올올이 꽉 찬 속을 처음 보던 때의 놀람이라니. 그처럼, 내 마음속에 환하게 자리잡았던 그 집도.

지금도 생각나, 그 집. 내 중학시절 읍내 사는 친구 미옥이네 집에 갈 때면 지나치던 집. 볼에 분결 피는 처녀애처럼 주황빛 보얗던 능소화며 무화과 나뭇가지가 담장을 넘었지. 대문 앞에 의자를 놓고 나와 앉아 꼬박꼬박 졸던, 머리털이 다시 검어진다던 그 집 할머니도 선해. 왜 너른 뜰 놔두고 문간에 되똑하게 앉아 있었는지. 담장이며 나뭇잎에 가려 정작 본체는 들여다보이지도 않았는데, 나는 왜 그 집만 떠올리면 몸풀 날 앞둔 여인네처럼 튼실한 장독들이 반들거리는 장독대가 생각날까. 우물마루 널틈이 틀어지고 벌어진 서늘한 대청마루도. 대체 내가 어느 부잣집 대청에 올라앉아 밖을 내다본 적이 있는지 모르겠어. 서발막대 휘둘러봤자 걸릴 것 없으니, 번듯한 집 지닌 일가친척이 있었던 것도 아닌데. 한번도 들어가보지 못한 그 집이 그리래도 그릴 것처럼 훤해. 어쩌면 전생이었을까. 삭아서 녹내가 나는 함석지붕 아래, 밤이면 무논에서 우는 개구리 소리에 어디론가 떠내려가는 듯 어질머리 일던 방안에서 어미에게 구박이나 받던, 아비도 모르는 계집애의 전생?

이년아, 네가 달고 나와야 할 걸 떼놓고 나오는 바람에 내 신세가 이리 된 줄이나 알고 있어.

지나가는 말로라도 아비가 누군지 일러주련만, 차고들어 물어도 어머니는 아비가 누군지 끝내 이야기해주지 않았어. 아마도 밤길 걷다가 한순간 재미로 끌고간 동네 불량배에게 당했는지도 모르지. 도무지 여자다운 태라고는 찾아볼 수 없었던 엄마의 성미로 보아 있을 수 없는 일이지만, 어쩌면 독하게 사랑한 남자가 있었는지도 모르지. 사람 속을 누가 알겠어. 지나가는 말로라도 언질을 줄 법도 한데, 엄마는 요지부동, 녹슨 자물쇠 같았어. 그러다 입을 열면 으레 내 탓에 자기 팔자 찌그러졌다는 한탄부터 풀어냈지.

어느 저녁, 배부른 몸으로 낯선 마을에 들어선 어머니는 운도 좋지, 손이 없는 그 마을 부잣집에 들게 되었대. 뱃속의 아이가 아들이면 그 집에 주고 한살림 받기로 하고. 두루뭉실 펑퍼짐하게 퍼진 뒤태가, 밭에서 김장 무 뽑듯이 아이들을 잘도 뽑아낸 동네 할머니들의 눈에도 여지없이 아들 배였다니까.

삼시 세끼 잘 얻어먹고 달은 포실하게 차올라서, 금줄에 매달 마른

고추까지 잘 닦아놓고 몸풀었는데, 그게 날 때부터 남자처럼 골상이 컸던 계집애, 나였대. 한밑천 잡을 꿈 날려버린 분풀이다, 계집애야 살아나가는 데 혹밖에 더 되나 싶어서 어머니는 나를 이틀 동안 엎어놓았대. 이틀 뒤, 내다 버리려고 몸을 뒤집어보았더니 새파랗게 질린 얼굴로 한숨을 내쉬었다지. 당연히 죽었으려니 했던 어머니는 놀라서 기함할 뻔했고.

달고 나올 건 떼놓고 나온 주제에 명줄은 쇠심줄 같아서.

등줄기 갈기는 사설 들을 때마다 '언제 저 소리 그만 듣나' 꿍얼거렸더니, 입살이 보살이라고, 늙도 않은 어머닌 관절염에 속앓이로 사위어갔지. 무너지는 집에서 삭아가는 어머니 보기가 벅차 걸핏하면 미옥이네로 줄달음치던 어느날, 갓 중학교에 들어갔을까 싶은 남학생이 그 할머니에게 붙들려서 쓸리고 있는 걸 보았어. 뒤로 엉덩이를 빼는 아이의 얼굴을 어루더듬는 그 갈퀴 같은 손이 어쩌면 그렇게 곰살궂게 꼼지락거릴까. 어이구, 이쁜 내 새끼 그 고물거리는 손가락이 말하는 것만 같았어.

쟤가 저 집 손자래. 쟤네 아버지는 거의 할아버지뻘이래. 쉰이 다 되어서 낳았다니까. 첩들도 아이를 낳지 못했나봐. 그러다가 절에 가서 백일기도를 세 번인가 하고 나서 저 애가 태어났대. 집안에서 얼마나 애지중지하는지 머슴애가 꼭 계집애 같대. 내 동생이 저애랑 같은 반이거든.

미옥이 새살거리는데, 나는 나보다 작고 가녀린 아이와 할머니의 손에서 눈을 뗄 수 없었어.

세상에, 그런 건 이야기 속에나 있는 줄 알았지. 제발 태어나주십사고 명산대찰에 불 밝혀 기도드리고 맞이한 생명 말이야. 그렇게 태어난 사람이 남도 아닌 제 어미 손에 죽임을 당할 뻔한 나랑 같은 세상에 살고 있었다니, 세상에. 그날로 꿈이라고 해도 좋고 어른거리는 꽃 그림자라고 해도 좋을 무엇이 내 마음속에 들어앉았어. 제대로 이름 붙일 수 없이 어른대는 그것에 나는 물 주고 볕 쪼여가며 키웠어. 그 집에 들어가서 장독대의 장독을 반들반들하게 닦기도 하고, 봄날이면 뚝뚝 떨어지는 함박꽃에 진저리치면서 이끼가 서늘한 깊은 우물에서 물을 긷기도 했지. 사방을 에워싼 논에서 개구리가 미친 듯이 울어대는, 진땀 흘리는 잠결에도 빠지직빠지직 이를 갈아대는 어머니 곁에 누워.

어두워지네. 겨우내 얼었다 녹았다 하던 땅이 마르더니, 오늘은 흙 먼지 날리는 바람도 스산하고. 이제 당신, 당신 같은 혼백들이 슬몃슬몃 없는 몸 일으킬 시간 아니야? 어스름녘이면 이상하게 희끗희끗 눈앞을 스치는 듯하던 그것들, 알고 보면 당신 같은 혼령들이었나. 왜 그런다잖어. 귀신은 어스름 깔릴 때 내려와서 새벽닭 우는 소리에 쫓겨간다며? 그럼 낮 동안엔 어디 있는 걸까. 해뜬 날 뒤따르던 그림자 속에 머무르는 걸까? 당신, 어디 있다가 오는 거야? 당신이 여기에 와 있기나 한 건지 딴 데서 노니는지, 누가 알겠어. 이젠 미끄러질 리도 없으니 너울너울 날아서 가던 길 마저 가고 있는지 모르지. 당신, 도대체 왜 나한테 온 거였어?
말이 났으니 말인데, 당신하고 결혼하던 날, 나 운 거 모르지?
그때도 당신, 폼은 어지간히 잡았어. 냉수 한그릇 떠놓고 올리는 식인데도 육탈한 지 오래됐을 당신 어머니 아버지에 할머니 할아버지까지 불러대며 결혼한다고 고했으니까. 그게 있이 살던 사람 법인지는 몰라도 난 좀 우스웠지. 그런데도 당신이 소반 앞에서 뭐 대단한 사당에서나 고하는 것처럼 "이제 이 사람, 풍양 조씨 조성자를 우리 가문의 며느리로 맞아……" 어쩌구 하는 소리를 들으니까 문득 북받치더라. 그때쯤엔 집도 절도 없는 신세로 치자면 당신이나 나나 도진개진이었는데, 당신이 숙연한 목소리로 그러니까 아비도 근본도 모르는 내가 누구네 며느리가 되었구나, 그 집에 어울리는 며느리로 살아야지 싶더라니까. 나도 뭐에 씌었지. 산전수전에 공중전까지 겪을 만큼 겪은 내가 뭐에 씌지 않고서는 그럴 수 없을 거라.

오갈 데 없는 처지되어 더부살이하면서도 당신은 반죽좋았어. 저녁 손님 치르고 가마에 불 때는 집 야식 가져다주고 돌아오면, 발 디딜 틈도 없이 깨어진 초벌구이 파편 속에 있던 당신은 들어서는 내 엉덩이를 툭툭 두드리며 말했지. 당신, 일하느라 피곤했지. 난 당신 오기 기다리느라 배고파 죽는 줄 알았어.

화선지에 그리는 거랑 손맛이 달라서 파난 초벌구이들을 끌어모아 그림연습을 하는 거야 그렇다 쳐. 마음대로 안 그려지면 굳이 집안에서 깨부셔서 난장판으로 만들어놓아야 예술인지. 그 파편들을 발로 거둠거둠 밀어내며, 온종일 물일에 불은 손으로 또다시 상을 차리는 그 일이, 어떻게 행복으로 느껴졌을까. 당신이 가게로 나와서 먹으면 그만이었을 텐데 왜 당신더러 그 말을 못했을까. 처음엔 영업하던 밥을 먹이는 게 코빼기도 보지 못한 시부모한테 죄를 짓는 것만 같았어. 태생이 다른걸. 그래서였나, 난데없는 조강지처 노릇에 허리 휘는 줄도 몰랐으니.

당신이 남의 신세지며 연습용 초벌구이 끌어모으는 거 보기 싫어 생심도 내도 않던 차를 사지 않나, 목 좋은 데로 가려고 모으던 돈 털어 당신이 타령하던 작업실 내주지 않나…… 오다가다 만난 사내에게 나처럼 정성 바친 년 또 있으면 나와보라 그래. 그런 내게 당신이 한 일을 생각하면…… 파난 건 줄 알고 허락없이 싣고 온 도자기가 생짜여서 변상해주기, 남의 전시장에 갔다가 몇십만원 하는 작품 외상으로 사들고 오기, 그림이 잘된 날은 잘되었다고 사람들 불러모아 한턱 내고 안된 날은 또 그렇다고 홧술. 당신이 벌였던 답 안 나오는 일들을 굽이굽이 펴놓으면 이 병원 뒤편 저수지를 스무 바퀴는 감고도 남을레라. 부모 덕 없는 년 자식 복 있을까, 자식 복 없는 년 서방 덕 볼까만, 몇번이고 엉덩이를 걷어차 내치고 싶은 걸 그냥 넘어간 건, 그래도 당신이 그나마 한눈은 안 판다는 믿음 때문이었어. 똥오줌 받아내며 마누라 수발했다는 말에 걸려 넘어진 거지, 내가.

어느날 아침, 당신은 아파트 입구에 버려진 아내를 발견했다고 했어. '삼진아줌마'로 불리던 당신 아내가 밤샌 화투판의 뒤끝에서 혈압이 올라 쓰러지자 사람들이 실어다 삼진아파트 앞에 부려놓고 간 거였지. 일년이 지난 뒤, 당신 아내는 "고다 고!" 소리치면서 오랜 혼수상태에서 깨어났다지. 결국 깨어나고 나서도 기신기신하다가 얼마 못 가 죽은 아내의 관 속에 당신은 화투까지 살뜰히 챙겨 넣었다고 했어. 그런 다음 당신은 화투 한목을 사서 새로 들여다보고 또 보았다고 했지. 이게 뭔데 사람을 그렇게 끌어당겼나, 하고. 그러다가, 그 그림들에 오묘한 뜻이 있는 것 같아서 동양화를 배웠고, 도자기 그림이 하고 싶어서 여기까지 흘러들었다고 했지. 정말이지, 당신은 영화배우가 어울리는 사람이었어. 코미디배우 말이야. 코미디로 친다면, 당신 장단에 놀아난 나도 한가락한 거지. 그것도 인연이라고 그 인연 끝자락을 잡고 배알 빠진 년처럼 당신 시중 든 나도 조연급은 될 거야.

대답해봐, 당신. 그래도 그 이야긴 거짓말 아니지? 당신은 정말, 의식 없는 아내를 일년 동안이나 똥오줌 받아가며 수발한 사람 맞는 거지? 하긴 나한테야 기둥서방 노릇했지만, 난데없이 나타난 여자에게 있는 정성 없는 정성 바친 걸 보면 그러기도 했겠어. 그래도 그렇지. 하고많은 여자 중에 하필 그년이야. 밸 없기론 꼭 내 짝이야, 당신도.

점심손님 치르고, 배달했던 그릇 가지러 송곡도예에 갔다가 그 여자를 만났지. 집주인이 물건을 포장하는 바람에 나는 한구석 의자에 앉아 기다리고 있었어. 도횟물이 빤질빤질한 여자 셋이 도자기를 구경하고 있더라구. 몸도 얼굴도 입술도 얇아서, 눈 씻고 봐도 복 붙은 데 없겠다 싶은 여자가 백자항아리 앞에 서서 난 척하고 있데. 제가 무슨 꽃띠라고 하늘하늘 퍼지는 치마 허리를 꽉 졸라매 입은 것이며, 꽃이 얹힌 차양 큰 모자며, 모자 아래로 삐져나온 기다란 생머리며, 첫눈에 꼴값한다 싶었어. 그런 여자가 낭창낭창 말하더라구.

이 달마도 좀 봐. 제법 흉내를 내긴 했지만 모양만 달마라고 다 달마인 줄 아나봐. 무슨 달마가 이렇게 눈에 힘이 하나도 없다니? 선도 약하고.

얼핏 보니, 일성도예의 작품에 당신이 그린 그림이었어. 그걸 가지고 그 여자가 겉멋이 어떻네 하면서 시부렁거리고 있더라구.

예에술, 그거, 당신도 알다시피 난 예술이 뭔지 모르지만, 그때쯤 이미 난 당신이 말하는 그 예술이라는 게 사당치레하다 신주 개 물려 보내는 일이나 다름없는 거 아닌가 넉넉히 짐작하고 있었지. 그래도 그렇지, 생판 처음 보는 여자가, 내가 더운밥 지어 먹이고 내 손으로 옷 빨아 입혀가며 모신 당신이 오만 폼 다 잡고 그린 그림을 두고 어쩌네저쩌네 하는 걸 듣자니 속이 울근불근했어. 어쩌면 당신의 '예술'이 뭐 그리 대단하지 않다는 걸 알기 때문에 더 참을 수 없었는지도 모르겠어. 도자기를 앞에 두고 몸을 뒤로 젖혔다가 눈을 가느스름하게 떴다가, 손가락질을 해대며 간살스럽게 말하는 그 여자 앞을 가로막고 나섰어. 사실 그 여자야 내겐 한 주먹거리도 안 되었지. 그뒤로 벌어진 일은 당신이 더 잘 알 거야. 연락받고 온 당신이 사태를 수습했으니까. 수습만 했을까. 한창 바람 일던 전원주택이 어떻고 하면서 혼자 이사온 그 여자를 병원에서 집으로 데려다주네 어쩌네 하던 당신이 그예 엎어지기까지 했으니.

그때까지도 난 제까짓 게 설마, 했어. 나야 당신 똥창까지 꿰뚫고 있어서 마음을 턱 놓았을 거야. 보름달 덩실 뜬 팔광 같은 당신, 멀쩡한 허위대 속에 쌓인 거라고는 홍싸리 껍데기뿐인 걸 알고 있었으니까. 금가버린 플라스틱 바가지 아무렇게나 놓아두었더니, 그것도 쓰마고 주워가는 사람이 있을 줄이야. 집안에서 물이 줄줄 새던 그 바가지가 남의 집에 가더니 물도 안 새고 쓸모있게 굴 줄을 누가 알았겠냐구. 그것도 하필 내 앞에서 당신 그림 놓고서 선이 흐리네 기가 약하네, 나불대던 바로 그 여자야.

나한테 덜미 잡힌 뒤, 당신은 가슴이 무너진다는 듯 담배연기를 길게 뿜어냈지. 대답해라, 잠깐 한눈판 거냐. 아니면 요즘 말하는 그 뭐냐, 사랑이라는 거냐? 나는 다그쳤지. 사랑,이라는 말, 그거 되게 힘들더라. 그러고 보니 내가 당신 앞에서 사랑이라는 말을 꺼낸 건 내 평생 그게 처음이었을 거야. 제기랄, 하필 그걸 그런 때 써야 했다니. 아무튼 당신 귀가 잠깐 쫑긋해지더군. 꽁초가 필터 끄트머리에 닿을 때까지도, 구들장이 꺼질 만한 깊은 한숨을 두 번쯤 내쉬며 담배만 피웠지, 당신은. 내가 뭘 기다리느라 이렇게 참고 있나 싶을 때, 당신이 말했지. 그 여자를 사랑해. 그 여잔 당신처럼 혼자서도 억세게 살아갈 여자가 못 돼. 그 여자한텐 내가 필요해. 그래, 사랑이라구? 그 순간 떠오른 건 당신과 결혼하던 날 내가 속으로 흘린 눈물이었어. 속없는 것, 이런 소리 듣자고 그랬단 말야? 머릿속이 하얗게 바랬어. 그것도 모자라 당신은 생각난 듯이 덧붙였지. 무물론, 당신도. 당신은 더듬더듬, 기왕 엎어진 물이니 에라, 모르겠다, 하고 그 위에 찰박찰박 물무늬 그리는 애들처럼 말했어. 당신도 사랑하고 그 여자도 사랑해. 사랑은 많을수록 좋은 거 아냐? 그런 당신은 무슨 성자라도 되는 듯 의기양양하고 뻔뻔스러워 보였어. 사랑은 많을수록 좋은 거 아니냐고? 그 말이 나를 불질렀어. 그래, 그럼 너 이 조성자 사랑 좀 듬뿍 받아봐라. 나는 무식해서 예술적인 사랑말고 이런 사랑밖에 할 줄 모른다.

일단 당신한테 손을 대고 나니 속이 후련해지더라. 묵은 체증이 다 내려가는 기분이었다니까. 어디서 성 받았는지 모르는 내가 당신과 살면서 대갓집 호적에 오르기라도 한 듯이 굴려니 속에서 체기가 차곡차곡 쌓이기도 했겠지. 당신과 산 그 시간만큼. 그 세월에 분풀이하듯 그날부터 나는 걸핏하면 당신을 패게 되었지.

좋으네…… 시간은 잘도 가네. 당신 알고 나 아는 얼굴 몇이 인사라고 드나들고 당신 알고 나 모르는 사람도 뭐라뭐라 우물거려 인사 남기네. 그래도 손님이 제법 찾아들어 썰렁하진 않네. 하긴 당신이 여기저기 사람좋은 웃음 뿌려댔을 테니. 나도 알어. 남들은 당신더러 그런 여편네하고 어떻게 사냐고 그랬겠지. 법적으로 거시기가 된 것도 아니니까 갈라서라고, 하기 좋은 말로들 그랬겠지. 뭐 난 눈도 귀도 없는 줄 알아? 곁에 보이는 것만 생각하면 나라도 나를 욕하고 당신 가없다고 했을 거야. 오죽하면 흰머리 성성한 남편이란 작자를 팰까, 하고 헤아릴 만큼 한가한 사람이 어디 있겠어. 이제 이 시간에 새삼스럽게 올 사람도 없을 것 같아서 잠깐 나왔어. 나오니까 매캐한 향 냄새도 안 나고 좋으네…… 사는 데 지친 목숨 여럿 훌렸을 저수지 은은하니, 부평초 같은 내 신세도 그럭저럭 한세월 떠 있을 만한 것 같고. 저 물속, 물풀 속에서 사는 물고기에겐 저 물이 한세상일거라. 당신이 품고 살던 세상은 어떤 거였나? 내가 못 준 무얼 그 여자가 주었기에 바람 나서 꼬리 말아내리고 슬금슬금 남의 집으로 기어드는 개처럼 남의 눈 피해 찾아가다 아주 떠났나. 바보 같은 양반아.

그래, 나 술 마셨어. 몇잔? 그거야 나도 모르지. 나도 우습지. 동네에 호가 날 대로 난 여편네가 조강지처 흉내내려니 금방 밑천 드러나지. 몸이 뒤틀려서 꿰차고 나온 참이슬 마시는 중야. 그래도 당신 먼길 떠나보내는데, 한잔 술 없을 수 없지. 당신도 한잔 할래?

당신, 이제 저세상 가서 내 어머니 만나면 한번 물어보기나 해줘. 그때, 당신 태어나기 전에, 아들이면 입양하기로 하고 당신네 행랑채에 들였다가 딸이라서 내보냈던 그 여자, 우리 어머니가 그 여자였는지 아닌지. 입양해서 대 이을 팔자도 못 되나 보라고, 마지막으로 기도나 올려보자고 당신 부모 마음 돌리게 했다던, 그래서 당신이 태어나게 했다던 그 계집아이가 나는 아니었냐고.

알아. 나도 알아. 기면 어떻고 아니면 어떻겠어. 그런데도 당신에게 그 이야기 들은 뒤로 난 그 이야기에서 벗어날 수 없었어. 그때 그렇게 마음 이끌렸던 게 그래서였나 싶기도 하고. 내치면 그만일 당신을, 내 마음 어쩌지 못해 쓰라릴 때마다 당신한테 손 대고 그 때문에 숨가 쓰면서도 부여잡고 있었던 것도 그렇고.

이제 날이 밝아오나봐. 추위가 한고비 넘어가는 것 같네. 희부염한 안개 속에 밤내 깃에 부리 박았던 닭들이, 새날이라고, 젖은 목소리로, 짖긴 짖네…… 당신, 놀랐지? 이제 당신은 저 닭 우는 소리에 황급히 쫓겨 당신네 세상으로 달아나겠지.

언제더라 라디오에서 그런 이야기를 들은 적이 있어. 옛날에, 어떤 사람이 뭐 용인지 뭔지 하고 싸우러 배를 타고 떠났는데, 그땐 옛날이니까 돛단배였다. 검은 돛을 단 배. 근데 그 싸움이, 떠나는 사람에게도 그렇고 떠나보내는 사람에게도 뭐 큰 의미가 있었대나 어쨌대나. 그래서 이쪽이 이기고 돌아오게 되면 멀리서도 알아볼 수 있게 하얀 돛을 달기로 하고 떠났대. 죽을둥살둥 싸워서 이기긴 했는데 그만 돛을 바꿔단다는 걸 잊었단 말야. 기다리는 쪽에서 보면 영락없이 싸움에 지고 돌아오는 거라서, 기다리던 사람은 배가 포구에 닿기도 전에 알아서 죽었대나 어쨌대나. 그러니까 그 옛날에도 사는 게 맨 그짝이었나봐. 아등바등 살아봤자 아차 하는 순간에 잿더미되고 마는 허방투성이…… 텀벙텀벙 건넌다고들 건너보는데, 그래서 닿는 곳이 어딘지 누가 알겠어. 세상 떠나는 순간이나 아차, 깨달을까.

네? 예, 알았어요. 벌써 그렇게…… 그래요, 그러지요.

이봐요, 가련한 양반. 이제 떠나가야 할 시간이래. 나도 일어나야겠네. 일어나는 내 다리 한짝이 천근만근일세. 그 여자, 그 여자가 당신 바래러 한번쯤은 얼굴 비칠 줄 알았지…… 끝내, 끝내, 그렇게 안 보이는 사람에게 그렇게 목을 맸단 말인가. 나한테 얻어맞은 그 밤도 몰래 빠져나가고, 작업실 보증금 빼내고, 그 밤도 그년 찾아가다가 아예 떠난단 말인가. 나쁜 년! 지가 인두겁을 쓰고 태어났으면, 이 조성자 아무리 손때 맵기로 호가 났다 해도, 머리끄덩이 잡힐 때 잡히더라도 당신 바래러 와야지. 아무려면 이 자리서 내가 저를 죽여 줄초상을 내겠어 어쩌겠어. 그냥 드잡이질 한두번 당하면 그만일 것을. 그깟 것도 겁나 꽁꽁 숨는 년이 그렇게 호려내? 내 그럴 줄 알았어. 당신, 이제 알겠어? 등쳐먹고 산다고 살았겠지만 당신도 헛물만 켠 거야.

지금도 당신, 목을 길게 늘이고서 저만큼, 이리로 들어오는 길 내다보고 있으려니…… 당신은 오지 않는 사람 기다리느라 길 쪽으로 목을 늘이고, 나는 또 껍데기만 내 곁에 머문 당신 부여안고 부대끼고. 어쩌면 나를 쫓아다니던 울 어머니 악담도 이런 먼산바라기 때문이었을까. 어떤 인연으로 몸안에 들인 씨앗인진 모르지만, 아들 하나 낳아 고치려다 나 때문에 밟힌 양은대야처럼 찌그러진 당신 팔자 맘 아프기도 했겠지. 어째 내가 다 아프네. 내 몸 어디에 그리 독이 쌓여 있었는지, 내 몸 쥐어짜서 세월이 쌓은 독을 우려내는 것처럼 아프네. 교통사고 같은 걸로 팔다리 잘린 사람들은 없는 다리가 있는 것처럼 아프다면서? 이제 와 생각하니, 당신이랑 살던 나날은 내게 그런 거 아니었나 싶어. 잘려나간 팔다리. 당신, 몸 없는 당신도 마음이 이리 아플까.

이제 당신 없는 세월은 더 더디 흐르겠지. 빨리빨리 늙었으면 좋겠어. 빨리 늙어서…… 내 꿈은 그저…… 그냥, 가만히 앉아서 해바라기하는 거야. 그 옛날 당신 집을 지날 때면, 나는 언젠가 내가 거기서 그렇게 한세월 보낸 것만 같아서, 그 할머니 곁을 지나 불쑥 그 집으로 들어설 것만 같았지. 그처럼 나는 그냥, 차 소리가 멀리 들리는 한가한 공원, 볕 바른 곳에 가만히 앉아 먼데 눈을 주고 깜박깜박 조는 거야. 잠깐 눈을 뜨면 나무 그림자는 저만큼 옮겨가 있고, 또다시 자

180

울자울 졸다가 모이 쪼던 비둘기떼 후르룩 날아가는 소리에 반짝 깨어나기도 하고. 그렇게 후딱후딱 시간을 건너뛰었으면. 끌탕하던 마음도 저며들던 아픔도 그때쯤엔 사위어 고운 재로 날리는데, 나는 그 희부연 속에 앉아, 당신 태워간 그 배 언제 오려는지 먼데 바라보다……

—『현대문학』 2001년 10월호

땅속에 묻혔다가 드러난 놀란흙의 짙은 빛깔이 뭉클, 가슴에 닿아옵니다. 겨우내 얼어붙고 굳었던 흙이, 갈아엎는 바람에 생긴 숨구

멍으로 오래 참았던 숨을 휴우 길게 내쉬는 게 보이는 듯합니다. 오랜만에 열린 숨구멍, 제 숨의 드나듦을 고스란히 느끼며 살아 있

던 날들…… 이런, 명치끝이 꽉 막혀와 고개를 듭니다. 저만큼 먼곳에 마주한 산봉우리, 잔설이 산의 이마를 맑힙니다. 그 흰 이마

가 눈에, 가슴에 아프게 박힙니다.

언덕 저편

언덕 저편

사내는 이랑을 갈고 있습니다. 카키색 바지와 베이지색 점퍼, 하늘색 모자를 쓴 사내는 어제도 똑같은 차림이었습니다. 그루터기만 남은 논에 무더기무더기 옮겨다놓았던 흙을 사내는 어제 진종일 손으로 펴널었습니다.

오늘, 사내는 딱딱하게 굳은 땅을 갈아서 어제의 거름진 흙을 뒤섞고 있습니다. 누런소 한마리가 동행하고 있어서 사내는 어제보다 덜 외로워 보입니다. 겨울 나는 게 힘겨웠던지 소는 먼빛으로 보기에도 깡말랐습니다. 산비탈을 S자로 누비며 난 도로, 그 S자 안쪽 틈새기를 깎아 만든 논과 밭은 모양이 일정하지 않습니다. 소와 사내는 짚신벌레처럼 길쭉한 논고랑을 따라 천천히 걷습니다. 쟁기가 굳은 땅에 박혔는지 소는 몇걸음 가다가 멈추고, 사내는 그런 소 뒤에서 쟁기를 움직여 소가 나아갈 수 있게 해줍니다. 사내는 이따금 뒤를 돌아 갈아놓은 고랑을 봅니다. 땅속에 묻혔다가 드러난 놀란흙의 짙은 빛깔이 뭉클, 가슴에 닿아옵니다. 겨우내 얼어붙고 굳었던 흙이, 갈아엎는 바람에 생긴 숨구멍으로 오래 참았던 숨을 휴우 길게 내쉬는 게 보이는 듯합니다. 오랜만에 열린 숨구멍, 제 숨의 드나듦을 고스란히 느끼며 살아 있던 날들…… 이런, 명치끝이 꽉 막혀와 고개를 듭니다. 저만큼 먼곳에 마주한 산봉우리, 잔설이 산의 이마를 맑힙니다. 그 흰 이마가 눈에, 가슴에 아프게 박힙니다.

소나무가 많은 곳이라서 산은 초록 빛깔을 잃지 않고 있습니다. 군데군데 붉고 누른 빛이 부드러운 낙엽송이 모다기진 곳은 산불이 지나간 자리가 아닌가 싶습니다. 산불을 본 적이 한번도 없습니다. 언젠가, 산불이 지난 산 옆을 차를 타고 달려본 적은 있지요. 그때, 샅샅이 드러난 산의 형체는 사람의 늑골 같았습니다. 땅도 사람과 마찬가지로 뼈대를 가진 생명이구나,라는 생각이 들었습니다. 그렇게 애틋한데도 언젠가 한번은 산불을 꼭 구경하고 싶습니다. 벌받을 소리겠지만요.

어린날, 장작불을 지필 때면 나는 어머니의 구박을 받아가면서 아궁이를 지키곤 했습니다. 사내가 부엌에 들어서는 게 아니라는 어머니의 구박도 불을 향한 내 마음을 억누르지는 못했습니다. 생나무 가지가 타면서 노랗고 따스하게 피어오르는 불길, 타는 나무에서 자글자글 끓어오르는 송진, 이따금 보너스처럼 묻어온 마른 솔가리를 넣으면 톱밥불처럼 하르르 순식간에 타버리는 허망함까지. 그 모든 게 나를 홀렸습니다. 발갛게 달아오른 나무토막을 꺼내어 타오르는 불꽃을 억지로 숨죽여 숯을 만들기도 했지요. 채 사그라들지 못한 불길은 잦아들며 꺼멓게 멍들었습니다. 언젠가 불씨를 만나면 고요하고 열렬하게 불꽃을 일렁이겠지요.

마침내 한 이랑을 다 갈아엎은 소는 이랑 끝에 멈춰서서 귀를 쫑긋거리며 주변을 천천히 휘둘러봅니다. 사내는 채근하지 않고 기다리다가 아예 점퍼를 벗어 두둑에 걸쳐놓고 쪼그리고 앉습니다. 제가 간 이랑을 말없이 바라보는 소는 이런, 담배라도 한대 피우고 싶은 얼굴이군요. 정작 담배를 꺼낸 건 사내입니다. 손이 얼굴에 닿는 횟수가 잦은 걸로 보아 뻐끔담배로군요. 겨울의 신산한 기미를 벗지 못한 채 아침볕에 길쭉한 그림자를 드리우는 밭두둑의 나뭇가지에 까치 한마리가 날아와 앉습니다. 밤이면 보안등 일곱 개가 먹빛 어둠에 호롱불처럼 빛을 던지는 마을은 적막합니다. 홀로 집을 지키는 노인이 많은 마을이지요. 까치와 까마귀는 논과 밭 사이에 드문드문 집이 박힌 마을과 저 너머 앞산을 넘나들면서 번갈아 울어댑니다. 해토머리 혼미한 햇살 받으며 졸던 노인은 까치소리에 혹 집 떠난 자식에게서 연락이 오려나 마음 설레다가, 까마귀소리가 드리우는 사위스런 그늘을 휘휘 손을 저어 걷어내겠지요.

"아따, 오늘도 저 푸른 초원을 거닐겠고만."

식당으로 들어서던 301호실 선이 찬이 차려진 식탁을 보고 짚고 넘어갔다. 203호실 박이 장난스럽게 식탁으로 몸을 기울이며 받아쳤다.

"무슨, 저기 콩조림 안 보여요? 밭에서 나는 고기 있겠다, 우엉조림에 멸치 들어 있고…… 육해공이 골고루 섞여 있는데 그런 소리 하면 쓰나. 얼핏 보이는 것만 가지고 단정짓는 사람이 무슨 법을 공부한다고. 이거 선형이 시험에 붙으면 억울한 사람 여럿 생길 텐데 그렇다고 붙지 말라고 할 수도 없고."

"박형 앞에선 무슨 말을 못하겠소. 한 마디 하면 다섯 마디가 돌아오니. 아무튼 일단 붙었다 하면 검사든 변호사든 유능하긴 하겠소."

주방과 식당 사이에 난 창구를 통해 밥과 국을 받아들고 자리에 앉으면서 선이 툴툴거렸다. 선은 무엇에서든 한마디 짚고 넘어가야 직성이 풀렸다. 누가 대꾸를 해주면 그 말끝을 날렵하게 잡아채서 미주알고주알 길어지게 마련이다. 그런 선도 박의 대꾸에는 여지없이 꼬리를 사렸다. 박이 더 들을 것도 없다는 듯 말끝을 돌렸다.

"고형은 오늘도 외출 안하셨어요? 주말인데?"

그러고 보니 식당이 한산했다. 주말 점심 무렵이면 식구들과 친구, 연인들이 차를 몰고 고시원으로 와서, 불확실한 미래에 목매고 책을 들여다보는 고시생을 데리고 나갔다. 더러는 인근 사찰의 돌계단을 오르고 있을 테고 더러는 집으로 돌아가 오랜만에 아내가 차린 밥을 먹고 있을 것이다.

"저야 뭐…… 그냥 있지요."

"하긴 잠깐 계신다고 했으니까."

"벌써들 들고 계시네요."

207호 정이 식탁의 빈자리를 채웠다.

"참, 대전에서 오신 젊은분 점심 먹고 집으로 돌아갔어요. 인사 못드리고 간다고 전해달라구요."

"갔어요?"

"네. 아마 다른 분들께 죄송스러워서 그냥 나간 모양입니다."

"어째 시험날짜 다가오니까 자꾸 집에 왔다갔다하는 게 영 불안하다 했더니. 나이가 어려서 그런지 긴장을 영 못 배겨낸 모양이네."

선이 혀를 끌끌 찬다. 박이 혼잣말처럼 웅얼거린다.

"아직 초보라 그렇지, 한 칠팔년 하다보면 이거저거 다 초월한다."

절반도 넘게 빠져나간 식당에서 점심때와 똑같은 반찬으로 먹는 저녁밥은 스산했다. 점심에 지어둔 밥인지 떡처럼 덩어리진 밥조차 생기를 잃고 형광등 불빛 아래 파리했다. 그 스산함을 방까지 끌고가고 싶지 않아선지, 다같이 산책하러 가자고 말을 꺼낸 건 정이었다.

파쇄석을 깐 고시원 앞마당을 나서는 일행의 발소리가 어스름 속에 자박자박 울렸다. 앞선 선이 찻길 쪽으로 길을 잡았다. 가풀막진 언덕이라서 내려오는 차들의 속력이 위협적이었다. 길 바깥쪽, 체면상 어쩔 수 없다는 듯 하얀 페인트로 선을 긋긴 했지만 사람이 위협을 느끼지 않고 걸을 만한 여유는 없었다. 그들은 한줄로 서서 앞사람의 뒤를 좇았다. 숲에 버려진 패잔병 같았다. 바람이, 묵직한 질감이 느껴지는 바람이 머릿속으로 파고들었다. 이십여분 올라간 산등성이에 작은 가로공원이 있고 표지판이 하나 세워져 있었다. 여기가 이래 뵈도 도겝니다. 여긴 안 와보셨지요? 묻더니 박은 담배를 피워 물었다. 겹겹이 포개진 동쪽의 능선이 한눈에 보였다. 능선 아래 골마다 안개가 피어오르고 있었다.

전생이 무언지 알고 싶다,고 내려오는 길에 말을 꺼낸 건 정이었다.

"전생은 왜?"

박의 대꾸가 한결 낮게 들리는 저녁이었다.

"전에 같이 운동을 배우던 사람들이 중국에서 공부한 사람을 초청했어요. 그 사람에게 전생에 대해서 물었더니 그 사람 말이, 볼 수는 있지만 알 필요는 없고, 그냥 금생이나 잘살면 된다고 하더라구요. 그 말을 들었는데도 영……"

"기억도 나지 않는 전생 생각하면 뭐합니까? 그게 정말 있는지 없

는지도 모르겠고. 쓸데없는 생각 관두고 이번 생 잘살려믄 여기 있는
차들 번호나 적으소."

선의 수선스러운 말투가 난데없이 속내를 털어놓은 쑥스러움을 지
웠다. 산비탈을 깎고 들어선 모텔 주차장엔 주말이라서 차가 평소보
다 많았다.

"번호 적어서 뭐할라고요. 한밑천 뜯어내려고요?"

"그래야 공부하느라 축간 박선생 몸보신해주지 않겠습니까?"

"남 보신시켜주려다 그동안 공부한 법조항 감옥 가서 써먹으라고?
내 몸일랑 내가 돌볼 테니 참으소."

바람 때문인지 어스름과 섞여 스며드는 산안개 때문인지, 그들의
농담에선 탄력이 느껴지지 않았다. 오래되어 삭고 늘어진 고무줄을
볼 때의 막막함. 마당을 밟는 소리조차 눅진하게 느껴지는 저녁답, 낙
타처럼 등이 기우듬해진 사람들은 저마다 자기 짐을 짊어지고 각자의
방으로 들어갔다.

간밤엔 잘박잘박 발걸음소리를 내며 비가 내렸습니다. 꽃이 지겠구
나…… 빗소리를 들으며 잠결에 웅얼거렸습니다. 그 환하던 꽃잎이
떨어져 땅바닥에 들러붙겠구나……

산책길, 아기 손톱만한 쑥이 우죽우죽 돋아나는 길을 걷다 보면 조
금 도도록하게 비어져나온 산비탈의 밭에 이릅니다. 채 뽑아버리지
않은 옥수수 대궁이 겨우내 눈과 바람에 하얗게 바래서 잘린 단면은
죽창 같지요. 그 밭 비탈에 복숭아나무 한그루가 호젓합니다. 구슬 같
은 꽃봉오리며 꽃잎 다섯 개가 오롯한 복사꽃이 다다귀다다귀 피어
있습니다. 줄기에 잎 하나 안 매단 꽃들로만 환한 그 나무는 아직 겨

울에서 벗어나지 못한 풍경 속에 홀로 꿈결 같습니다. 환하디환한 아름다움이 이내 슬픔으로 변해버릴 그런 꽃나무. 벌들은 나무를 싸고 잉잉거리지요. 그 꽃들이 다 떨어져 내렸을지도 모르겠구나…… 그러면서 잠으로 미끄러졌었지요.

일어나보니 하늘엔 회청색 구름이 옅게 풀리고 골짜기에서 피어난 물안개가 산자락의 밭 위를 쓸며 지나갑니다. 초록이 섞인 먹빛 산등성이에 군데군데, 물안개구름이 배경으로 떠서 산의 윤곽을 그려냅니다. 당신을 향한 이 마음, 볕나면 스러질 이 물안개처럼 가뭇없어질 날이 올 터인데.

그날은 아무런 전조도 없이, 산어름에 스며드는 안개처럼 내게 다가왔습니다.

사무실에서 목록표를 보면서 그날 배달할 책가방을 배열하던 참이었지요. 준영이네 집에 C4 가방을 가져다주고 C7을 받아서 성배네로. 성배네 C11은 민지네로…… 동화책이 네 권씩 든 가방은 돌고돌았습니다. 전에 읽었던 가방을 다시 배달하는 실수가 없지 않아서 신경을 써야 하는 일이었지요. 경리를 맡은 미스 장이 전화를 돌려주었어요. 여보세요. 성일동 미림아파트 담당하시는 분이세요? 처음 듣는 그 목소리가 이상하게도 제 마음속에 우묵한 포물선을 그렸습니다. 해묵은 항아리의 곡선이거나 아이 둘이 맞잡고 넘기는 묵직한 줄넘기줄이 그리는 포물선. 여자 목소리로는 약간 낮은 편이었고 양감에 비해서 묵직하지는 않았지요. 당신은 배달 신청을 했습니다. 여섯살짜리 딸아이, 늘봄이가 읽을 책이었지요. 아이가 아이답지 않게 수리에 밝은 편이다, 상대적으로 정서가 부족한 건 아닌가 염려된다. 흥미를 느낄 만한 이야기책들 위주로 권해달라…… 수화기를 내려놓는데 왠지 겨드랑이가 축축했습니다.

　해묵은 항아리? 번지는 포물선? 만나기도 전에 당신의 별명을 생각하고 있었지요. 출판사를 그만두고 도서배달써비스 업체에서 일하기 시작한 지 1년 남짓한 그즈음, 내가 국문과에서 공부했고 시를 쓰려 했다던 꿈은 형체도 없이 바스라져서, 처음 대하는 주부들을 보면서 그들의 특색을 한 문장으로 표현하는 데에나 남았을 뿐입니다.

　'헨젤과 그레텔.' 민지네 집은 문을 열면 언제나 달콤한 냄새가 납니다. 바삭거리는 쿠키 냄새를 풍기면서 책가방을 받는 민지 엄마는 직접 만든 쿠키를 선물하기도 합니다. 온집안에 달콤한 냄새를 채우는 엄마의 딸인 민지에겐 무서운 동화책은 안 읽히고 싶지만, 한정된 책가방으로 돌고돌다 보면 민지도 사는 일이 더럭 무서워지는 동화책을 펼치는 걸 피할 수는 없었지요.

　'엄마는 샤워중.' 이따금 젖은 머리로 나를 맞는 여자입니다. 집집마다 들르는 시간은 거의 일정해서 그 집을 방문하는 건 수요일 오전 11시쯤입니다. 그런데도 그 여자는 번번이 '현관문 열렸어요'라는 소리로 불러들입니다. 초등학교 6학년용 책을 주문하는 걸로 보면 못 되어도 삼십 중반은 되었을 텐데 여자의 얼굴은 주름살이며 잡티를 다 제거한 디지털 사진처럼 이물스럽게 팽팽합니다. 책가방을 현관에 놓아두면 바꿔가겠다고 말했지만, 여자는 목욕가운을 두른 채 젖은 머리로 나를 맞이하곤 합니다. 혹시 컴퓨터 만질 줄 아세요? 인터넷이 말을 안 듣네요. 말을 걸어오던 날도 여자는 젖은 머리였습니다. 컴퓨터를 켰더니 스캔 디스크가 작동하더군요. 제대로 절차를 밟아서 끈 게 아니었나 봅니다. 스캔 디스크가 하드를 읽어나가는 동안 여자는 음료수를 가져왔습니다. 인터넷으로 들어가니 초기화면이 떴습니다. 별탈 없는 것 같은데요. 어디 한번 평소에 쓰시는 대로 해보세요. 나는 의자를 여자에게 내주고 일어섰지요. 여자가 주소록을 열었습니다. 거기, XXX로 시작되는 주소들이 죽 나오더군요. 포르노싸이트 주소라는 걸 나는 알고 있었지요. 여자는 잠깐 숨을 삼켰다가 용감하게 클릭하더군요. 까만 바탕 위에 살빛이 조각조각 떠오르는 순간, 나는 방을 나왔습니다. 거실 벽에 커다랗게 붙은 가족사진이 슬프더군요. 열려 있는 문을 통해 아이방에 또다른 컴퓨터가 있는 걸 확인할 수 있어서 다행스러웠습니다. 한번 켜면 닫기버튼을 클릭해도 쉴새없이 열리며 빠져나갈 수 없게 만드는 포르노싸이트의 뻔뻔스러운 집요함이 그 순간 떠오르지 않았더라면, 나 또한 여자를 부둥키고 침대에 엎어졌을지도 모릅니다. 술자리의 분위기에 휘말려 오입한 적도 없지 않거니와, 고인 집안에서 여자가 느끼는 권태만큼이나 내 나날도 지리멸렬했으니까요. 여자는 이주일 만에 전화를 걸어 탈퇴하겠다고 밝혔습니다.

당신을 생각하며 떠올린 별명은 무용지물이 되었습니다. 현관으로 들어서는데, 기타줄을 퉁겨놓은 것처럼 바르르 속이 떨려서 눈을 질끈 감아야 했습니다. 생전 처음 느껴보는 떨림이었습니다. 반듯한 콧날과 이마가 시원스러워 보이는 당신은 곱슬한 긴머리를 뒤에서 느슨하게 묶었지요. 특별히 눈에 띄지는 않지만 한번 보면 잊히지는 않는 그런 얼굴. 당신은 전화로도 말했던 내용을 다시 한번 설명하고, 방문하는 요일과 시간에 대해 상의하고, 가입서에 싸인을 했습니다. 그뿐이었습니다. 엘리베이터 문이 땡, 닫히는 순간, 당신에게 붙이려던 별명을 증산시킨 강렬한 빛이, 당신의 이름을 알고 싶다는 열렬한 소망으로 나를 확 달궜습니다.

원장실은 어둑신했다. 짙은 빛깔 셔츠를 입은 원장은 어둠에 반쯤 스며들어 얼굴만 떠 있었다.

"절 찾으셨나요?"

"예. 이거 방해해서 죄송합니다. 여 좀 앉으소."

표준 말투에 경상도 사투리의 억양이 섞인 어중간한 말투로 원장은 소파를 가리켰다.

"그래, 하시는 공부는 잘되십니까?"

"저야, 뭐. 그냥 책이나 읽는 건데요."

"참, 고선생님은 책 읽으러 오셨다고 하셨지요? 그럼 글도 쓰십니까?"

"그건 아니구요."

"왜요? 좀 써보시지 않고. 침착한 분이시니 잘 쓰실 것 같은데…… 지내시기 불편한 데는 없으시구요?"

"없습니다. 잘 지은 건물이더군요. 방음도 잘되어 있고요."

잘 지은 집이라는 말은 단순한 치레가 아니었다. 지내기에 편할 거라며 후배가 고시원을 권해줄 때만 해도, 그는 왠지 부실한 칸막이로 옆방의 소음이 환히 잡히는 조악한 방을 연상했었다. 막상 와보니 책상과 옷장은 물론이고 화장실까지 갖춰진 원룸식인데다 마감재도 고급스러웠다.

"맘 먹고 지었습니다."

원장은 먹물을 듬뿍 묻힌 큰 붓으로 획을 긋듯 말을 끊었다.

"짓는 동안 설계변경을 네 번이나 했습니다. 자재도 최고급으로 썼구요. 남들은 그깟 고시원 짓는데 고급자재 쓴다고들 뭐라카는데 내 마음은 그게 아닌 거라요. 들으셨는지 모르지만, 지도 원래 젊어 한때 법을 공부하던 사람입니다. 공부하다 보니 마음놓고 공부할 곳이 절실해서, 법을 포기하고 돈 벌면서 이 일 시작했어요. 이거 지으면서 세상공부 다시 했습니다. 은행에 돈을 몇억 넣어두고 있을 땐 은행 가면 지점장이 직접 차 내오고 그러더니, 집 짓느라 돈 빌려쓴 지금은 들어가도 본 척도 안합니다. 그게 세상입디다."

창 쪽으로 고개를 돌리는 원장의 얼굴에까지 어둑발이 밀려들어 있었다.

"가끔 빚쟁이들이 여기까지 찾아와서 소란을 떨고 가기도 합니다. 그러면 며칠 안 가서, 소란스러워서 통 공부 못하겠다고 나가는 사람들이 꼭 나옵니다. 그러면 저는 속으로 그러지요. 당신네들이 그런 말할 자격이 있는가. 공부한답시고 내려와서, 밤이면 아랫동네에 가 술 마시고 돌아다니는 사람들이."

원장의 목소리에는, 혼자서 넘은 산이 하도 험준한 나머지 자기처럼 험한 산을 걷지 않고 평지를 걸어 세상을 건너는 사람에 대한, 드러낼 길이 없어서 더 깊은 곳에서 용암처럼 부글거리는 노여움이 강파르게 드러났다. 원장이 불 켜는 걸 잊은 게 아니라 일부러 불을 켜지 않았다는 걸 그는 비로소 깨달았다.

"그런데 무슨 일로……"

"예, 제가 양해를 좀 구할 일이 있어서요. 이번 주말에 외부에서 단체손님이 오기로 했습니다. 공부하시는 데 방해가 될까봐 죽 거절해왔는데 이젠 빚 때문에 더는 못 버틸 것 같습니다. 이 집을 넘겨주느냐 마느냐 하는 판이거든요. D시의 문화쎈터에서 명상을 배우는 분들이 한 사십여명 오기로 했습니다. 일주일 정도 있을 건데, 명상하는

194

사람들이니까 시끄럽게 굴진 않겠지만, 죄송합니다."

"괜찮습니다. 그 말씀 하시려고……"

"네. 양해해주시니 고맙습니다."

원장은 손을 내밀었다.

"고선생님, 열심히 하십시오. 제가 없는 것 같아도 여기 앉아서 사람들 드나드는 거 다 봅니다. 가서 301호실 선윤호씨 좀 불러주시겠습니까?"

선에게 말을 전하고 내려오다가 2층 입구에서 정을 만났다. 정은 복사한 종이 꾸러미를 안고 올라오던 참이었다.

"잘 만났네요. 그러잖아도 이거 전해드리려고 가던 참인데…… 그냥, 심심할 때 한번 읽어보시라구요."

고시 예상문제집이었다. 정은 이미 삼십대 중턱을 넘어섰다. 시험 결과 발표를 보고 나면 다시는 돌아보지 않을 거라고 책을 없애고 아내와 같이 하는 생업인 장사로 돌아갔다가도, 몇달 안 가 책을 꺼내든다고 했다. 고시공부하러 온 게 아니라고 말했건만, 정은 그가 쑥스러워서 말을 가린다고 생각한 모양이었다.

방으로 들어서서 불을 켜고 창문을 여는 순간, 무언가 퍼덕이며 날아들었다. 커다란 나방이었다. 불을 끄고 기다렸다가 다시 불을 켜보았지만 나방은 천장에 잠복해 있다가 다시 퍼덕였다.

나방 한마리, 빛을 따라 겁도 없이 덤벼들었습니다. 불을 꺼도 안 나가는군요. 예전 같으면 신문지를 접어서 때려잡았을 텐데 지금은 그러고 싶지 않습니다. 내가 왜 이렇게 변한 걸까요? 무엇이 나를 이렇게……

삐리리, 삐리리, 삐리리리. 핸드폰 벨소리가 긴 실타래처럼 풀리던 그의 말을 끊어냈다. 화드득, 나뭇가지 속에 숨어 있던 새떼가 한꺼번에 날아오르는 것처럼 단어들이 흩어졌다.

"여보세요."

"당신이에요? 별일 없어요?"

아내의 목소리가 흘러나왔다. 조심스러움이 묻어나는 목소리였다.

"음. 난 잘 지내. 애들은?"

"애들이야…… 잘 있어요. 식사는 거르지 않고 해요?"

"그럼. 여기 밥 잘 나와. 잘 먹고 잘 자서 집에 있을 때보다 훨씬 건강해졌는걸."

"잘했어요. 이제 출근할 날도 멀지 않은데 그냥 푹 쉬다 오세요. 주변 구경이나 많이 하시구요."

"그래. 며칠 안으로 갈게."

지금 아내에게 나는 깨어지기 쉬운 유리그릇인가 봅니다. 아내는 제게 무슨 일이 일어났는지 알고 있는 걸까요? 아마 그럴 겁니다. 내게 당신이 운명이듯이, 아내에겐 내가 운명이었으니까요. 운명을 건 눈길을 속이기는 쉽지 않겠지요. 하, 그놈의 운명은 왜 저를 바라는 눈길을 두고 딴데를 바라보는 걸까요.

대학시절, 2년 후배인 아내는 종종거리는 오리새끼처럼 순진한 여자였습니다. 아내가 알에서 깨어나는 순간 맨 처음 눈에 띈 사람이 나였나봅니다. 아내는 내 곁을 떠나지 못했습니다. 아내의 불변인 애정은 인물도 집안도 실력도 뭐 하나 변변하지 못했던 나를 으쓱하게 만들기도 했지요. 또래치고는 맑고 순진한 아내를 좋아하는 과우들이 서넛은 되었으니까요. 지니고 있을 땐 잊고 지내다가 막상 없어지면 허전한 마스코트. 그때 내게 아내의 존재는 그만큼이었습니다. 어느 주말에 같이 교외선 열차를 타기 전까지는요.

열차 안이 붐벼서 아내와 나는 승강구의 계단에 쪼그리고 앉아 있었지요. 아내는 나를 부신 눈으로 바라보았습니다. 매일 보면서 지겹지도 않니? 뭘 그렇게 빤히 보니? 나는 좀 퉁명스럽게 말하면서 일어나서 승강구 손잡이에 매달렸습니다. 아내의 대답이 냉큼 돌아왔어요. 지겹다니, 오빠 보는 게 어떻게 지겨울 수가 있어. 아내는 나를 오빠라고 불렀어요. 내가 그렇게 좋으니? 넌 그럼 내가 하라는 건 뭐든지 할 수 있어? 그럼. 곁에 와서 한쪽 손잡이를 잡고 매달리는 아내의 단단한 대답에 문득 장난기가 일었습니다. 달리는 열차에서 뛰어내리라고 해도 그럴 수 있겠네? 아내의 눈이 갑자기 투명해졌습니다. 왜 저럴까, 저게 뭘까…… 아내의 홍채가 환하게 열린다고 깨닫는 순간, 검은 새 한마리가 펄럭, 내 눈을 스쳤습니다. 아내의 검은 머리채였지요. 아내는 자기가 한 말을 증거하기 위해 달리는 열차에서 손을 놓아버린 거지요. 스물하나, 그 푸른 나이에.

풀섶에 떨어져 정신을 놓은 아내를 들쳐업고, 매인 고삐를 끊고 달아나는 짐승의 숨소리처럼 헉헉거리는 내 숨소리를 들으며 병원을 찾아 낯선 거리를 뛰어가던 그때, 어른거리던 시야를 펄럭 스쳐가는 운명을 얼핏 본 듯합니다. 순하고 겁많은 한 여자가 달리는 기차에서 몸을 던지게 한 그것. 그리하여 서로 부여안고 다시금 한 생을 살도록 얽어매는 그것.

결혼하던 날, 아내의 친구는 신부대기실에서 울어대는 아내의 눈밑을 화장이 지워질세라 티슈로 꼭꼭 눌러주다가 나를 보고 말했습니다. 오늘이 마지막이에요. 결혼한 뒤에 승아, 아내의 이름이지요, 눈에서 눈물나게 하면 저한테 혼날 줄 아세요. 새신랑을 협박하는 그녀의 눈자위도 빨갰습니다. 아내와 가장 친해서, 나를 향했던 아내의 마음을 같이 겪은 친구였지요.

두살 터울로 아이가 생기고, 시작할 때보다 방이 한개 더 많은 전셋집으로 이사하고 그러는 사이 7년이 지났습니다. 아내와 사귄 세월하고 아내와 산 세월이 같던 그 시점. 잠결에 맡아지는 아내의 들큰하고 구린 입냄새가 안도감을 주던 바로 그 무렵, 운명 따위에 대해 더는 생각하지 않고 흐르던 그때, 제 존재를 환기하려 그랬는지 운명이 자박자박 다가와서 나를 들까부른 거지요.

당신은 집안에서 주로 맨발이었지요. 기껏 당신의 딸이 읽은 책을 받고 새 책을 건네거나 책에 대해서 잠깐잠깐 이야기를 할 뿐이었는데도, 나는 당신의 발 모양을 그릴 수도 있을 것 같습니다. 당신의 발은 예쁘진 않았습니다. 발등을 쓸어내린 뼈의 굴곡이 새처럼 그대로 드러나는 마른 발이었습니다. 무채색 옷을 즐겨 입는 당신의 발톱에 칠해진 파란 페디큐어가 생경했습니다. 어쩌면 당신의 담담함 한겹 안쪽에서 새파란 불꽃을 피우며 불이 타고 있는지도 모른다고, 그 돌연한 빛깔이 짐작하게 했습니다. 그 파란 불꽃이 아니고서는, 내 손목을 당신의 발목과 맞닿게 겹쳐놓고 손가락으로 그 골을 낱낱이 쓸어보고 싶은 갈망으로 홧홧한 내 마음을 설명할 길이 없었으니까요.

지난 가을, 당신네 아파트 단지를 벗어나던 길이었지요. 물들어가는 화살나무 앞에서 우뚝 서버렸습니다. 단풍든 화살나무의 처연하리만큼 맑고 진한 분홍빛을 보는 순간, 화살나무 잎이 화살깃으로 날아와 내 마음에 콕 박혔습니다. 찌르르한 통증. 지금이 아니면 다시는 기회가 없을지도 몰라. 평생을 가슴을 치며 후회할지도 몰라. 내 생애

그처럼 강한 확신은 처음이었습니다.

　당신은 집에서 입던 그대로 한 정류장 떨어진 상가의 까페로 나왔습니다. 당신을 불러내긴 했으나 막상 나는 아무 말도 할 수 없었습니다. 무슨 말을 할 수 있었겠어요. 어떤 말을 덧붙이든, 당신을 향하느라 표백된 그리움을 더럽힐 뿐인데. 나는 그냥 당신을 바라보기만 했습니다. 가슴이 벅차올라서 숨을 쉬기가 어려웠습니다. 입을 떼었다 하면 그대로 통곡이 터져나올 것만 같았습니다. 끓기 시작한 압력밥솥처럼 난폭한 물음이 치밀었습니다. 왜 이제서? 운명은 어쩌자고 이제서 내게 얼굴을 보여주는가. 터져나오려는 그것을 삼키느라 입을 꼭 다물고, 때를 못 맞추고 내게 온 운명을 저주하고, 운명이 손을 내밀 때까지 기다리지 못하고 다른 그림자에 실려간 나를 경멸하고 있었을 뿐입니다. 침묵을 견디는 당신의 내공도 만만치 않았어요. 전화를 받았을 때도, 내 앞에 앉아서도 당신은 무슨 일이냐고 묻지 않았습니다. 이미 내 눈에서 일렁이던 파란 불꽃이 당신에게 옮아갔던가요. 막 옮겨 심어져서, 뭉쳐 있던 뿌리를 조심조심 펴며 물줄기를 찾는 나무의 고요한 집중으로 당신은 그 만남을 견디더군요. 그렇게 한시간도 넘게 앉아 있었습니다. 가셔야지요. 그날 내 입에서 나온 단 한마디. 조용히 일어나던 당신의 몸이 잠깐 휘청,했던가요. 목례만으로 헤어지고 주차장에서 차를 빼내 한길로 나갔을 때, 당신이 고개를 떨군 채 타박타박 걸어가는 모습이 백미러에 잡혔습니다. 멀어지며 작아지던 당신.

　그뒤로 내가 당신을 당신의 안온한 둥지에서 몇번이나 더 불러냈던가요. 핏속에 떨궈진 독액 한방울의 흐름이 낱낱이 느껴지는, 고문과 같던 도취의 시간. 세번째 전화를 했던 때인가, 차마 말을 못 꺼내고 있을 때 당신은 먼저 입을 열었습니다. 낮고 단호하던 그 목소리. 제가 거기로 갈게요. 당신을 기다리는 동안은 자분자분 말을 이을 수 있었습니다. 어느날 한밤중, 속이 헛헛해서 냉장고를 뒤졌더니 먹을 거라고는 캔에 든 참치뿐이더군요. 뚜껑을 여는 순간 훅 끼쳐오는 비린내, 살굿빛 생선살을 보는 내 눈에 검푸른 바다를 헤엄치는 등푸른 물고기가 보이더군요…… 당신이 앞에 앉으면 말들은 조용히 잦아들었고, 그 고요함 속에서 무언가 조금씩 수위가 높아져 목밑까지 차오르면 일어섰지요. 당신은 증권회사 다니는 남편이 마련한 보금자리로, 나는 일터를 거쳐서 아내와 아이들이 기다리는 집으로.

그즈음 아내는 저녁 무렵 낯선 여행지에 홀로 도착한 사람처럼 설핏한 눈으로 나를 바라보고 있었습니다.

언제던가, 아내와 아이들과 교외에 나갔다 오는 길이었습니다. 벌판 한가운데 난 좁다란 길은 주말이라서 정체가 심했지요. 핸들에 손을 얹은 채 들녘에 길게 뻗친 놀을 보는데 내 마음속에 있던 당신도 그 놀을 보러 슬몃 걸어나오더군요. 당신은 지금 무얼 하고 있나. 어쩌면 당신, 당신도 저 놀을 보고 있는 건 아닌가. 내 마음에 그 놀빛만큼 진한 자락을 드리운 당신의 이름이 무심결에 나왔습니다. 희배. 누구? 아내가 묻지 않았더라면 나는 당신의 이름을 입밖으로 낸 것도 몰랐을 것입니다. 누구 불렀어요? 응, 아니 문득 생각나는 동창이 있어서. 나는 둘러댔습니다. 성배라고…… 희배와 성배의 발음이 생판 다르다는 것도 깨닫지 못한 채였지요. 그래요? 길이 참 많이 막히네. 서둘러 말을 돌리며 창밖으로 시선을 주는 아내의 얼굴에 무언가가 뉘엿거렸습니다. 수첩 갈피에 끼워져 있던, 당신의 이름을 조합하던 종이를 아내가 언제 보았을지도 모른다는 걸, 아내의 굳은 옆얼굴을 보며 깨달았습니다.

도둑처럼 우편함을 뒤져서 겨우 알아낸 당신의 이름 문희배. 그대로 읽으면 무늬배가 되어 내 마음으로 물결무늬 지으며 노저어오던 그 이름. 독특하면서도 당신에게 다시없이 어울리는 이름이었습니다. 한자로는 어떻게 쓰는지 몰라서 나는 가능한 한자들을 꺼내어 조합을 해보곤 했어요. 기쁠 희, 희망 희, 계집 희, 빛날 희, 드물 희, 성할 희에다 북돋울 배, 절 배, 곱 배, 아내 배…… 이곳으로 올 때, 한달 동안 어디 가서 글을 써보겠다는 말에 어디로 가냐고 묻지도 않는 아내를 데려와 고시원을 보여준 건 아무래도 잘한 일인 것 같습니다.

동그라미가 그려진 이 종이를 벽에 붙입니다. 그 앞에 가부좌를 하고 앉아 숨을 천천히 내쉽니다. 코앞에 깃털이 매달려 있다고 생각하고, 그 깃털이 움직이지 않을 만큼 천천히 내뿜습니다. 그런 다음 당신의 마음속에서 들끓고 있는 미움을 동그랗게 뭉쳐서 그 원 안에 던져넣으십시오……

"이거 신선 되자는 거 아닌가? 이게 사이비종교 아니고 뭐꼬?"

선이 이기죽거리면서 종이를 탁 날렸다. 명상에 참가한 사람들이 주로 3층에서 머물렀기 때문에, 조용하게 있겠다며 홀로 3층에 있는 방을 쓰던 선은 신경이 곤두선 모양이었다.

헐렁하고 느슨한 옷을 입고 돌아다니는 그들은 나흘 전에 관광버스로 왔다. 중년에 이른 남녀들이 가장 많았고, 이십대 초반으로 보이는 얼굴이 드문드문 섞여 있었다. 화장을 지운 중년여자의 맨얼굴에 시푸르둥둥한 눈썹 문신이 춥게 보였다. 식사시간을 30분 차이가 나게 조정했기 때문에 그들과 맞부딪칠 일은 거의 없었다. 벽에 붙여놓은 프린트물 앞에 가부좌를 틀고 앉아, 그들은 동그라미 안에 어떤 기억을 집어던지고 있을까.

"제 마음 닦자는 거 아냐? 다들 사는 게 고핸 거라."

박이 창밖으로 시선을 던지며 말했다. 집사람이 어디 가서 보고 왔는데, 나는 중이 될 팔자랍니다. 그 말 듣더니 집사람도 체념한 모양이라요. 마흔 되면 다 때려치우고 들어가서 땅 파고 삽니다. 언젠가 정이 전생 이야기를 꺼냈을 때 박이 흘리듯 말한 적이 있었다. 내년이면 중학생이 되는 아이를 둔 박의 아내는 보습학원에서 강사로 일하고 있었다.

"어떤 할머니가 성당에 고해하러 갔답니다. 성당에 가기 전까지 무슨무슨 죄를 고백해야지, 하고 갔는데, 자기 차례가 오기를 기다리다가 그만 뭘 고백해야 하는지를 잊었답니다. 고해소에 들어가서 절차를 밟긴 했는데 정작 고백하려 했던 죄가 떠올라야 말이지요. 그러니 그냥 있을 수밖에요. 기다리다 못한 신부님이 독촉을 했더니 그 할머니, 한숨을 한번 푹 쉬고 그러시더랍니다. 사는 게 죕니다,라고."

정이 말끝에 물었다.

"고형은 곧 가실 거라면서요?"

"예. 내일쯤 갈까 생각중입니다."

"그래요? 전 또 고형이 말씀은 그렇게 해도 우리처럼 시험준비 하시나 했지요."

"죄송합니다. 그저 좀 혼자 있어야 할 일이 있어서……"

"돌아가시면 어디, 직장에 나갈낍니꺼?"

"예, 조그만 출판산데…… 막 시작하는 데라 어떨지 모르겠습니다."

"그래도 고형은 사회인으로 돌아가네요. 팔자야 우리가 더 좋긴 하지만 이건 승도 속도 아닌 것이, 밖에 나가서 사람들 사는 모습 보면 저 속에 끼여들 엄두가 안 납니다. 오늘밤 한잔 해야겠군요."

우렁우렁 울리는 소리가 그의 대답을 삼켰다.

"이거 순 사기꾼 아냐? 한번 뜨신 맛을 봐야 알겠나."

"무슨 일이 났는가? 마음 다스리던 사람들끼리 쌈이 붙었는가?"

웅얼거리며 일어서는 선을 따라 그들도 휴게실을 나섰다. 소리는 원장실에서 터져나오고 있었다.

"여기 사람이 이렇게 많이 들어와 있는데 돈이 없다니 말이 돼? 그 돈 안 갚고 어디로 빼돌렸어?"

쿵탕, 우지끈. 둔탁하게 부딪치는 소리도 났다. 원장의 것으로 들리는 웅얼거림이 그 사이에 끼여들었다.

빚쟁이인가 보네…… 정이 낮게 말했다. 3층에서 내려오는 층계참에, 명상캠프에 참가한 사람들의 호기심에 찬 얼굴이 층계난간 위로 삐죽삐죽 솟아 있었다. 선이 그들을 향해 한방 날렸다. 거 뭘 봐요? 마음공부하러 오셨다는 사람들이 공부는 안하고.

부서지는 소리와 함께 원장실 문이 열리고 멱살 잡힌 원장이 밖으로 끌려나왔다. 원장을 끌어낸 사내들은 셋이었다. 얼핏 보아도 덩치가 만만치 않았다. 빚 받아내는 일을 직업으로 하는 사람들로 보였다. 그들은 원장을 마당에 패대기쳤다. 촤르륵. 파쇄석의 울림이 커다란 파충류의 소리로 들렸다.

"저를 어째. 저를 어째……"

주방에서 일하는 아주머니가 등뒤에서 발을 동동 굴렀다.

"여기 사람들 나와보시오. 이 사람 이거 순 사기꾼이라요. 남의 돈 빌려다 집 짓고, 빚 안 갚는 사기꾼이라요."

그들은 애초부터 사람들의 시선 따위는 아랑곳하지 않았다. 채권자. 돈을 받아낼 권리가 있는 사람 앞에서 비칠거리며 일어서는 원장은 바람부는 겨울 벌판에 줄기만 하얗게 빛나는 은사시나무처럼 가련했다. 원장이 일어서자 또 한 사내가 멱살을 잡아 사람들 눈앞에서 흔들어 보이며 말했다.

  "이 인간이 남의 돈은 안 갚으면서, 마누라는 둘씩이나 거느린 인간이라요. 어째 양쪽에서 기운 쓰느라 그런가. 이렇게 부실해서 두 마누라 건사할 수 있을라나."

  "이거 너무들 하지 않소?"

  원장의 항변이 그들을 달궜다.

  "너무하다니? 남의 돈 가져다 다 어떤 년 밑구멍으로 처부은 놈이 무슨 할말이 있다고. 어떤 밑구멍이 내 돈 먹었는지는 알아야 할 권리가 있잖아."

  "이런 개새끼들…… 박형, 내 터지면 잽싸게 신고 좀 해주소. 사람이 건드릴 게 있고 건드려서는 안될 게 있지……"

  붙잡을 틈도 없이 선이 마당으로 나섰다.

  폭이 좁다란 강입니다. 강 양편에는 물풀들이 하느작거립니다. 그 강물 속에 당신과 내가 떠갑니다. 손을 맞잡았는가. 평온하게 물위에 떠서 하늘을 보며 흘러갑니다. 어느결에 헤어질 시간이 되었습니다. 당신과 나는 각각, 카누처럼 좁다란 배에 올라탑니다. 뱃머리를 맞대놓고, 나는 골풀을 엮어 만든, 촛대처럼 생긴 장식물을 당신이 탄 배쪽으로 띄워보냅니다. 심장 모양에서 따왔다는 이슬람 사원의 지붕처럼 둥그스름한 모양이 맨 위에 있고, 그 중간은 좀더 촘촘히 엮은데다 아래쪽은 다시 윗부분과 같은 모양새의 장식물입니다. 아마도 당신이 가는 길, 길라잡이가 되라는 마음인 것 같습니다. 그것은 물결을 타고 넘실넘실 떠내려가더니, 당신이 탄 배보다 앞질러가려고 했지요. 당신은 손을 뻗쳐 떠내려가는 그것을 잡아 배 뒷전쯤에 가져다놓았습니다. 잘 따라와야 한다고 말하려는 듯이.

꿈에서 떠밀려나와 멍하니 앉아 있다가 산책을 나갔습니다. 마지막 산책이었지요. 꿈속에서 본 웃음처럼 환하고 슬픈 빛으로 와와 피어났던 복사꽃은 어느새 다 져서, 바닥에 깔린 채 흙빛깔에 가까워지고 있었습니다. 핏줄 속에 복사꽃 동동 떠다녀 어질머리 일던 날들도 그처럼 눅진하게 지워지고 있습니다. 얼마 안 가 꽃잎은 흙속으로 스며들어 제 열매를 키우겠지요. 거기서 돌아나와 도계가 있는 가로공원까지 올라가보았습니다. 성큼, 보폭을 넓혀 그 도계를 단숨에 넘어보았어요. 단 한발짝이더군요. 잠깐 사이에 이쪽 도에 있다가 다시 몸을 돌려 걸음을 떼면 다른 도로 건너가 있더군요. 경계. 넘어서는 안되는 것. 치닫는 마음을 가누고 싸매면서 지켜야 했던 그 경계라는 것.

그날, 나는 당신에게 전해줄 책가방을 챙기다가 가방 속에 든 책을 꺼냈습니다. 나는 네 권의 책을 다 꺼내어 책장을 후르륵 넘겼습니다. 혹 찢긴 책장이 있지 않나 싶어서요. 저기요, 책에 포스트잇으로 표시해놓은 데가 있거든요. 그 장이 많이 찢어졌던데, 다른 책으로 바꿔놓으셔야 할 것 같아서요. 당신이 말한 건 그 전주였습니다. 옆에서 늘봄이가 맞아요, 그랬어요, 앙증스런 목소리로 맞장구쳤습니다. 그 무렵 당신은 사무실로 전화해서 방문시간을 오후로 바꿔달라고 했습니다. 늘봄이 없이 나를 맞이하기가 두려웠나요? 하긴 오전의 적요를 밟고 서서 비긋이 열린 문으로 당신이, 그리고 비어 있는 당신의 공간이 보일 때면 그 안으로 블랙홀처럼 빨려들 것 같아서 나 또한 두려웠으니까요. 『견우 직녀』의 삽화가 눈을 끌더군요. 은하수를 밟고 온 견우와 직녀가 한해 동안 쌓아온 그리움을 담은 손을 내미는 삽화였어요. 그 한해가 어떻게 한해일 수 있을까요. 마음속에선 억겁이었겠지요.

급하게 이사하느라 미처 말씀 못 드렸나봐요. 이달치 회비는 가방 속에 넣었다고요. 당신과 같은 동에 사는 여자가 묵은 가방을 건네며 그 말을 전해줄 때, 그 집의 뻐꾹시계에서 나무뻐꾸기가 툭 튀어나오더니 뻐꾹, 하고 들어갔지요. 뻐꾹, 그 여자는 떠났다네. 뻐꾹, 네 운명이 너를 떠났다네. 뻐꾹, 그 여자 없는 세월을 건디는 것, 이게 네 운명이라네…… 온몸의 피가 쑥 빠져나갔습니다. 피는 계단을 흘러내려, 건물 밖으로 나와 포장도로 틈으로 스며들어, 한번도 파헤쳐지지 않은 저 깊은 땅속으로 들어가 용암과 섞였습니다.

당신이 이사한 집을 찾아볼 수도 있었습니다. 하지만 당신을 불러내고도 하염없이 바라보기만 하던 내 눈이 전하는 말을 당신이 알아들었듯이 아무 전조도 없는 이사가 전하는 당신의 말을 나는 알아들었고, 그러니 당신의 뜻을 존중해야 했습니다. 한달. 당신이 떠나고 난 뒤에 허청이며 나날을 이어가다가 새로운 일자리를 찾고, 한달의 말미를 얻었습니다. 후배가 소개해준 이곳에서, 내게 스쳐간 운명, 손아귀에 움켜보지도 못하고 손가락 사이로 흘려버린 운명이 무엇이었나 곱씹어가며 보낸 한달은 내 평생 처음이자 마지막일 온전한 사치였지요. 당신과 함께한 시간보다 몇백배쯤 긴 시간을 당신을 추억하는 일에 바칠 수 있었으니까요. 이제 이 웅얼거림의 기억도 태워버릴 때가 되었나봅니다.

어젯밤, 갑자기 폭력사태가 되어버린 소란의 마무리 때문에 목격자인 우리도 파출소로 내려갔습니다. 산중턱을 띠처럼 감싼 안개는 산 아래 마을까지는 이르지 않았더군요. 교통사고를 낸 두 운전자가 파출소에서 한창 입씨름중이었습니다. 피해자는 음주운전중이었고, 그걸 안 가해자는 오히려 기세가 등등했습니다. 가해자가 하도 무례해서 그랬는지, 순경이 사고와는 아무 상관 없는 내용을 묻더군요. P시에 사시는 분이 이 밤중에 이런 시골까지 웬일이십니까? 부인 되시나요? 처음엔 부부인 척 시치미를 떼던 그들은 부부가 아니라는 것이 밝혀지자 눈에 띠게 수그러졌습니다. 그때, 그렇게 매몰차게 자신을 거둬간 당신이 새삼 고마웠습니다. 당신이 떠나지 않았더라면, 나 또한 당신을 그런 치욕에 빠뜨리지 않았으리라 장담할 수 없으니까요.

떠나는 날이라서 그런가요. 오늘 아침엔 그동안 눈에 안 띠던 것들이 내게 다가들면서 저희들을 보아달라고 말을 걸어왔습니다. 도계에서 내려오는 아스팔트 도로에 도도록하게 솟아오른 부분이 있기에 자세히 보았더니 쑥이더군요. 여리디여린 회록색 봄쑥이, 아스팔트 밑에서 햇빛도 제대로 못 느꼈을 쑥이 어떻게 봄을 알아챘는지 포장도로의 아스팔트를 밀어 깨뜨리며 솟아나 있더군요. 별것도 아닌 그 모습을 쪼그리고 앉아서 한참 바라보았습니다. 고시원에 다 와서는 그동안 한번도 눈에 띠지 않던 나무 한그루가 저를 불렀습니다. 전나무였나요? 한 둥치에서 두 줄기가 거의 같은 두께로 나와서, 어느 것이 원줄기고 어느 것이 곁줄기인지 가늠할 수 없는 나무. 쌍둥이처럼 벋어올라간 그 가지를 보는데 문득 눈이 시큰했습니다. 저 가지에 매달린 잎은, 저만큼 살랑이는 또다른 잎이 한뿌리에서 나온 것임을 알고 있을까 싶어서요.

저쪽 산언덕, 허위허위 오르고만 싶던 산봉우리, 당신의 흰 이마 같던 그 산봉우리의 잔설도 많이 녹았습니다. 겨우내 딱딱하게 굳었다 어느 봄날 갈아엎은 흙의 철렁함으로 내 생을 긋고 떨어진 살별, 당신도 제 기억 속에서 흙이 되겠지요.

동향인 거실엔 아침 햇발이 깊숙이 들어차 있다. 아내는 거실 바닥에 앉아 신문을 읽고 있다. 안쪽으로 조금 굽은 어깨에 살이 붙어

둔하게 보인다. 아내의 등을 볼 때면 이제 갈데없는 중년이라는 게 실감난다. 나 또한 뭇사내처럼 잠깐 한눈을 판 적도 없지 않다.

하지만 그건, 내게도 설렘이 남아 있는지 확인하기 위한 것일 뿐이다. 이따금 툭 트인 벌판에 나가서 바람을 쏘이는 것과 다름없는

바람기. 잠깐 쏘이는 바람이 제아무리 신선해도 내 집안의 익숙한 공기를 바꾸는 건 원하지 않는다.

내게 바다 같은 평화

내게 바다 같은 평화

    동향인 거실엔 아침 햇발이 깊숙이 들어차 있다. 아내는 거실 바닥에 앉아 신문을 읽고 있다. 안쪽으로 조금 굽은 어깨에 살이 붙어 둔하게 보인다. 아내의 등을 볼 때면 이제 갈데없는 중년이라는 게 실감난다. 나 또한 뭇사내처럼 잠깐 한눈을 판 적도 없지 않다. 하지만 그건, 내게도 설렘이 남아 있는지 확인하기 위한 것일 뿐이다. 이따금 툭 트인 벌판에 나가서 바람을 쏘이는 것과 다름없는 바람기. 잠깐 쏘이는 바람이 제아무리 신선해도 내 집안의 익숙한 공기를 바꾸는 건 원하지 않는다. 내 삶에 작은 물살을 일으켰던 여자의 날렵한 어깨보다는 신문을 읽으며 혼잣말하는 아내의 둥글고 둔한 어깨가 이 거실의 풍경에 더 어울리는 것이다.

    "이런, 물놀이 갔던 사람들이 둘이나 죽었대. 택시 운전사가 사람을 둘이나 구하고 죽었대요. 아직 젊구만……"

210

다니던 교회의 목사가 바뀐 뒤로 아내는 부쩍 남의 일에 관심이 많아졌다. 아내가 드문드문 흘리는 말로 미루어 그 목사는 젊은시절 운동권이었던 것 같다. 텔레비전을 보다가 아이고, 딱해라…… 중얼거리면서 슬며시 전화기를 끌어당겨 ARS 성금전화를 거는 버릇, 아니 취미가 생긴 것도 목사가 바뀐 이후이다. 오른손이 하는 일을 왼손 모르게 하고자 하는 사람들이 그렇게 많다는 게 나를 놀라게 했다. 아내가 전화번호를 눌렀을 땐 대부분 통화중이었다. 참내, 회선을 늘리든지 할 일이지…… 전화가 통화중이라는 건 찰랑이는 선의로 차올라 수화기를 든, 아내 같은 사람이 많다는 뜻이다. 그러니 그들과 같은 뜻을 가진 아내로서는 기뻐해 마지않을 일이다. 그런데도 아내는 자신의 선의를 즉시 받아들일 수 있도록 회선을 늘리지 않는 방송국에 화를 낸다. 착한 일을 하겠다는 아내의 의지는 남이 흘린 물건을 찾아 돌려주겠다는 집념으로 땅바닥을 유심히 살피고 다니는 어린이의 그것과 같다. 선생님에게 칭찬을 받고 싶은 초등학생, 한 목사로 인해 씨앗이 뿌려지고 거기서 싹튼 선의, 목사가 다시 바뀌고 나면 직사일광에 오래 노출된 음지식물처럼 시들시들 사그라들 열의. 보나마나 그 목사는, 바야흐로 중년에 진입한 여신도들의 가슴을 설레게 할 만한 매력을 지녔을 것이다.

"물놀이철이니까. 여보, 그거 다 읽고 나 차 한잔 줄래?"

평화를 소중히 여기는 사람답게, 나는 아내가 신문을 다 읽을 때까지 목마름을 참을 용의가 있다. 하지만 아내는 신문을 내게 밀어주며 일어선다. 펼쳐진 면에 먼저 눈이 간다.

'목숨 바쳐 지킨 20여년 전의 다짐'이라는 제목 아래, 주민등록증 사진 같은 조그만 사진이 붙어 있다. 역삼각형을 길게 잡아당긴 듯한 얼굴, 가는 눈이 이상하게 낯익다. "영업용 택시를 운전하는 문영도 씨(29), 간밤의 폭우로 불어난 남한강물에 쓸려가던 두 사람 구해내고 익사. 숨진 문씨는 어렸을 적, 차에 치일 뻔한 자기 목숨을 구하고 대신 죽은 이의 은혜를 갚겠다고 입버릇처럼 말한 것으로 전해져……"

갑자기 등쪽이 거뿟해진다. 에어컨의 바람 줄기가 이쪽으로 향한 게 틀림없다. 나는 그 바람을 피해서 몸을 옮긴다. 달아오른 공기를 식히는 에어컨은 좋아하지만 에어컨 바람이 직접 닿는 것은 좋아하지 않는다. 몸에 직접 닿는 찬바람은 건강에 해롭다. 덜그럭거리는 소리를 낸다든지 일시에 찬바람을 일으켜 제 존재를 의식하게 하는 에어컨은 바람직하지 않다. 에어컨이 할 일은 제 존재를 의식하게 하는 게 아니라 실내온도를 조절하는 것이다.

청년이 들어설 때, 나는 손님이 찾아오리라는 걸 까맣게 잊은 채 인쇄소에서 넘어온 교정지를 훑어보고 있었다. 이미 인쇄는 다 떨어졌고, 내일이면 서점에 책이 깔릴 예정이었다. 마감을 끝낸 편집부는 한산했다. 누군가는 영화를 보러 갔고, 누군가는 다음호 아이템을 찾는다고 자료실에서 이것저것 들추고 있었다. 광고를 짜는 미술부 소영만 책상 앞에 붙어앉아 열심히 대지작업을 마무리하는 중이었다.

'꿈꾸는 여자만이 세상을 바꾼다' '가을밤을 두 배로 즐기는 고감도 섹스' '그는 떠났지만 저는 그를 보내지 않았습니다' '3천원으로 마련하는 우리 가족 영양식단'…… 매콤한 국물 위에 송송 썬 실파가 산뜻한 찌개가 있는가 하면, 우는 표정만 보아서는 그 눈물이 연기인지 지난날의 아픔을 통회하는 것인지 모를 정상의 스타 사진이 뒤를

이었다. 페이지가 뒤죽박죽인 교정지만 보아서는 언뜻 어떤 형태의 책이 될지 짐작할 수 없지만, 보름 넘게 끼고 산 편집배열표가 아직 내 머릿속에 있었다. 이번호엔 특별히 빠지는 게 없는 대신 이렇다 하게 내놓을 것도 없다. 예의를 갖추었으나 각별한 정성은 깃들이지 않은 상차림 같다. 찌개와 냉채, 나물에 전유어까지 구색을 갖추고 맛도 그만그만한데, 상을 물리고 나면 어딘지 헛헛한 기운이 남는 그런 식탁. 진행과정에서 느껴지는 미진함은 광고를 짜다 보면 더 확연해졌다. 광고 짜기에 애를 먹은 게 벌써 두달째다. 이렇게 밍근하게 가다 보면 광고부와 영업부에서 아우성이 터져나올 것이다. 작은 체구와 딱 맞아떨어지게 앵앵거리는 광고부장의 목소리며, 낮고 굼뜬 어조로 하고 싶은 말은 시간이 얼마가 걸리든 다 하고야 마는 영업부장의 은근히 찌푸린 표정이 선했다.

"우리도 이제 본격적인 경쟁에 돌입해야 합니다. 물론 처음엔 기존의 여성지와 빛깔이 다른 여성지를 만들어보려고 했던 게 사실입니다. 하지만 여러분도 아시다시피 시행착오에 그치고 말았습니다. 여러분을 모셔온 건 이제 바뀌어야 한다는 제 의지를 드러낸 것입니다. 품격을 갖춘다는 것과 경쟁대열에서 무력하다는 게 다르다는 걸 여러분은 누구보다도 잘 아실 것입니다. 저는 여러분을 믿습니다."

사장은 부리부리한 눈을 빛내며 말했다. 운수업으로 돈을 번 부친의 사업을 물려받아, 개처럼 벌어 정승처럼 쓰려던 의욕이 쑥대밭이 되고 난 뒤에도 사장은 풀죽지 않았다. 기사회생을 꿈꿀 만큼 긍정적인 성격이 사장의 장점인 반면, 험한 일을 겪지 않고 자란 사람답게 사람을 쉬 믿는 게 사장의 결점이었다.

『오픈도어』라는 여성지가 새로 창간된다는 소문이 업계에 돌았을 때, 나는 정상을 달리는 여성지 『우먼파워』의 수석기자였다. 경쟁지가 하나 더 생기나보다 긴장했던 업계가 그럴 필요가 없다는 걸 알아차리는 데에는 시간이 그리 오래 걸리지 않았다.

'기존 여성지의 병폐에 물들지 않은 참신한 교양지'를 만들겠다면서 여성지를 만든 경험이 전무하거나 심지어 잡지일을 한번도 안해본 사람들을 영입해 결국 '여성지 경험 전무 편집진'으로 시작하는 것부터 허술하기 짝이 없었다. 게다가 편집진을 그렇게 구성한 편집국장 또한 전문지에 글을 썼을 뿐 잡지 편집 경험이 없었던 것이다. 그가 어떻게 해서 그렇게 든든한 돈줄을 잡았는지 한동안 뒷소문이 무성했다. 든든한 돈줄을 잡아서 자기가 만들고 싶은 책을 만드는 건 편집자라면 누구나 꿈꾸는 일이었다. 다만 그 꿈을 성취한 사람이 누구냐에 따라서 책의 모양새는 천차만별이었다. 요란한 광고와 더불어 창간된 『오픈도어』를 나는 3호까지만 보았다. 여성지에서 뼈대가 굵은 내 기준으로는 들춰볼 가치조차 없는 책이었다. 『오픈도어』가 다른 잡지에 영향을 끼친 점이라면, 신문광고의 날짜를 잡는 데 약간의 지장을 주었다는 것뿐이었다.

『우먼파워』에 있다가 그만두었던 임국장이 『오픈도어』로 가게 된 건 창간호가 나온 지 1년쯤 지난 뒤였다. 그동안 말아먹은 돈이 몇십억이라는 둥, 곧 '클로즈도어'가 될 거라는 둥 소문이 떠돌더니, 문을 닫느니 돈을 더 들이부어 막판 뒤집기를 꿈꾸는 모양이었다. 임국장이 차장이라는 직함을 제의하지 않았더라면 내가 그 판에 끼여드는 일은 없었을 것이다. 『우먼파워』가 지닌 파워를 포기하기엔 그다지 매력이 없는 조건에 영 당기지 않는 내 표정을 본 임국장은 덧붙였다. "게다가, 어차피 물갈이를 해야 하니까 실질적으로는 편집장 일을 해야 해. 마음에 드는 사람들 데려다 마음대로 책을 만들 수 있잖어." 어릴 때 골목대장 노릇을 즐겼던 나를 임국장은 잘 알고 있었다.

.내가 옮겨감으로써 이전 체제에 있던 사람들은 부장부터 가차없이 쓸려나갔다. 그들은 어찌되었든 구체제에 몸담고 잡지 같지도 않은 잡지를 만들던 사람들이었다. 그것만으로도 그들을 치워낼 명분은 충분했다. 오른쪽 발등을 찍히고도 뒷걸음질치지 않고 내딛은 사장의 왼쪽 발을 지켜야 할 의무가 임국장과 내게 있었다. 꺾이고도 나아가는 사장에 대한 존경심이 비질을 하는 내 팔에 힘을 실어주었다. 이제 남은 건 김명우뿐이었다.

자신의 무능함을 기자들에게 떠넘겨 걸핏하면 사표를 쓰게 했다는, 1년 사이에 편집부 기자를 20명이나 갈아치웠던 이전 편집국장 체제에서 유일하게 남은 창간 멤버. 지방대학 국문과 출신으로 군소 출판사와 건축전문지를 거쳐 이곳으로 온 김명우는 그물망 같은 인맥이 작용하는 여성잡지계에서 난데없다 싶은 인물이었다. 어느 쪽에도 맥이 닿지 않는다는 점이 김명우를 오래 살아남게 하는 데 거꾸로 기여한 바도 없지 않았다. 사람들을 추려내다가 숨을 돌리고 보니, 먼저 정리해야 할 인물들 우선순위에서 맨 꼴찌에 있던 김명우는 어느새 새 편집진에 물처럼 섞여 있었다. 화려한 화제기사들이 아니라 '밑반찬'이라고 불리는 기사들을 김명우가 주로 담당해왔던 것도 그가 눈에 띄지 않았던 이유의 하나였다. 이따금 공적인 도의심을 철갑처럼 두르고 나서서 여성지의 선정성이나 도덕성을 문제삼는 이들에게 "선정적이라고? 이렇게 잔잔한 감동을 주는 기사들이 있는데?"라고, 손가락에 침을 묻혀가면서 여봐란 듯 책장을 넘겨 보일 수 있는 그런 기사들. 씨리즈로 나가는, 특별한 직업을 가진 남편을 둔 아내들의 이야기도 그중의 하나였다. 나는 교정지더미에서 외항선 선장 아내의 사진이 실린 페이지를 찾아냈다.

여인의 눈은 먼데를 향하고 있다. 아니, 먼데를 보는 듯하지만 기실은 자기의 마음속을 들여다보고 있다. 여인은 다만 자기의 그리움을 응시할 뿐이다. 지금은 망망대해에서 떠도는 외항선 선장인 남편, 그와의 기억, 그 기억 속의 자기 자신. 방학을 맞아 집으로 내려가던 대학생으로 하여금 자기가 내릴 곳을 지나치게 만든, 아름답다는 자부심과 대학생 앞에서의 수줍음으로 입술을 꼭꼭 여미던 시골 처녀의 영상이 부드럽게 풀린 눈매에서 아른거린다. 어림잡아 이십년 가까이 흘렀을까. 여인은 지금도 아름답다. 어글어글한 얼굴, 짙은 눈썹에 어울리는 시원한 눈은 세월의 무게를 못이겨 아래쪽으로 처지고 립스틱을 연하게 바른 입술은 윤기가 없어 보이지만, 위쪽의 단정한 콧날이 그를 보강해준다. 크고 긴 눈이 서늘한 여인, 가만히 들여다보면 그 눈망울에 막막한 바다가 보이는 듯도 하다……

확 키워서 두 페이지에 걸쳐 깔고 그 위에 제목을 앉혀도 좋았을 사진이었다. 기사는 내력있는 종가의 종부가 만든 밑반찬처럼 쓰면서도 사진 선택에는 영 손방인 게 김명우의 한계였다. 이번에도 거실 바닥에 내려앉아 앨범을 펼쳐보는 사진을 키워놓았다. 여인의 기웃한 머리 뒤편, 장식장에 놓인 산호며 모형범선이 선장인 남편에 대한 그리움을 대변해줄 수 있다고 여긴 게 틀림없다. 시간이 조금만 있었더라면 레이아웃을 고치게 해서라도 촉촉한 눈망울의 사진을 키웠을 것이다. 독촉이 턱에 닿을 때까지 원고를 부여안고 내놓지 않는 김명우에게 이번에도 넘어간 것이다.

김명우의 기사가 늦는 이유를 나는 김명우의 컴퓨터 파일을 열어보

고서야 알았다. 같은 제목을 가진 파일이 여러개였다. 「기수의 아내
0」「기수의 아내 1」「기수의 아내 1-1」「기수의 아내 2」……

「기수의 아내 0」 취재과정, 취재수첩에 날려쓴 취재원의 말을 입력
해놓은 것.

「기수의 아내 1」 "김영임씨(30)는 아침마다 전날밤의 꿈을 어루만
지며 잠에서 깨어난다. 불길한 꿈을 꾼 날이면 전화벨이 울릴 때마다
가슴이 바싹바싹 탄다. 맨몸으로 달리는 말 위에서 질주하는 남편, 부
상당할 가능성은 달리느라 격렬한 말의 가쁜 숨만큼이나 잦고……"
로 시작되는 기사. 18매 분량.

「기수의 아내 1-1」 위 기사의 수정판. 15매까지 나간.

「기수의 아내 2」 "친구 소개로 만난 그 남자는 아주 작고 말랐다. 스
물두살, 여리고 잘 웃는 김영임씨의 취향은 아니었다"로 시작되는 기
사 17매.

파일을 덮어버린 나는 외출에서 돌아온 김명우를 닦달하지 않을 수
없었다. "당신, 작품 쓰는 거 아니잖나? 이건 기사야. 기껏해야 한달
이야. 책이 깔리고 보름만 지나면 독자들은 다음호를 기다린다구." 맞
춤법이며 제목까지 손댈 데가 없는 원고를 넘긴다는 게 김명우의 장
점이라면, 레이아웃에 공들일 시간을 최소한으로 잡게 만드는 건 그
의 큰 단점이었다.

"강차장님, 뭘 그렇게 열심히 보세용?"

기분좋을 만큼 부드러운 비음이 섞인, 의문문이 아니더라도 끝말을
조금 올리는 버릇 때문에 애교스러운 목소리가 등뒤에서 들렸다. 소
영이었다. 애티를 채 벗지 못해 '보송보송'이라는 별명으로 불리던 동
그스름한 얼굴이, 연일 계속되는 야근으로 까칠하고 푸석했다. 광고

원고를 마치고 나면 소영의 한달은 마감되고, 지쳤던 피부는 보송보송해질 것이다. 향수 냄새인지 샴푸 냄새인지 아릿하게 풍겼다. 그 냄새는 소영의 거칠한 피부와 대조되어, 묘하게 자극적인 데가 있었다. 성욕인가, 느른하게 늘어져 있던 몸에서 무언가가 고물거리며 살아나고 있었다.

철부지 누이동생 같은 소영의 샴푸 냄새가 자극적으로 느껴지면 영락없이 마감 때였다. 파렴치한 성욕에 홀로 무안해져 공연히 사무실을 휘둘러보면, 늘 화장기 없던 생활팀 이차장의 입술에 생뚱맞은 빨간 빛깔이 눈에 띄곤 했다.

"이차장, 그게 뭐야? 화장을 하려면 제대로 하든가, 아님 말든가. 꼭 연변 처녀처럼 입술만 빨개가지고. 연변 처녀들은 피부나 곱지."

그렇게 타박하는, 다이어트나 미용을 담당하는 생활팀 여기자의 책상 아래 쓰레기통에는 비스킷이며 초콜릿 봉지가 꾸역꾸역 넘쳐나고 있었다.

생뚱한 립스틱도, 걷잡을 수 없는 식욕도, 아슬하게 치닫던 성욕도, 마감 뒤끝의 술자리를 정점으로 알코올에 녹아 사그라든다. 3차까지 이어지는 술자리가 파할 때면 누군가는 한사코 차들이 질주하는 차도로 뛰어들고, 성질 사나운 취재원을 만났던 누군가는 길거리에 쪼그리고 앉아 훌쩍인다. 술기에 휘휘 휘둘리는 머리로 출근해서 싸우나에 다녀오면 다시 민숭민숭한 맨얼굴로, 과자 보기를 돌 보듯 하려는 가상한 노력으로, 어린 누이를 보는 친정오라비 같은 얼굴로 돌아갈 수 있는 것이다.

갈피 잃게 몰아치던 욕망의 원인이자 결과물은 소영이 가져온 광고 대지에 크고 작은 한줄의 제목으로 놓여 있었다. 어떤 것이 독자에게 어필할 것인가를 따져가며 크기를 배정한 제목들. 광고의 글자 크기가 큼지막한 기사일수록 한번 읽고 나면 다시 펼쳐보지 않을 것들이었다.

"이건 조금 줄이고 여기 있는 건 저쪽으로 옮겨봐. 수고했어."

아무리 보아도 확 잡아끄는 맛이 없었다. 밋밋한 밥상 같은 광고. 그릇 놓인 자리를 옮기는 눈속임으로 상차림의 부실함을 가릴 순 없었다. 이 위에 일품 요리를 얹어줄 『우먼파워』 이채훈과의 저녁약속을 떠올리자 조금 위안이 되었다.

취재수첩을 잃어버리고도 하룻밤 새 세 꼭지의 기사를 써내는 재주꾼이 이채훈이었다. 『우먼파워』에서 함께 일하던 때였다. 유난히 섭외가 안되는 달이었는지, 이채훈은 마감 전날에야 세 건의 촬영 스케줄을 올렸다. 하루 종일 사무실에서 볼 수 없었던 이채훈은 야근을 위해 회사 옆 오징어집에서 저녁을 먹고 난 뒤에야 돌아왔다. 잡지에 늘 모범적인 부부로 나오고 스캔들 하나 없이 살던 톱탤런트의 전격적인 이혼설이 걸려 있었다. "그래 만났어?" 데스크가 물었다. "예, 만나긴 했는데……" 말끝을 흐리는 품이 심상치 않았다. "그런데? 마음잡고 손 맞잡고 다시 살기로 했대?" "그런 건 아니구요…… 이혼은 할 거 같은데요." "그럼?" 묻는 눈으로 바라보자 이채훈은 침을 꿀꺽 삼킨 표정으로 대답했다. "취재수첩을 잃어버린 것 같아서요." "어쩌다가?" "택시에서 내릴 때 마음이 급했나봐요." 그날 밤늦게 퇴근하면서 데스크는 못박았다. "어쨌든 내일은 마감해야 하니까 오늘밤에 취재원을 다시 만나든지 전화로 취재를 하든지 해서 내일 아침 내 책상에 기사 올려놓으라구."

다음날 책상 위에 프린트된 기사가 놓여 있는 걸 보고 정작 놀란 건

데스크였다. 그것도 세 꼭지, 모두 합쳐서 60매가 넘는 분량이었다. '톱 탤런트 이주란, 한번도 미워한 적 없는 남편과 이혼할 수밖에 없는 속사정'이란 부제를 단 기사에서 톱탤런트의 말은 따옴표 안에 얌전히 들어가 있었다. 취재수첩 찾았느냐는 데스크의 물음을 이채훈은 흘러내리지도 않은 머리카락을 쓸어넘기며 받았다. "아, 이 머릿속에다 입력되어 있다니까요." 역시 S대는 고스톱쳐서 들어가는 건 아닌가봐. 옆자리 기자가 경탄 반 빈정거림 반으로 이기죽거려도 이채훈은 느물느물 웃을 뿐이었다. 친절한 운전기사가 지나가는 길이라며 취재수첩을 들고 편집부로 올라온 그날 저녁, 이채훈은 이미 대지작업을 마친 기사에서 오자를 찾아내서 교정자를 타박하고 있었다. 취재수첩 없이 쓴 세 건의 기사에 대한 취재원의 항의는 들어오지 않았다.

이채훈의 순발력과 마당발을 이용해 눈길을 확 끌 수 있는 화제기사를 강화하고, 김명우가 쓰던 기사들은 자유기고가에게 돌리면 될 것이다. 김명우가 전담하다시피 하는 기사를 낮은 원고료를 감수하면서라도 쓰고 싶어하고, 김명우만한 여운은 줄 수 없다 하더라도 적당하게 조제된 감동을 줄 만큼은 써낼 자유기고가라면 내 수첩에 얼마든지 있었다. 인물취재에 능한, 생활정보에 밝은, 연예계에 정통한…… 얼마든지.

사실 그렇게 아련한 눈빛으로 여자는 남태평양쯤에 점처럼 떠 있을 남편을 그리지만, 그러나 알 수 없는 일이다. 여자가 그렇게 먼눈으로 그리는 동안, 처음 본 시골 처녀의 순박한 생기에 홀려 고향마을을 지나쳤던 낭만적인 기질의 선장은 배의 입항에 맞춰 피어나는 항구도시의 밤꽃들, 그 농염함에 질탕하게 젖어 있을지도 모른다. 그리움으로 촉촉해진 여인의 망막에 맺힌 게, 캬바레에서 만난 제비의 영상이 아니라고 누가 장담할 수 있으랴. 나는 애절한 그리움에 젖은 선장 부인의 얼굴을, 갓 낳은 아기를 자랑하는 톱스타의 환한 웃음으로 덮어버렸다. 탁, 교정지더미를 보조책상으로 밀쳐놓을 때, 커다란 키, 마른 몸의 청년이 어릿어릿 다가왔다.

"강차장님이십니까?" 국어교과서를 읽듯 억양 없는 목소리가 전화선 저쪽에서 내 이름을 확인해온 건 불과 사흘 전이었다. "네 그렇습니다만." 대답하는 순간, 대지에서 오자 하나가 눈에 튀어들어왔다. '경지에 올라'가 '경리에 올라'로 되어 있었다. 세계적으로 유명해진 성악가가 전업할 판이었다. 전화기를 어깨에 얹고 주욱, 과장되게 큰 포물선을 그리며 정정했다. 그때까지도 저쪽에선 말이 없었다. 싸아한 정적, 나무들이 잎 떨군 벌판에 부는 바람 같은 기운이 밀려들었다. 선뜩, 등뒤에서 한기가 느껴져서 어깨를 오싹 움츠리며 나는 물었다. "여보세요, 여보세요?" 소리를 삼켜버린 수화기를 귀에서 떼어내려 할 때 비로소 저쪽에서 말이 건너왔다. "저 죄송합니다만 시간 좀 내주실 수 있겠습니까? 한번 뵙고 싶습니다." "누구신지요? 무슨 일로 그러시는지요?" 끝내 자신이 누구인지 밝히지 않은 상대방에게 사흘 뒤로 시간을 정하고 회사로 찾아오는 길을 일러준 건, 어딘지 모르게 내 마음을 잡아당기는 것이 있어서였다. 그건 언뜻 넘겨버리기 쉽게 흐릿한 거였지만, 잡지일을 오래 하면서 단련된 직감은 그냥 묵살할 만한 것은 아니라고 일러주고 있었다. 동전으로 긁기 전에는 꽝인지 아닌지 알 수 없는 즉석복권 한장을 받은 셈이었다.

심심치 않게 걸려오는 제보전화들은 지난달 기사의 어디에 오자가 있더라는, 자상하지만 별 쓸모가 없는 거에서부터, 연예인 아무개의 기사는 사생활 침해가 아니냐는 힐책, 자기가 이러저러하게 살고 있는데 와서 취재해가지 않겠느냐는 전화까지 다양했다. 대부분은 이미 시효가 지난 것이거나 한 귀로 듣고 한 귀로 흘려버릴 정보지만, 더러는 기사화된 것도 있었다. 그러니 누가 알겠는가. 굳이 찾아오겠다는 사람이, 남모를 사연을 가진, 재벌이 숨겨놓은 여인의 남동생이 아니란 법도 없었다.

청년은 사무실 소파에 오그리고 앉아 깍지낀 손을 무릎 위에 얹고 거기에 시선을 떨구고 있었다. 소파에 앉은 게 아니라 몸을 접어 소파에 얹어놓은 것처럼 보였다. 워낙 큰 키였다. 무슨 일로 왔느냐고 내가 묻기 전에, 청년이 먼저 입을 열었다.

"괜찮으시다면 차를 한잔 대접하고 싶은데요."

"커피 드시겠습니까? 제가 일을 조금 덜 마쳐서요."

나는 자판기가 있는 쪽을 향해 몸을 돌림으로써 청년의 용건을 듣기 위해 사무실 밖으로 나갈 의사가 없음을 분명히했다. 청년이 재벌이나 유명인사와는 거리가 멀어 보였으므로 그에 합당한 대접을 하기로 마음을 굳힌 거였다.

"열흘쯤 전에 신문에 난 기사 기억하십니까? 한강다리에서 떨어져 죽은 사람이 있었는데……"

한강 투신자살? 그거야 내가 만드는 책의 독자들에겐 아파트 옥상에서 떨어져 자살한 초등학생만큼의 관심거리도 못 되었다. 하지만 나는 기억했다. 심야에 달리던 택시에서 승객이 뛰쳐나와 강물로 투신했다는 짤막한 기사. 삼십대 초반의 사내였을 것이다. 멀쩡하게 출근하던, 남들이 부러워하는 직업을 가진 사람이 달려들어오는 지하철 선로로 몸을 던졌다거나 하는 이야기는 그리 드문 것이 아니었다. 일상을 지탱하게 해주던 가느다란 선이 팽팽한 장력으로 당겨지고 마침내 견디지 못해 탁, 끊어지는 순간들. 그중의 하나겠거니 했었다. 그런데?

"제가 그 택시를 운전하고 있었거든요."

"아, 그러셨어요?"

뭔가 위로의 말이라도 해야겠다는 생각이 들었지만, 나는 그저 묻는 눈으로 청년을 바라보았다. 죽은 사람에 얽힌 무슨 특별한 사연 같은 거라도 있단 말인가? 아니면 그 일로 경찰서에서 부당하게 취조를 당했다는 건가. 그러나 청년의 뒷말은 엉뚱한 곳으로 튀었다.

"김동진씨라구…… 혹시 기억나세요?"

김동진? 죽은 사람의 이름인가? 나는 한때 세간의 화제가 되었다가 사라져간 사람들을 떠올렸다. 정계, 재계, 연예계…… 반짝 떠올랐다 사라져간 사람들은 부지기수였다. 해마다 그해의 유행 음료수가 바뀌는 세상이었다. 어떤 해엔 스포츠음료가 어떤 해엔 토마토주스가, 포도주스를 거쳐서 대추를 달였다는 한방음료로. 모든 게 반짝 빛나는 일회용이었다. 그처럼 일회용으로, 때로는 그 뒷이야기에 대한 일회용 궁금함으로 떠올리는 이름들. 임동진은 연극무대에도 자주 서는 탤런트이고, 작은 배로는 떠날 수 없다고, 멀리 떠날 수 없다고, 아주 멀리 떠날 수 없다고 오래 전에 낮게 웅얼거리던 언더그라운드 가수는 조동진이고……

"글쎄요……"

"저, 강차장님께서 Y대학교 영문과 나오신 거 맞지요?"

아리송한 표정을 지우기도 전에 청년이 다시 물었다. 맞는 말이었다. 동문회에선 동문회보가 날아들고, 직업상 나는 아무리 귀찮아도 동문회 같은 건 챙겼다. 어딘가에 속해 있다는 것, 기억을 공유한 사람들이 있다는 건 나를 안심시켰다. 우리 사회에 깊게 뿌리내린 지연과 학연의 병폐를 지적하는 칼럼을 실은 신문은 그날 다른 면에 '동문회를 찾아서'라는 연재기사를 빠뜨리지 않고 실었다.

"네 그렇습니다만……"

그나마 남아 있던 의례적인 친절이 내 목소리에서 싹 가셨다. 겉보기에는 어수룩하지만, 어쩌면 동문회 같은 곳을 통해서 물건을 판매하려는 낡은 수법을 쓰는 사람일 수도 있었다.

"영문과 동기동창 가운데 김동진이라는 분이 있었을 텐데요. 졸업은 못하셨지만."

동기동창 김동진! 내 양미간이 잠깐 찡그려졌던가. 늘 선명한 슬라이드 사진만 보다가 낡은 책에서 복사한 오래된 흑백사진을 볼 때처럼, 동진의 형체가 어슴푸레 머릿속에 떠올랐다. 있었다. 휘이익, 서늘한 바람 같은 게 등골을 스쳤다. 담배연기가 너구리 잡은 굴속 같았던 찻집의 구석자리에 조용히 앉아 있던 동진의 썰루엣. 그리고 도봉구의 어느 비탈진 동네를 오르던 내 모습. 연기처럼 부연 기운 너머에서 아슴아슴 형체를 드러내려 하는 기억. 나는 담배를 한개비 뽑았다.

하필 늦더위가 기승을 부리는 늦은 오후였다. 이 더운 날 먼 걸음을 하게 한 동진에게 짜증이 나 있어서, 나는 남방셔츠 앞섶을 연신 잡아당겨 바람을 집어넣곤 했다. 있을 땐 공기처럼 희박하다가, 막상 없어지면 희박해진 공기 속에서 숨쉬는 것처럼 순간순간 그 부재를 느끼게 되는 그런 사람. 교양학부 강의실에서 만난 동진은 어느새 내게 그런 존재가 되어 있었다.

대학에 입학하자마자 나는 책 속에 파묻혔다. 탐구심 때문만은 아니었다. 남보다 뛰어나다는 걸 스스로에게 증명하기 위해선 많이 알아야 했다. 이 책 저 책 닥치는 대로 집어삼키는 책읽기라서 자주 체할 수밖에 없었다. 그 체기를 내리려면 마구 떠드는 수밖에 없었다. 떠들다보면 스스로 정리가 되었으니까. 그렇다고 해서 내 지식이 채소화되지 않은 것임을 아무에게나 드러낼 순 없었다. 처음 만난 사람에게 제 뱃구레를 보여주는 순진한 강아지처럼 무방비인 동진은 그런 의미에서 내게 만만했다. 물기를 빨아들이는 목탄처럼 말을 흡수하는 데다 반격당할 위험이 전혀 없는 상대였던 것이다. 여름방학이 끝나고 개학한 뒤에도 학교에 나오지 않는 동진을 찾아나선 건 동진에 대한 염려나 돈독한 우정 때문은 아니었다. 어르던 장난감이 굴러떨어진 하수구를 뒤적이는 그런 심정에 더 가까웠다. 제까짓 게 사라져봤댔자 어디 숨었으랴. 혹시라도 동진이 삶에 권태를 느꼈네 하는 시답잖은 이유를 대면 한대 맵게 쥐어박겠다는 다짐으로 더위를 견디면서 완만한 언덕을 허위허위 올랐다.

구멍가게에서 콜라를 한병 사마셨다. 콜라의 기포가 늦여름의 끈적임을 잠깐이나마 가시게 해주었으므로 동진의 집 문간에 섰을 때는 조금 관대해졌을 것이다. 원래는 큰 체격이었는데 쪼그라들었다는 인상을 주는, 마르고 작은 몸집의 중년부인이 반쯤 열린 현관문에 나타났다. 누구세요? 저 여기가 김동진네 집 맞지요? 저 동진이 학교 친군데요…… 그때 내 귀에 들려온 이상한 소음. 끄억끄억, 그러잖아도 병색이 돌던 그녀의 얼굴이 무너지고, 무너지는 얼굴을 손에 묻은 채 몸도 허물어졌다. 얼마나 오래 울면 그런 소리가 나는 걸까. 안으로 당겨지던 울음소리.

콜라를 샀던 구멍가게에서 소주를 산 기억이 난다. 비 오는 날, 고가도로에서 내려오느라 속력을 낸 버스가 할머니의 손을 잡고 오던 어린아이를 덮치려 했고, 집에 돌아오던 동진은 차도로 뛰어들어 둘을 밀쳐냈고…… 동진이 사고를 당했다는 그 지점을 바라보며 한길가에서 병나발을 불었던 기억도 난다. 그런 나를 힐끔힐끔 바라보며 에돌아가던 사람들. 동진에 대한 기억의 마지막은 쌍권총이 널린 그 학기의 내 성적표로 남았다.

"그때 그분이 어떻게 돌아가셨는지도 알고 계시겠군요."

돌아가시다니. 동진은 죽었을 뿐이다. 그때 동진은 청년보다도 어렸다.

"그 사고 때 그분 덕분에 살아난 아이가 접니다."

"그러시군요……"

난데없이 묻어나오려는 감회를 단속하며 나는 안경을 치킴으로써 누그러지려는 경계심을 다잡았다. 그런데 그게 물에 떨어져 죽은 사람과 무슨 상관이 있단 말인가. 나는 청년을 똑바로 보았다.

"그분에 대해 알고 싶습니다. 동창회보에서 찾아 몇몇 분을 만났는데 다들 기억을 못하시더군요. 강차장님이 그분과 친했다고 들었습니다."

"하지만 저는 잘 모릅니다. 그저 잠깐 같이 지냈을 뿐이니까요."

고개를 터는데 뒷목이 비끗, 어긋나는 느낌이었다. 먼바다에서 밀려드는 물결처럼 미미하고도 확실한 짜증이 일었다. 혼곤하게 밀려오면서도 중간중간 솟구치는 파도처럼 확실하게 감지되는 짜증스러움. 매몰차게 떨쳐버리지 않으면 그만 어찌할 바를 몰라 자해라도 벌일 것처럼 날선 기운. 이번호 기획회의 때 나를 휘감아들어 이마를 찡그리게 하던, 마침내 단안을 내리게 한 바로 그 기운이었다.

이채훈에게 손을 내밀기로 마음을 굳힌 건 이번호 기획회의 때였다. 기획회의 전 기자들이 넘긴 기획안을 쭉 훑어보는데, 김명우의 기획안 가운데 하나가 내 눈길을 끌었다. '원로만화가 이두현 화백에게서 듣는, 내가 붓 꺾은 사연.'

인기절정의 만화가 이두현 화백이 절필을 선언한 것은 6개월도 더 전의 일이었다. 역사 속에서 취한 소재를 재해석해 현재 우리 곁에서 벌어지는 일에 빗대는 이두현 화백의 만화는 오랫동안 낙양의 지가를 올려왔다. 그런 그가 스포츠신문에 연재중이던 만화를 중단하고 붓을 꺾겠다고 밝히자 세인의 호기심은 당연히 끓어올랐다. 화실에서 지독한 독재자로 문하생들과 불화가 잦았다더라. 아니다, 여자 문하생과 그렇고 그런 일이 있었다더라. 그게 아니고 아들이 정박아라 외국의 시설에 집어넣었는데 그 아들에게 일이 생겼다더라…… 마음대로 증식하는 말의 끝자락을 붙잡고 잡지마다 취재에 들어갔지만, 『우먼파워』의 마당발 이채훈조차 만나지도 못한 채 제목만 풍성하고 내용은 허술한 기사로 마무리했었다. 최근엔 허균인가 누군가를 소재로 다시 그림을 그리기로 했다는 기사를 본 적이 있었다. 그런데 난데없이 붓 꺾은 사연이라니. 취객들이 비칠거리고 토사물이 낭자한 한밤의 신촌 뒷거리에서 양손을 모두고 서서 그레고리오성가를 부르는 게 낫지. 생뚱하다는 말로도 모자라 어이없게 만드는 기획안이었다. 기획회의 석상에서 내가 그 사실을 지적했을 때, 김명우는 이화백이 다시 그림을 그리기로 한 사실을 이미 알고 있었다. "그런데 이게 왜 올라왔나? 이건 구석기시대 이야기라구." 내 물음에 대한 김명우의 답은 간결했다. "그때 이화백이 약속했거든요. 지금은 말을 못하지만 6개월 후엔 말할 수 있다고. 그때 달력을 보면서 날짜까지도 정했어요. 다음주에요." 김명우의 목소리는 조용했지만 고집이 담겨 있었다. 아무것도 주장하지 않던 사람이 처음으로 무언가를 주장할 때의 요지부동. 요지부동이라는 걸 알기에 더 주먹을 휘두르고 싶게 만드는 종류의 단단함. 그깟 약속을 지키느라고 지면을 낭비해? 그러고도 월급 받을 수 있다고 생각하나? 목까지 치밀어오른 호통을 삼키며, 휘두르고 싶은 주먹을 꼭 쥐며 내가 물러선 건, 굳이 내 주먹을 쓰지 않더라도 김명우가 성치 못하리라는 걸 알기 때문이었다.

편집회의가 끝나자마자 전화기를 붙들고 섭외에 들어간 기자들의 왁자함 속에서 나는 김명우의 목소리만 쏙쏙 빼서 듣고 있었다. "네, 선생님. 하지만 그때 약속하셨잖습니까? 6개월 뒤엔 말씀해주시겠노라고요. 물론이죠. 저도 그런 건 압니다. 하지만 이건 약속……" 김명우의 말은 이어지지 않았다. 저쪽에서 뭐라고 쏟아붓는 눈치였다. 그 몰매를 말없이 맞다가 "네, 알겠습니다. 안녕히……" 채 인사를 마무르지 못하고 김명우가 수화기를 놓을 때, 나는 속으로 혀를 차며 수화기를 들었다. 약속이라구? 넌 안돼. 김명우. 넌 아직 멀었어. 누군 너처럼 순진한 적 없어서 이러는 줄 알아?

그날이 이채훈을 빼내오기 위한 첫번째 접촉이었다. 사실 이채훈으로서야 이쪽으로 옮겨올 별다른 이유가 없었다. 내가 제시할 수 있는 봉급은 『우먼파워』에서 인정받는 사람을 빼내올 미끼로는 약했다. 하지만 이채훈이 데스크와 사이가 안 좋다는 점을 나는 잊지 않았고 이채훈에게 손 내밀기 시작한 이후 이따금 술자리를 같이하며 은근히 그 점을 긁적거렸다. 노회한 이채훈은 '조직이란 게 다 그런 거지' 하는 표정을 지을 뿐이었다. 그런 마당에, '이사노바'라는 별명을 가진 이채훈이 같은 회사 관리부 여직원 때문에 요즘 골치를 앓고 있다는 정보가 굴러들어온 건 내게 행운이 아닐 수 없었다.

얼마 전, 여러 회사에 흩어져 있는 동업자들의 술자리에서 이채훈이 호출기 번호가 바뀐 사실을 알린 것도, 그가 다른 여자와 약혼한 사실을 알면서도 그의 호출기에 정답기 짝이 없는 메시지를 남기는 그녀 때문이었다. 일방적으로 자기 말만 남길 수 있다는 점에서 호출기는 전화보다 더 유용했을 것이다. "「미저리」 보셨잖아요? 재수없어서 걸려든 거지. 말이야 바른 말이지 어디 여자가 없어서…… 그게 어디 말이라도 걸어보고 싶게 생긴 얼굴이에요?" 아니 땐 굴뚝에 연기 나랴. 뭔가 썸싱이 있었으니 그러겠지. 너무 친절했던 거 아냐? 동업자들의 놀림에 이채훈은 억울해 죽겠다는 얼굴로 대거리했지만 그 자리에 있던 어느 누구도 이채훈의 말을 그대로 믿는 것 같지는 않았다. 이채훈이 그 '미저리'가 얼마나 괴팍한지 과장되게 늘어놓으며 결백을 주장할 때, 나는 은근히 손맛을 즐기는 낚시꾼처럼 이채훈의 표정을 즐겼다.

신경이 팽팽히 당겨졌다. 강적이었다. 내 얼굴엔 분명 짜증기가 돌아 있으련만 사무실 소파에 몸을 묻은 청년에게는 입력이 안되는 모양이었다. 그 사이 나는 광고를 마무리지었고, 전화를 받는 틈틈이 내가 왜 이 청년을 단칼에 내보내지 않는지 속으로 따져 묻다가, 마침내 제풀에 겨워 한잔 하자고 그를 일으켰다. 나답지 않은 행동이었다. 나 또한 죽은 자에겐 관대한 관습 속에 사는 이 나라 사람이었으므로, 어느날 등산길에 무심코 앉으려던 돌에 찍히고 나서야 그 존재를 의식하게 되는 꼬리뼈처럼 난데없이 출현한 김동진의 혼백에 제주 한잔쯤은 바쳐도 되지 않겠는가 하고, 나는 나를 감쌌다.

"고가도로를 달리다가 문득 교각을 받고 싶어질 때면, 퍼뜩 그런 생각을 했지요. 누군가가 나를 위해 생목숨을 버렸다고. 그렇게 생각하면 제 목숨이 조금은 귀하게 여겨졌거든요. 그런데 그렇게 버텨오는데, 글쎄 차에서 내리더니 내가 빤히 보는 앞에서 뛰어들더군요."

간단히 한잔 하고 보내려던 게 시간을 너무 끌고 있었다. 부모가 맞벌이하는 바람에 병든 할머니와 방에 갇혀 있던 어린날부터, 자폐증 성향이 있던 청소년기를 거쳐, 공인된 고문관이던 군대시절을 넘어, 청년의 이야기는 애면글면 살아온 끝에 택시 운전사로 일하는 지금으로 들어서고 있었다.

술에 취할수록 핼쑥하게 질리는 얼굴로 청년은 말했다. 나 대신 다른 사람을 먼저 데려갔다면 그만큼 나를 살려두는 이유가 있었을 게 아니냐고. 그 뜬금없는 말이 독백으로 들리는 건, 아무것도 눈에 들이지 않은 채 안으로 향한 청년의 눈빛 때문이었다. 모호한 눈빛 위로, 투명한 왁스를 바른 듯이 물기가 번질거렸다. 눈물인가, 잠깐 착각했지만 눈물은 아니었다. 자기가 살아야 할 이유를 세 가지만, 아니 하나라도 찾아내고 싶다고 청년이 두번째 말할 때, 나는 그동안 퍼발랐던 친절한 표정을 거두고 사무적인 얼굴로 돌아가면서 시계를 힐끗 보았다. 상대방 몰래 시간을 보는 듯이, 그러나 상대방이 동작을 눈치 채지 않을 수 없게끔 면밀하게 시차를 계산해서. 자기 삶을 거슬러오르는 청년의 넋두리를 듣는 데에 그만큼의 시간을 할애했으면 예의를 다한 것이다. 혹시 기삿거리가 되지 않을까. 청년의 전화를 받으면서 그렇게 기대했던 자신이, 발정난 암캐의 꽁무니를 좇은 수캐처럼 던적스럽게 느껴졌다. 이채훈과의 약속시각은 일곱시였다. 지금 일어나든가 아니면 이채훈에게 늦는다는 전화를 해야 했다. 다행히, 이제껏 눈치없이 굴던 청년은 내 동작에 반응을 보였다.

차가 한강다리를 건널 때, 요즘 들어 내 셈이 자꾸만 어긋나는 이유를 곰곰 생각해보았다. 당연히 처리해야 할 일을 나답지 않게 미루고 있다는 반성이 뒤따랐다. 승객의 자살이 겨우겨우 이어오던 청년의 흘수선을 무너뜨리며 뒤집을 듯 위태롭게 출렁이는 파도였다면, 김명우의 처리를 미루던 그 무렵의 내 우유부단 또한 세상에서 살아남기 위해서는 바람직하지 못한 것이었다. 이채훈이 오게 되었다는 소식을 들으면 김명우는 알아서 처신할 것이다. 어차피 이전 팀 가운데 남은 건 김명우뿐이었으니. 혹 김명우가 미욱하게 또는 뻔뻔스럽게 이제까지처럼 지낼 수 있다고 생각한다면 그를 일깨워줄 것이다. 김명우는 광고를 받는 대가로 광고주를 미화하는 기사가 흔한 군소잡지나 출판사에서 일자리를 찾을 수 있을 것이다. 어쩌면 시간이 조금 걸릴지도 모르지만, 그건 김명우의 문제였다. 뿌리를 뽑지 않으면 다시 돋는 티눈처럼, 이따금 내 마음에 불편함을 돋게 하는 그를 견뎌야 할 이유가 없었다.

김명우의 자리로 이채훈이 옮겨온 뒤, 나는 이채훈을 찾는 그 여자의 전화를 몇번 받았다. 나도 한때 한 직장에서 일했으므로 그 여자의 목소리를 구별하기는 쉬웠다. 나는 옆자리 여기자와 농담 따먹기를 하거나 통화중인 이채훈을 보면서 그때마다 짧게 대답했다. "취재중입니다." 부서원을 보호하는 건 부서장의 의무였으므로.

사회면과 정치면, 경제면까지 대강 훑어본 다음, 나는 다 식어버린 녹차를 마저 마시고 신문을 접는다. 잠깐, 아까의 그 미담기사에 시선이 머무른다.

죽은이의 사진은 아주 작아서, 나는 그가 몇년 전의 그 청년인지 아닌지 알아보지 못한다. 설사 죽은이가 그 청년이라 할지라도 나와는 무관한 일이다. 나는 청년에게 내 귀중한 시간을 내주었고, 거기에다 술까지 샀다. 어쩌면 미담의 주인공은 이미 자살을 꿈꾸며 강변에 갔었는지도 모른다. 그러니까 그렇게 쉽게 목숨을 내던질 수 있었을 것이다. 어쨌든 남을 위해 희생하는 건 대단한 일이다. 그렇게 할 수만 있다면. 그때 청년의 이름을 묻지 않기를 잘했다는 생각이 든다. 나와는 상관없는 일이다. 청년이 내게 이름을 말했을지도 모른다는 생각이 스치지만, 나는 청결한 실내에 내려앉는 불순한 먼지 같은 생각을 떨어낸다. 평화로운 일요일 아침이 열리고 있다.

—『창작과비평』 1999년 가을호

청년은 형광등이 부착된 아크릴 뚜껑을 거실 바닥에 내려놓았다. 오랫동안 조금씩 증발한 물은 수족관 가장자리에 누런 테를 남기

고 줄어들어, 물빛은 큰물 뒤끝의 앙금을 채 가라앉히지 못한 물처럼 부옜다. 청년은 물속으로 손을 거침없이 집어넣어, 빛이 바랜

채 건들거리는 수초를 뽑아냈다. 바닥에 깐 자디잔 자갈 위를 덮은 검고 큰 돌을 들어내자, 자갈 틈새기에 음험하게 숨어 있던 앙금

이 자욱하게 피어올랐다.

어귀에서

어귀에서

1

청년은 형광등이 부착된 아크릴 뚜껑을 거실 바닥에 내려놓았다. 오랫동안 조금씩 증발한 물은 수족관 가장자리에 누런 테를 남기고 줄어들어, 물빛은 큰물 뒤끝의 앙금을 채 가라앉히지 못한 물처럼 부옜다. 청년은 물속으로 손을 거침없이 집어넣어, 빛이 바랜 채 건들거리는 수초를 뽑아냈다. 바닥에 깐 자디잔 자갈 위를 덮은 검고 큰 돌을 들어내자, 자갈 틈새기에 음험하게 숨어 있던 앙금이 자욱하게 피어올랐다.

그 태생의 근원을 캐다 보면 아마존강이나 나일강의 유장한 흐름에까지 이를, 좁다란 수족관 안에서도 같은 종류끼리 몰려다니던 열대어들이, 갑자기 들이닥친 혼란을 이해하지 못한 채 손을 피하겠다는 일념으로 황망히 뒤섞였다. 청년은 그 혼잡 속으로 뜰채를 집어넣어 간단히 열대어를 떠낸 다음 세숫대야에 옮겼다.

청년이 비릿한 냄새를 풍기며 썩어드는 물을 퍼내고 바닥에 깔린 자갈을 목욕탕으로 가져가 닦는 동안 현순이 한 일이라고는 몸을 눕힌 채 퍼덕거리는 열대어를 내려다보며 청년이 휴지 위에 던져놓은 죽은 열대어를 어디에 버릴까 하는 걱정뿐이었다.

"다 됐습니다. 먹이 너무 많이 주지 마세요. 많이 먹으면 많이 싸고, 그래서 물이 쉬 더러워지니까요."

청년은 뜰채며 솔, 스펀지 등 청소도구를 챙겼다. 호스를 집어들고 일어서려던 청년의 눈에, 한켠에 던져두었던 죽은 열대어가 띄었다. 청년은 바래서 뽑아낸 수초와 함께 그것을 집어들더니, 씽크대 곁의 휴지통에 휙, 집어넣었다. 생명에서 무정물로 변한 그것들은, 파껍질이며 냉장고 안에서 상한 야채, 개수대의 거름망에서 건진 음식찌꺼기 틈서리로 떨어졌을 것이다. 휴지통 뚜껑이 무심하게 건들거렸다.

청년이 가고 난 뒤, 현순은 열대어가 담겨 있던 세숫대야며 자갈을 담았던 그릇들을 씻었다. 세숫대야에서는 희미하게 비린내가 났다. 썩어가는 물의 물비린내일까 아니면 그것도 생선이라고 작은 열대어가 풍기는 비린내일까. 현순의 의문을 전화벨소리가 잘라냈다. 현순은 젖은 손을 수건으로 문지르면서 수화기를 들었다.

"네."

"여보세요. 거기 조현순 선생님 댁인가요?"

낯선 목소리, 낯선 칭호였다. 아이가 없는 현순은 아파트 주부들 사이에서는 402호로, 결혼 전에 다니던 직장 후배들에게서는 선배 또는 언니로, 남편의 친구들에게서는 형수님이나 계수씨로 불리었다.

"네, 전데요."

"저…… 저 혹시 기억하실지 모르겠는데요, 선생님 옛날 제자 김수한이라고요. 한진고등학교에 다녔던……"

기억하지 못하면 어떡하나 하는 망설임이, 칼국수를 민 뒤 나무도마에 남은 밀가루처럼 흐리게 묻어나는 목소리가 '옛날 제자'를 발음할 즈음에, 툭, 까맣게 영근 봉숭아 씨앗처럼 한 얼굴이 시간의 외피를 벌리며 튀어나왔다. 수한이. 계집애처럼 가느다란 목소리. 갓 바른 창호지를 투과한 한낮의 햇살처럼 담박하던 얼굴에 늘 생글거리던 눈. 그 얼굴이 시간의 어느 신경마디를 건드렸는지, 12년 전, 대학을 갓 졸업한 현순이 국어 교사로 머물렀던 시골 고등학교의 한 교실까지 떠올랐다.

학기초, 현순은 수한의 학급에서 은어와 속어라는 단원을 가르치고 있었다. 은어에 대한 일반적인 설명 끝에, 현순은 아이들이 쓰는 은어가 무엇인지 물었다. 꼰대, 강아지…… 다글다글 단어들이 끓어오르는데, 개숫물처럼 탁한 목소리가 그 소리들 위에 끼뜨려졌다. 선생님, 냄비가 뭐래유? 비어져나오는 악의를 다잡느라 동그랗게 뜬, 질문한 아이의 눈을 보는 순간 현순은 깨달았다. 몰라서 물은 게 아니다. 다행히, 현순은 그 은어가 무슨 뜻인지 몰랐으므로 그나마 무심할 수 있었다. 모르겠는데, 누구 아는 사람? 교실 안을 둘러보았으나 여학생들은 고개를 갸웃거렸다. 몇몇 남학생의 얼굴에는 알고 있지만 말하지 않는다는 표정이 확실하게 드러나 있었다. 그럼 찾아보고 다음에 알려줄게. 다음 시간에 현순은 그 약속을 지키지 않았다. 수업이 끝나고 찾아본 『새우리말큰사전』에는 그 당시 표준어인 남비:(2)(은)여자의 성기라고 나와 있었으니.

'한진에 가서 힘 자랑하지 말라'는 바로 그 한진, 선생한테 야단맞은 학생이 수업시간에 칼로 제 몸을 그어버리는 그 학교에서도 수한의 반은 유난스러운 데가 있었다. 열이 많은 아이들이 몰려 있는 반, 그 열기가 목소리 큰 몇몇의 주도로 혼탁해진 반에서, 수한은 한줄기 바람 같은 아이였다. 이따금 툭 던지는 말에 아이들이 책상을 두드리며 웃게 하는, 시선이 그리로 닿으면 마음이 누그러지게 만드는 아이였다. 국어성적이 늘 수위였다는 것도 수한을 기억하는 데 작용했으리라.

"수한이구나. 기억하지 그럼. 너 요즘도 잘 웃니?"

"선생님이 절 기억하신다구요? 정말예요? 야, 영광이네요, 선생님. 살아 계셨군요······"

탄력있게 튀어오르던 수한의 끝말이 탄식조로 흐려졌다. 어디 아득한 길을 헤매다 해가 뉘엿뉘엿할 때 돌아와 막 몸을 뉘는 사람의 긴 한숨, 구들장 밑으로 꺼져드는 몸을 띄워올리려 내쉬는 한숨 같은. 현순은 속으로 수한의 나이를 어림해보았다. 서른살쯤 되었을 것이다. 서른살이 그런 한숨에 걸맞은 나이인지, 잠깐 가늠하는데 수한의 말이 뒤이었다.

"선생님, 정말 반가워요. 언젠가는 만나게 되리라고 생각했는데 정말 만나게 될 줄은 몰랐어요. 가만, 선생님, 이렇게 전화로 통화할 게 아니라 우리 한번 만나요. 오늘 시간 내실 수 있으세요?"

오늘? 만나자는 수한의 말에, 그래 언제 한번 보자,라는 대답을 준비했던 현순은 당황했다. 언제 한번,이라는 막연한 약속은 삼십대 중반에 이른 현순에게는 이제 헤어짐을 장식하는 악수나 마찬가지일 때가 더 많았다.

지난 일을 뒤적이다 보면, 명개처럼 곱게 앉은 시간의 먼지를 들추고 선연하게 떠오르는 얼굴들이 있긴 했다. 하지만 이미 오래 전에 지워진 인연을 찾아내어 끊어진 가닥을 새롭게 잇고 그 이은 자리를 매만질 엄두는 나지 않았다. 물살에 실려 떠내려가며 스친 강변의 나무 한그루, 그를 향하는 그리움으로 물살을 거슬러가기엔 강어귀가 너무 가까웠다. 그런데 오늘? 남편은 동료의 초상집에서 밤샘을 할 것이므로 굳이 안될 것은 없었다. 가시지 않은 감기 기운을 떠올리는 건, 집 밖으로 나가고 싶지 않다는 증거였지만, 너무 급작스럽다는 느낌을 지워내려 애쓰며, 현순은 자기 차로 집 근처까지 오겠다는 수한에게 길을 알려주었다.

수한이도 차를 가지고 있구나…… 하기야 서른살이면 차를 가지고 있을 만도 했다. 그런데도 수한의 차가 현순에게 신기하게 여겨지는 것은, 영 걷어낼 수 없을 것처럼 견고하게 마을을 내리덮었던 가난이 그만큼 기억에 선명해서였다.

2학년 담임을 맡았던 현순은 학기초, 아이들을 앞세우고 가정방문을 했다. 겨울에서 봄으로 가는 들판은 칙칙했고 앙상하게 가지만 남은 활엽수가 쓸어내리는 산등성이는 삭막했다. 봄이 정말 다시 올까 싶은 풍경 속을 걸어 들판이나 산어귀에 낮게 엎드린 집에 다다르면, 그 낮은 집처럼 허리 휘는 노동으로 살아온 이들이 댓진내 풍기는 방에서 현순을 맞아들였다. 그 살림을 잠깐이나마 들여다보고 돌아나오는 하오엔 걸어야 할 길보다 마음이 더 막막해졌다.

논 열 마지기에서 쌀이 얼마나 나오나요? 어느날인가, 현순은 토박이라서 농사도 짓는 교무주임에게 물었다. 열 마지기면 그 마을에선 중농에 속했다. 열 마지기라, 벼가 한 40섬은 나오죠. 가마니로는 몇

가마니예요? 80가마니죠. 벼가 그만큼이면 쌀은 얼마나 나오나요? 절반 먹는다 봐야죠. 그러면 40가마니쯤 되겠네요. 농약값은요? 모내기며 벼베기 때의 인건비를 계산하기도 전에 현순은 입을 다물었다. 현순의 얼굴을 본 교무주임이 도리어 달래듯 말했다. 살기 어렵지요 뭐, 그래도 밭농사가 돈은 좀 돼요.

그해 겨울, 선생들이 다 퇴근하고 난 교무실에서 현순은 다시 교무주임과 마주앉았다. 성에가 하얗게 낀 유리창이 곧 치러내야 할 시간처럼 답답했다. 누군가가 긁어놓은 손톱자국 사이로 창가 화단의 앙상한 나뭇가지가 보였다. 토박이 앞에서 한 해 만에 그만두겠다는 말은 쉽지 않았다. 무슨 일이 있느냐는 물음, 그 물음 앞에 드러내야 할 현순의 마음에 성에가 하얗게 끼었다. 어떻게 말할 것인가, 교련 선생이 담임하는 반의 '하면 된다'라는 급훈 앞에서 지레 어깨가 짓눌리는 나약한 교사, 아이들에게 희망을 심어주지 못하는 교사. 현순은 꾸중 듣는 아이처럼 고개를 푹 수그렸다. 그렇게 수그린 고개로 떠난 아이들을, 어떻게 말할 것인가.

오래 산 부부가 닮듯, 아이들은 담임을 닮는다. 철새처럼 머물다 훌훌 떠나는 현순 같은 선생들이 한몫 했음이 분명한, 한 학년 다섯 학급을 통틀어 열 명이 채 못 되는 낮은 진학률, 한 학기 등록금이 쌀 한 가마니와 맞먹던 그때 한 해에 네 번 돌아오는 등록금 철이 가난한 집 제삿날만큼이나 무섭던 마을의 살림살이를 의식한 현순은 아이들에게 말하곤 했다. 대학 졸업장보다 더 귀중한 것들이 얼마든지 있다, 사람됨은 학력과 무관하다, 대학말고도 인생을 배울 곳은 많다……그렇게 말한 결과는, 가을이 끝날 무렵에 이미 빈 책상과 걸상을 세 번이나 학교 창고로 옮기는 걸로 나타났다.

학교를 그만두겠다는 아이들을 설득하는 현순의 목소리에는 가장 중요한 요소가 빠져 있었다. 열의. 어찌되었든 학교를 마치는 게 무엇보다 중요하다는 확신의 결여. 학교를 그만두고 낯선 도회의 공장으로 가겠다는 결심은 쉬운 결정은 아니었다. 그걸 결심하기까지 아이의 속에서 일었을 갈등, 곧 떠날 사람의 눈으로 바라보아 낯설어졌을 마을과 사람들, 그 서먹함을 견디느라 홀쭉해진 아이의 볼을 바라보면서 현순의 목소리는 자꾸 낮아졌다. 방과후의 적막한 교실에서 죄 없이 수그린 아이의 고개 뒤편, 물주전자를 올려놓은 책상의 옹이 빠진 자국이나 물컵에 아이들이 꽂아놓은 시든 구절초에 눈이 가면 그만 코끝이 찡해질 뿐, 아이들을 되돌려놓지는 못했다. 아이들이 떠날 때마다 현순이 딛고 선 교단이 흔들렸다. 네번째 아이의 자퇴서에 도장을 찍던 날, 현순은 사직서를 써두었고, 한 학년이 끝나던 날에 마을을 떴다.

젊은날의 오류가 어디 그뿐이랴. 기억의 저인망을 끌어올리면 거기서 건져지는 건 몸 뒤채며 비늘 빛내는 물고기가 아니라 녹슨 통조림통이나 버려진 신발짝뿐. 옛 기억에 사로잡혀 멍한 눈, 처진 입매가 된 얼굴이 거울 속에서 현순을 바라보았다. 그 무렵에 맨얼굴이던 현순은 이제 외출할 때면 얼굴에 분을 바른다. 수한이 낯설어할까봐 립스틱은 아주 연하게 발랐다.

습기 머금은 바람에 치맛자락이 날렸다. 하늘은 금방이라도 내려앉을 듯 가라앉아 있었다. 십년도 넘었구나. 수한이 어떻게 연락처를 알았을까. 담임반 여학생 몇명과는 아직도 연락하고 지내는 터여서, 아마도 그애들을 통해 들었으리라는 짐작을 하며 횡단보도를 건너던 현순은 흠칫, 뒤로 물러섰다. 빨간 승용차가 스칠 듯이 휙익 달려나갔다. 반사적으로 신호등을 보았다. 경고하듯 깜빡이긴 했지만 아직은 파란불이었다. 빨간불보다 더 빨간 차는 이미 저만큼 달려나가고 있었다. 신호등 앞에서도 속력을 줄이지 않거나 신호가 바뀌기도 전에 달려나가는 차를 볼 때마다 이는 모호한 공포가 바람처럼 현순을 떠들고 지나갔다. 복잡한 도시에서 정체와 지체를 반복했으니 시 외곽의 큰길에서는 마음껏 속력을 내고 싶을 것이다. 그러려니 하면서도 맹목처럼 달려나가는 차를 볼 때마다 새삼스럽게 이는 두려움은, 선착순 달리기를 하러 출발선상에 설 때의 목졸림 같은 것이었다. 가슴이 터져나갈 듯이 달려들어와도 선착순 몇명을 뺀 나머지는 또다시 출발선상에 서야 했다. 터질 듯한 가슴으로 뛰고 또 뛰던 그때처럼 숨이 차올라, 현순은 심호흡을 하며 보도에 올라섰다.

2

약속한 찻집 입구, 껑충하게 큰 사내가 서서 현순을 바라보며 웃고 있었다. 수한이었다. 현순의 가슴이 쿵, 내려앉았다. 현재의 사진과 나란히 놓인, 컴퓨터 그래픽으로 합성한 몇십년 뒤의 사진을 보았을 때의 삭연함. 생글거리는 눈매로 수한임을 알아보긴 했지만, 동그스름하던 얼굴은 턱이 뾰족할 정도로 강팔라졌고, 웃음짓는 눈에 기억 속의 순하던 눈을 겹치기는 어려웠다. 세월…… 현순은 수한의 눈으로 자신을 보았다. 보이지 않았다.

"언제 왔어? 왜 나와 있니?"

"선생님 오시는 걸 보려구요."

수한은 불쑥, 뒤로 감추었던 손을 내밀었다. 꽃다발이었다. 안개꽃과 뒤섞인 노란 장미다발. 채 벗지 못한 수한의 감상과 세월의 갈퀴가 긁고 지나간 자취가 역력한 수한의 눈매 사이에서 어릿거리며, 현순은 찻집으로 들어섰다.

"어떻게 지냈니? 한진엔 자주 가고?"

수한은 물컵을 들어 물을 삼켰다. 가늘고 기다란 목, 목울대가 쿨렁거렸다.

"선생님, 저 고향 떴어요. 한진에 간 게 언제인지 모르겠어요."

'떴다'는 표현에서, 두 마디 말에서 현순은 수한의 지난날을 보아버린 듯했다. 그런데도 현순은 오랜만의 만남을 단순한 만남으로 잇고 싶어했고 그 수순을 밟아갔다.

"그럼 동창들 소식도 잘 못 듣겠구나. 연락하고 지내는 아이들 있니?"

"아뇨, 선생님. 저 동창들과도 소식 끊고 지냈어요. 연락 닿는 애는 하나도 없어요."

"그럼 어떻게…… 난 네가 혜옥이에게 들은 줄 알았다. 생각나니? 집이 저수지 근처이던 정혜옥. 이따금 연락하거든."

"며칠 전에 책에서 선생님 사진 보았어요. 그간 바빠서 연락 못했다가, 오늘 제과회사 홍보실로 연락해서 알았어요. 오늘하고 내일은 쉬는 날이거든요."

그랬구나. 달아오르는 얼굴을 가리려고 현순은 꽃다발을 보는 척고개를 떨구었다. 현순이 제과회사에서 주최한 주부글짓기 공모에서 입상한 것은 지난 가을이었다. 사보에 사진이 실리고 작품을 모은 책자가 따로 발간되어 간간이 아는 사람들로부터 인사를 받기도 했지만, 수한이 그걸 보았다는 건 뜻밖이었다. 주부들이나 보려니 했던 것이다.

"제가 일 때문에 들르는 음식점에 그 책이 있더라구요. 선생님인 걸 아는 순간, 맨처음 무슨 생각했는지 아세요? 아, 살아 계시구나, 그랬어요. 살아오면서 어려운 일이 있을 때마다, 선생님이 어딘가에 살아만 있어달라고, 이렇게 기도하곤 했어요."

전쟁터를 헤치고 나와 아는 이를 만난 듯 느껍게 말하며, 수한은 제 손을 힘주어 맞잡았다. 여리고 하얀 손이었다. 수한의 맞잡은 손을 보는 현순의 눈앞에, 똑같은 모양으로 놓였던 손이 겹쳐졌다. 남편의 손이었다.

현순의 결혼은 후배 선영의 도움으로 이루어졌다. 학교를 그만두고 서울로 와서 몇군데 출판사를 거치다 보니 서른이 훌쩍 넘어 있었다. 현순으로서는 마지막이 되어버린 직장에서 만난 선영은 답사모임에서 만난 남자와 곧 결혼할 예정이었다. 선배, 나 먼저 결혼해서 어떡해요?라던 선영은, 실상사에 가는 1박2일 코스 답사날, 현순더러 같이 가자고 했다. 실상사, 실상이라…… 현순은 절 이름에 끌렸다.

답사팀 커플인 선영의 결혼을 앞두고 있어서인지, 밤에 민박집에서 벌어진 술자리가 무르익자 화제는 사랑으로 옮아갔다. '미저리' 뺨치는 여자의 짝사랑을 받은 나머지 야반도주하듯 자췻집을 옮긴 사람, 울며 떠난 첫사랑, 울며 보낸 첫사랑, 떨며 한 첫키스……

"그때까지도 나는 고민하고 있었어. 그 무렵엔 커다랗고 두꺼운 안경테가 유행이라서 그애도 나도 잠자리눈만한 안경을 눈에 달고 있었거든. 분위기가 무르익어서 얼굴을 맞댔는데 안경테만 철그덕거리고 입술은 각자 허공에서 맴돌면 어쩌나 하고. 렌즈를 낄 생각까지 했다니까."

바뀐 유행을 좇아 테 없는 안경을 낀 사내의 말에 와그르르, 한소끔 끓어오른 웃음이 사그라들 무렵, 선영의 연인인 병훈이 말했다. 아니, 인간들이 얼마나 정서가 메말랐으면 이렇게 애리애리한 첫사랑 이야기를 하는데 잠들 수가 있지? 술에 일찍 취한 몇은 이야기를 들으며 스름스름 몸을 허물어뜨리고 잠들어 있었다. 병훈이 바라보는 곳에, 병훈의 직장상사라는 이가 잠들어 있었다. 현순처럼 처음 왔다는 그에게 수인사라고 술잔이 집중되더니 못이긴 모양이었다.

현순의 눈에 먼저 띈 건 사람이 아니라 손이었다. 여름 점퍼를 입은 채 벽을 보고 모로 누운 그는 귓전에서 자기 손을 기도하듯 맞잡고 있었다. 세상에, 자기 손을 쥐고 잠들다니. 누군가가 다른 사랑 이야기를 꺼내기 시작하는데, 그 손을 의식한 현순의 귀는 비눗갑 부서지는 소리를 듣고 있었다. 비눗갑 부서지는 소리와 함께 끝나버린 첫사랑, 중학교 때 국어선생님.

대학 합격자 발표가 나고 난 뒤, 현순은 짧은 커트머리로 그 집을 찾아갔다. 그날, 현순은 그 집에서 많은 이야기를 나누었지만, 아무 말도 못한 거나 다름없었다. 여학교 선생을 남편으로 둔 그의 부인은 한시도 자리를 비키지 않았고, 그 노골적인 경계 앞에서 현순의 첫사랑은 자꾸만 누추해졌다. 밍밍한 이야기 끝에 인사를 하고 나서며, 그토록 사랑하고 존경했던 남자가 이렇게 살고 있구나, 사는 게 이런 거로구나, 시려오는 눈을 홉뜨고 마당을 걸어나오던 현순은 그만 수돗가에 놓인 비눗갑을 밟고 말았다. 와지끈! 첫사랑의 우련함은 그렇게 바스라졌다.

단발머리 시절, 그 선생님을 볼 때마다 미농지처럼 하르르 떨리던 가슴은 나이를 먹으며 마분지처럼 무뎌졌다. 그런데 잠든 그의 손이

244

무슨 바람을 일으켰는지, 현순의 가슴이 둔중하게 흔들렸다. 그 파장으로 손이 옴직거렸다. 그의 손을 풀고, 그 손에 자신의 손을 쥐어주고 싶어서.

어쩌면 수한에겐 내가 첫사랑이었는지도 모른다⋯⋯ 맞잡은 수한의 손을 보며 현순은 막연히 깨달았다. 딱히 현순이 아니어도 좋았을 것이다. 흙먼지 날리는 통학길이나 어둑한 집에 웅크린 가난, 나이보다 늙어 보이는 부모말고 다른 무엇, 마음 붙일 무엇이 아이들에겐 필요했을 것이다. 지금 수한이 무엇에 마음 붙이고 사는지, 어떻게 살았는지, 현순은 섣불리 묻지 못했다. 그토록 간결한 말로 지난날을 요약하려면 그만큼 사무치는 무엇이 있었을 것이다. 스스로 열어 보이기전엔 건드리지 말아야 하는 무엇. 수한이 제 손으로 제 가슴을 열었다.

"선생님, 제 눈빛 이상하지 않으세요?"

현순의 눈앞에 수한의 얼굴이 다가왔다. 시간이 기억을 침식한다는 걸 감안하더라도, 수한의 눈빛은 달랐다. 흰자위에 선 핏발은 피로의 기색일 테고 반짝이던 눈빛은 여전하지만, 그 반짝임은 총기나 명랑함이 아니라 햇살 되받아치는 칼날처럼 서슬이 선 것이었다. 그런데도 현순은 말을 에둘렀다. 아니, 모르겠는데. 왜 어디 불편하니?

"아뇨, 선생님. 언젠가는 선생님 만나서 여쭤보고 싶었어요. 전에 수업시간에 선생님이 그러셨거든요. 사람은 마흔이 되면 자기 얼굴에 책임을 져야 한다고. 살아오면서 어려움 때문에 마음이 삐뚤어질 땐 그 말을 기억하면서, 나중에 선생님 만났을 때, 제 눈빛이 변하지 않았다는 말을 듣게 해달라고, 기도했어요."

입시에 실패하고 집에서 혼자 재수하던 때, 빚감당 못한 아버지가 농약을 들이켰다. 서울의 야간 상대에 합격해 구로동의 공장에서 낮에 일하고 밤에 학교에 다녔다. 그 4년 동안 돈 없는 설움을 뼈저리게 겪은 나머지, 졸업하고 군대갈 땐 아, 이젠 좀 쉬어도 되겠구나, 최소한 숙식은 해결되겠구나, 마음이 놓였다…… 수한이 요약하는 지난 시간을 들으면서 현순은 자꾸 까부라지는 듯해 등뼈를 곧추세웠다. 겁없이 흘린 말을 잊은 채 현순은 밍근한 얼굴로 마흔에 다가가고 있었는데, 가난을 헤치느라 아둥바둥했을 수한에게 현순의 말은 얼마나 짐스러웠을까. 잦아드는 목소리를 겨우 끄집어내어 현순은 물었다.

"그래, 지금은 뭘하니?"

"취직할까 하다가, 쌜러리맨보다는 승부가 빠를 것 같아서 지금 하는 일을 택했어요. 도매상에서 받아온 재료를 밤 사이에 시내 음식점에 대는 일이에요. 오전에 일이 끝나요. 밤에는 나이트클럽에서 주차 정리하고요."

"그럼 잠은…… 잠은 어떻게 자니?"

"낮에 자요. 그래도 서너시간은 잘 수 있어요. 습관이 되어서 그 정도로도 끄떡없어요. 두 군데서 일하니까 이태 만에 전세금이 모이던데요. 그동안 동창이고 뭐고 다 소식 끊고 살았어요. 이제 남들처럼 저금도 제법 했으니, 동창들도 만나고 그래야죠."

"그래, 애썼다. 그만큼 열심히 살았으니 이제 쉬엄쉬엄, 건강도 돌보면서 지내라. 너, 이제 삼십대야."

이제 그만, 이제 그만 울어라,라는 말로 과부에게 수절기간이 끝났음을 선포하는 인디언 족장처럼 현순은 말하고 싶었다. 이제 그만 뛰고 걸으렴. 쉬엄쉬엄. 쉽게 할 수 있는 말은 아니었다.

선영과 병훈의 성원으로, 현순은 실상사에서의 그 남자를 만났다. 그즈음, 현순은 자신에게 사회적 야망이나 성취욕 같은 게 천성적으로 결여되어 있다고 판단을 내렸다. 십여년 직장생활 끝에 내린 결론이었다. 일 자체는 견딜 만했지만, 성취를 위해서 일에만 매진할 때보다는 사무실을 정갈하게 하고 손님에게 맛있는 커피를 타주는 데에서 더 순수한 기쁨을 느끼는 자신을 발견하고 난 다음이었다. 현순은 전업주부로 살고 싶었고, 말수 적고 든직한 그는 울타리 역할을 하기에 충분한 남자로 보였다.

현순의 접근에 그가 보인 최초의 반응은 경계심이었다. 저 여자가 왜 내게 호의를 보이나, 마주앉은 그가 현순의 마음바닥을 곰곰 들여다본다는 걸, 현순은 알고 있었다.

가난한 집 장남으로 고학한, 부모 대신 동생들을 가르치고 결혼시키느라 정작 자신의 결혼은 늦어진 그에게, 세상은 밀림이었다. 밀림에 사는 수호랑이들은 나뭇둥치를 긁어놓거나 제 냄새를 묻혀놓음으로써 제 영역을 표시한다. 수호랑이의 영역 표시는 생존과 직결된 것이다. 몸뚱이 하나로 세상이라는 밀림을 헤쳐온 그가 현순의 접근을 경계하는 건 어쩌면 당연한 일이었으므로, 현순은 한갓진 길을 어슬렁거리듯 느긋하게 다가갔다.

그의 생일날 현순이 건넨 선물은 빨간색이 주조를 이룬 티셔츠였다. 세상을 헤치느라 굳어버린 그의 마음을 녹이고 싶어서, 붉은색 — 화(火) — 따뜻함 그리고 사랑이라는 유치한 등식을 연상하며 고른 것이다. 사랑,에 빠진 현순은 아이처럼 유치해졌지만, 앞만 보고 나아가 길을 잃는 미아는 아니었다. 현순은 기다렸다. 언 손에는 차가운 물도 다사롭게 여겨지는 법이니. 마침내 그가 마음을 연 건, 손금을 보아주겠다는 말에 그가 현순에게 손을 맡기던 날이었다.

"손요? 손을 달라고요?"

여자가 남자에게 손을 달라니? 이따금이긴 하지만 만난 지 석달이 넘었는데도 여전히 이름 앞에 성을 붙여가며 부르던 그로선, 제 손을 먼저 탁자 위에 척 얹고 손을 달라는 현순의 말이 단두대 앞에 목을 내밀라는 소리처럼 들렸을 것이다.

"손금 봐드릴려구요."

"손금을 다 볼 줄 알아요?"

"사실은 잘 몰라요. 아주 기본적인 것밖에. 그래도, 궁금하잖아요."

손금에 대해 현순이 아는 건, 생명선이 길고 뚜렷하면 오래 산다는 것, 지능선이 손목 쪽으로 뻗쳤느냐 손가락 쪽으로 뻗쳤느냐에 따라 현실적인지 그렇지 못한지를 판단한다는 것, 감정선의 길고 짧음에 따라 정이 많은지 아닌지를 알 수 있다는 것 정도였다. 그런데도 손을 달라고 한 것은 그가 늘 둘러치는 투명한 옹벽 때문이었다. 주로 남의 이야기를 듣는 편이던 현순은 그를 만나면 수다스러워졌고, 그는 말 없이 빙그레 웃어가며 듣기만 했다. 그런 그를 볼 때마다 스멀스멀 이는 옹벽 안에 대한 현순의 호기심은 대개 장난기로 변형되었다.

손금을 본 적이 없어서…… 그는 한발짝 물러섰다. 손을 등뒤로 감출 기세였다. 현순은 재우쳤다. 손부끄럽잖아요. 그는 마지못해 손을 내밀었다. 손등을 얹는 게 아니라, 현순의 손가락 끝에 손톱만 걸친 격이었다. 일반적인 해석과 적당한 양의 희망을 버무려 말하며 손을 다그는데 현순의 손가락에 이물스러움이 느껴졌다. 현순은 그의 손을 뒤집었다. 흉터였다. 가운뎃손가락 매듭진 데부터 새끼손가락 손마디 쪽으로 언월도처럼 도드라진 흉터. 만날 때마다 호시탐탐 그의 손을 노렸으면서도 그날까지 본 적 없는 흉터. 어디 있다 이제 나타나는 걸까, 현순은 무심결에 손가락으로 흉터를 쓸어보았다. 이물스러운 매끄러움이 손끝에 짚였다.

"무슨 흉터예요?"

"그거요? 어렸을 적에 장난치다가……"

"무슨 장난을 이렇게 심하게 했어요. 개구쟁이였나봐. 부모님 속 많이 썩였겠어요……"

짐짓 철딱서니없는 개구쟁이로 추정한 현순의 말이 그의 유년에 대한 모독이었을까. 아득한 거리를 둔 눈으로 현순을 본 그는 철없는 환상을 깨려는 듯 입을 열었다.

"그게 아니고, 사실은 국민학교 다니던 때 콩밭을 매다가 호미에 찍혔어요. 집이 워낙 가난해서 병원은커녕 약방에도 못 가고, 그냥 신문지 태운 재를 바르고 된장을 바르고…… 그렇게 해서 낫긴 나았는데 흉터가 남은 거죠."

"어릴 때 콩밭도 매고 그랬어요?"

"그럼요. 한여름에 어머니랑 콩밭 매다 보면 뙤약볕에 등허물이 벗겨지곤 했어요. 조현순씨는 도시에서 자라서 모르겠지만, 여름볕, 참 지긋지긋했어요."

간간이 선영에게서 윤곽만 건네 듣던 신상을 그의 입으로 들은 것은 그 다음주, 손을 맞잡고 늦게까지 강변을 거닐던 날이었다. 아버지가 살림엔 태무심해서 학비를 내는 날이면 어머니가 동네로 꾸러 다녔다. 고등학교 때부터 고학을 하면서 동생들을 끌어올려 가르쳤고 그러는 사이에 부모님은 돌아가셨다. 대학에 다니던 막내동생이 입대하고 나니 비로소 큰 산 하나를 넘은 기분이다. 공부를 잘하지 못했더라면 평화시장에 들어가서라도 지금보단 잘살았을 것이다…… 지난날을 게워낸 허탈함 때문인지, 그는 현순을 바래다주는 차안에서 깨끗한 종잇장처럼 침묵을 지켰다. 그 적막을 지워내려 현순은 콘솔 박스 안의 카세트 테이프를 뒤적였다. 영어회화, 일본어회화, 심지어 중국어회화 테이프까지 있었지만, 음악이라고는 그 흔한 뽕짝 메들리조차 없었다. 이렇게 살았구나…… 어쩌면 이 사람은 평생 혼자일지 모르겠다고 막연히 예감하며 현순이 힘없이 손을 거둘 때, 그가 적막을 깼다.

"현순씨는 결혼한 뒤에도 직장에 다닐 거예요?"

갯벌 보이며 먼바다로 쓸려나가던 현순의 마음이, 그가 처음으로 성을 붙이지 않았다는 걸 깨닫는 순간 찰랑, 파도쳤다. 빨간 티셔츠의 색감보다는 맞잡은 손의 온기가 그를 녹이는 데 더 강한 열기였나. 물거품처럼 환해지는 마음으로 현순은 대답했다. 형편이 허락한다면 되도록 집에 있었으면 싶어요. 그가 현순의 말을 받았다.

"더 젊었을 땐 맞벌이도 괜찮겠다 생각했는데, 이젠 내가 벨을 누르면 문 열어주는 아내가 있었으면 싶어요. 지난해 둘째동생을 결혼시켰는데, 내 결혼은 아파트라도 하나 장만한 다음에 해야 할 것 같고…… 나랑 같이 살 사람만은 고생시키고 싶지 않아요."

그가 나직하게 내보이는 속마음을 보면서 현순의 가슴이 싸아해졌다. 그만하면 됐어요. 현순은 속으로 속삭였다. 그만 뛰고 나랑 같이 걸어요. 현순은 집장만 뒤,라는 그의 결심을 흔들어놓기로 결심했고 그렇게 했다. 하면 된다,라는 말이 위대하긴 했다.

3

"그래서요. 여기와 여기를 막고 이쪽은 이렇게 비워두고, 그러면 수

나라 군사들은 이쪽으로 몰리지 않았겠습니까?"

소라껍질을 귀에 대었다 떼었다 할 때처럼 수한의 문어체 말소리가 현순의 귓전에서 멀어졌다 가까워지곤 했다. 채 가시지 않은 감기 기운이 미적지근한 열기를 올렸다. 주책없이 닫히려는 눈꺼풀을 힘주어 뜨면서, 현순은 수한 모르게 자늑자늑 졸고 있었다.

밥도 먹고 이야기도 나눌 수 있는 곳으로 가자는 수한의 바람대로 찾아온 경양식 집에서, 밥을 먹고 난 뒤부터 수한은 내내 살수대첩에 대해 말하는 중이었다. 현순의 기억에 남은 살수대첩은 국어교과서에 실렸던, 을지문덕이 적장에게 보낸 오언시의 끝 두 구절뿐이었다. 싸움마다 이겨 이미 공이 높았으니, 족한 줄 알면 그만둠이 어떠냐. 이상하게 그 구절만 선명할 뿐, 앞구절도, 고구려와 싸운 나라가 당나라인지 수나라인지도 아슴아슴했다.

"인적 드문 밤길을 달리다 보면 길에서 보내는 시간이 아까워져요. 그래서 주제를 정해 생각하기로 했지요. 역사책을 읽다 보면 거짓말 같은 일들이 많이 나오잖아요? 도저히 불가능해 보이는 일들. 그게 어떻게 가능했는가를 이리저리 추리하다 보면 시간이 금방 가고 날이 밝아와요. 최근엔 살수대첩에 대해 생각중이에요. 백만도 넘는 대군을 삼국 중의 한 나라인 고구려가 어떻게 물리칠 수 있었을까, 전에 역사시간에 들을 땐 믿어지지 않았거든요. 그런데 요즘 책을 찾아 읽고 생각을 하다보니 이해가 되더라구요. 왜 그런지 들어보실래요, 선생님?"

운전하면서 생각에 골몰하다가 사고라도 나면 어쩌려고, 차라리 회화나 음악테이프를 듣지 그러니…… 현순의 가슴속에서 말이 뭉글거렸다. 하지만, 한자락 노랫가락에 기대어 견디는 외로움도 있지만, 어떤 외로움에는 음악이 소음일 수도 있다.

결혼이 결정되고 난 뒤, 현순은 비교적 듣기에 무난하다고 여겨지는 테이프들을 남편의 차에 놓아두었다. 바람 부는 벌판에 서 있어도 나는 외롭지 않아…… 거리에 가로등불이 하나둘씩 켜지고 검붉은 노을 너머 또 하루가 저물 땐 왠지 모든 것이 꿈결 같아요…… 저 산은 내게 우지 마라 우지 마라 하고 발 아래 젖은 계곡 첩첩산중…… 왜 이리 늦었냐고 그대 내게 물어오면 세월의 장난으로 이제서야 왔다고…… 일상의 걸음에 발목 거는 그런 노래들. 자칫하면, 앞만 보고 달리기에도 숨가쁜 그의 곤고함에 모욕이 될 수도 있다는 우려에 조심스러웠던 현순에게 그는 이따금 노래제목을 묻는 식으로 반응했다.

탁자 위의 설탕통, 크림통, 재떨이가 삼국의 국경을 그렸다. 당시 삼국의 정세, 말갈과 거란에 대한 고구려와 수의 세력 다툼으로 인한 잦은 충돌에 뒤이어, 백만이 넘는 대군으로 공세가 시작되었다. 설탕통과 크림통, 재떨이는 이합집산을 거듭하며 수나라와 고구려 군의 진지가 되었다. 요하를 건너 요동성을 공격하던 수나라 군사는 새로 별동대를 조직해서 진격했고 전장은 평양성 앞에까지 다다랐다. 그러는 동안 전쟁터에서 천년도 더 넘는 시간 또한 흘러, 수한이 진영을 재배치하는 틈을 타서 현순이 슬며시 올려다본 카운터의 시계는 자정이 가까워져 있었다. 어쩌면 밤샘중인 남편이 한번쯤 전화했을지도 몰랐다. 계속 야근하던 팀이었는데, 아침에 싸우나 갔다 와서 피곤하다며 소파에 앉더니 못 일어나더라구. 그대로 영안실로 옮겼는데, 내 원, 황당해서……라고 말하며, 새벽에 잠깐 들렀던 남편은 꺼칠한 얼굴로 출근했다. 나도 언제 그 꼴이 될지 모른다는 불안이 검정양복으로 갈아입고 나서는 남편의 등에서 뉘엇거렸다. 언제든 나타날 준비를 갖추고 잠복한 위기.

결혼한 지 삼 년 만에 장만한 아파트로 이사하던 날, 전에 살던 집의 벽에서 장롱을 들어내자 가려졌던 벽에 꺼멓게 핀 곰팡이 얼룩이 모습을 드러냈다. 결혼한 뒤 유난히 잦게 앓은 목감기가 그 때문이었나. 목이 알싸해지면서 오는 목감기는 고열로 이어졌다. 거울 앞에서 입을 벌리면, 벌겋게 달아오른 목구멍 위에서 달랑, 목젖은 고통과 무관하게 천진했다. 저 곰팡이 때문이었나? 볕도 사람의 눈도 닿지 않는 장롱 뒤에서 음험하게 포자를 퍼뜨렸을 곰팡이. 새집에 도착한 현순은 인부들에게 가구를 되도록 벽에서 멀리 떨어뜨려달라고 부탁했다.

가구가 제자리에 몸을 붙이고 여기저기 널린 잡동사니들을 치우자 집은 짐이 들어차기 전보다 오히려 넓어 보였다. 우리 오늘부터 거실에서 자자, 거실이 가장 넓잖아,라고 말하며 벌렁 눕는 남편의 머리를 들어 현순은 무릎에 얹었다. 백열등을 켠 거실은 온화했고, 결혼한 뒤 몸무게가 5킬로그램이나 는 남편은 잘 다져진 집터처럼 튼실하게 몸을 뉘고 있었다. 어느결에 새치가 돋기 시작한 남편의 머리카락을 매만지다가 남편의 손을 잡고 흉터를 만지작거리며 현순은 말했다. 애썼어요, 당신. 넓으니까 참 좋네요.

결혼한 뒤, 현순은 말 그대로 전업주부가 되었다. 전에 다니던 직장에서 간간이 아르바이트를 하긴 했지만 살림에 크게 보탬이 될 정도는 아니었다. 뚜렷한 이유 없이 아기가 생기지 않는다는 걸 빼면 만족스러운 나날이었다. 맞벌이할 능력이 있으면서 집에서 혼자 편하다는 자괴심이 일 때면 현순의 이기심은 이내 방어했다. 나는 전업주부야. 같이 벌고 풍족하게 쓰는 것보다는 알뜰하게 사는 게 나아. 집에서 기르는 콩나물 시루에 잔뿌리 내릴 틈 없이 물을 주고, 몸이 붇기 시작한 친구가 물려준 옷으로 철을 나고, 철 맞춰 저장식품을 만들고, 노후를 위한 보험과 연금증서를 보면 마음 든든한 생활. 한 주에 한 번씩 혼자 사는 노인에게 반찬을 만들어다 주거나 말벗이 되는 일로 세상에 대한 부채감을 조금 가볍게 하고, 이따금 자신을 위해 한장의 CD를 사는 사치를 누리는 생활…… 가끔은 너무 적막하고 무력하다는 느낌도 들지만, 그걸 벗어나기 위해 다시 세상으로 나가 부대낄 마음은 일지 않았다. 최소 경비로 최대 효과를 올리는 기업인들처럼, 주부로서 능률적으로 사는 일에 현순은 만족했다. 현순이 추구하는 최대의 이윤은 사회라는 밀림에서 하루를 부대낀 남편이 편히 쉬는 터전이었다.

"결국 수나라 군사들은 너무 많은 보급품 때문에 진 셈이지요. 갈길은 먼데 보급품이 너무 무거우니까 몰래 군량을 버렸고, 게다가 보급을 맡은 수군은 제대로 보급을 못해주었으니까요. 수나라로 살아 돌아간 군사는 3천명도 안되었다고 하지 않습니까?"

수한을 저렇듯 열중하게 하는 건 무엇인가. 흰자위에 실핏줄이 돋은 수한의 눈은 하고자 하는 말에 대한 집중으로 번쩍였다.

"그뒤 수나라는 2차침공을 했지만 또다시 졌지요. 전쟁에서 이긴 고구려는……"

"손님, 죄송합니다만 영업 끝났는데요."

종업원이 수한의 말을 자르고 들어왔다.

지금이…… 긴 꿈에 빠졌다가 흔들어 깨우는 바람에 막 깨어난 눈으로 수한이 시계를 들여다보았다. 자정이 넘은 시각이었다. 이런, 전열시쯤 된 줄 알았어요. 수한은 자신이 열중한 동안 누군가가 뭉텅뭉

텅 베어간 시간을 찾으려는 듯 실내를 휘휘 둘러보았다. 수한의 가느 다란 목이 텅 빈 실내처럼 허전했다. 수한이 쌓고 허물던 진지가 탁자 위에 어수선했다. 패퇴한 수나라 군사인 티스푼이 탁자 가장자리에 떨어질 듯 밀려났고, 의기양양한 을지문덕, 후춧병은 탁자 중앙을 차 지하고 있었다.

4

저녁을 먹는 사이에 비가 제법 내렸는지, 길은 젖어 있었다. 곰곰 생각에 잠겨 갈길 잊은 사람처럼 적막하게 고개 숙인 가로등은 젖은 길바닥에 기름한 빛기둥을 세우고 있었다. 그 빛기둥처럼 살이라고는 없이 마른 몸으로, 수한은 주택가 어둑어둑한 골목에 주차한 1톤짜리 트럭의 문을 열며 말했다. 이게 제 차예요. 타세요, 선생님. 모셔다드 릴게요. 데크는 비어 있었고, 의자 등받이와 적재함 사이의 공간엔 역 사소설책이 한권 놓여 있었다.

"너, 사귀는 여자 없니? 이젠 결혼할 때도 되었잖니?"

"사람은 없어요. 하지만 결혼은 해야죠. 선생님은 어떠세요? 글 읽 어보니 행복하신 것 같던데⋯⋯"

행복⋯⋯ 현순은 차창 밖을 내다보았다. 차안에서 바라본 달리는 풍경 같은 것. 그럼에도 현순은 집안에서 누리는 행복에 대해 글을 썼 다. 행복에 대해 글을 쓸 무렵, 현순은 행복하지 않았다. 밀물 지는 모래사장에 선 것처럼 발밑에서 무언가가 쓸려나간다는 위기감, 남편 이 들여놓은 수족관의 열대어들이 견디는 수압 같은 무엇이 좁혀들어 왔다.

이사하던 날, 그리도 넓어 보이던 집은 좁아지기 시작했다. 어느날 남편은 특별상여금이 나왔다며 현순이 결혼 전부터 쓰던 컴포넌트보다 출력이 훨씬 큰 오디오를 들여놓았다. 음질이 훨씬 좋아졌다. 이불을 개 없는 불편함을 덜기 위해 퀸싸이즈의 침대를 들여왔고, 현순이 손수 만든 2인용 방석과 쿠션은 가죽을 흉내낸 레저 소파에 밀려났다. 비어 있던 벽은 액자로 장식되었고, 어느날인가, 남편은 실내의 건조함을 던다며 청년을 데리고 와서 수족관을 설치했다. 하늘거리는 수초 사이로 헤엄치는 열대어를 보며 현순은 수압을 느꼈다.

널찍하던 집은 이미 좁아졌고, 언젠가는 더 큰 집이 필요해질 것이다. 그 다음엔? 남편처럼 가난한 집 장남이 아니어서 출발선에서부터 유리했던 남편의 친구들이 말하는 골프와 콘도, 좀더 안전하다는 대형차와 손으로 하는 일의 수고로움을 던 편리한 생활, 그리고 그 결과를 보충하기 위한 운동…… 그 다음엔? 솟구치는 의문은 어쩌면, 현순이 누려온 안락함을 지키려는 이기심에서 나오는 것일 수도 있었다.

'이러고 있을 게 아니라 나도 뭔가를 해야 하지 않을까.'

이중 유리창 때문에 연속노출로 찍은 듯 두 겹으로 보이는 초승달을 바라보는 현순의 머릿속 또한 이중이었다. 뭐라도 해야 하지 않을까와 꼭 그래야 되는가. 뭐라도 해야 하지 않을까,라고 묻는 현순은 남편이 술에 취해 뱉은 말을 듣고 있었고, 꼭 그래야 돼?라고 묻는 현순은 집에서 누리는 작은 평화를, 아껴가며 야금야금 먹는 과자처럼 손에 쥐고 들여다보고 있었다.

"현순아, 욱,욱, 나, 다시 태어나면 부모를 선택해서 태어날 수 있었으면 좋겠어. 욱, 울타리가 되어주는 아버지, 곁에서 기둥이 되어주는 아버지를 만나고 싶어. 당신은 모를 거야."

마흔이 멀지 않은 남편이, 일찍 결혼했더라면 자기만한 체구를 가진 아들을 두었을 남자가 변기에 토하는 사이사이 그렇게 말하고 있었다. 성형외과 의사인 고교동창이 새로 사들인 건물에서 개업식을 한다며 늦게 들어온 날이었다. 고교시절, '영광의 탈출'이라고 이름붙인 좁다란 자취방에서, 참고서 한권 없이 함께 공부했다던 친구였다.

남편은 아직 탈출하지 못했는가. 셔츠와 입가에 토사물 찌꺼기를 묻힌 남편은 빙그르르 몸을 허물며 거실 소파에 쓰러졌다. 변기며 타일에 튄 토사물을 씻어내려 목욕탕에 들어갔던 현순은, 커피잔에 남은 찌꺼기로 운명을 점치는 집시처럼 토사물을 바라보았다. 당신은 모를 거야. 그 말이 현순의 가슴에서 탄환처럼 빙글빙글 돌며 공동을 만들더니, 그 공동 가운데로 한 말이 울렸다. 나는 모른다. 무얼? 현순은 토사물을 그대로 두고 소파에 앉았다.

남편의 속에 똬리를 튼 아이는 아직도 뙤약볕 아래 등허물 벗어지며 김을 매던 콩밭을 떠나지 못했는데, 나는 물만 먹고 자라는 관엽식물에 새순 돋는 것에 감탄하며, 인스턴트 식품을 상에 안 올리는 것에 만족하며 지냈다니. 일상의 평화, 무심한 발놀림에도 부서지는 비눗갑. 원래 푸른색이었지만 볕에 바래고 삭아 하늘색에 가까웠던 그 비눗갑 조각들.

어쩌면 남편의 주사는, 노부모 모시고 화락한 친구를 보고 새삼 돈은 아버지에 대한 그리움의 변형일 수도 있고, 부모에게 물려받은 빌딩에서 나오는 돈으로 대낮에도 골프나 치러 다니는 이들을 보고 난 아득함일 수도 있고, 고단하게 살아와 중년에 진입하는 이의 막연한 외로움일 수도 있었다. 날이 밝으면 남편은 지난밤에 무슨 말을 했는지도 잊은 채 샤워로 술기를 씻어내고 출근하겠지만, 자신이 남편의 가슴에 얼굴을 묻고 잠들 때에도 남편은 여전히 자기 손을 쥐고 있었을지도 모른다는 의혹이 현순의 속에서 돋아났다. 나는 몰랐다. 지금은 수렵시대가 아니었다. 돌도끼를 들고 사냥 나간 남편을 기다리며 짐승뼈를 갈아 만든 바늘로 한가하게 털가죽 옷을 깁고 있을 때가 아니었다.

무언가를 해야 한다는 막연한 다급함에 쫓긴 현순은 시내의 대형서점에 나가 진열된 책들을 죽 둘러보았다. 어떤 책은 가정이 인생의 홈그라운드라고 말했고 어떤 책은 사회는 여성을 원한다고 말했으며, 어떤 책은 주부가 할 수 있는 구체적인 일들을 정리해놓았다.

부어오른 발바닥의 열기를 식히기 위해 들어선 제과점에서 현순은 주부를 대상으로 한 글짓기 공모 포스터를 보았다. '이 여린 풀꽃 하나'라는 슬로건이, 현순에게는 '이 여린 목숨 하나'로 읽혔다. 카운터에서 빵집 로고가 찍힌 원고지를 받아들고 돌아온 현순은 식탁 위에 원고지를 펼쳤다. 행복이란 갓 구운 빵에서 나는 향기 같은 것, 시간이 지나면 향기는 날아가고 빵은 딱딱해지지만, 그 딱딱해진 빵을 입안에 베어물고 침으로 조금씩 녹이다 보면 어렴풋이 되살아나는 맛과 향기, 그처럼 수고로운 노동으로 살려내야 할, 그러나 결코 첫맛 같지는 않은…… 주최측이 제과회사임을 의식해 뭉글거리는 상투적인 연상작용을 털어내고 현순은 썼다. 얼어죽은 줄 알고 가지를 거의 잘라버렸는데 봄이 되니 싹 틔운 벤자민의 숨은눈에 대해, 그처럼 작은 것이 깨우치는 소중함에 대해. 옛집이 불도저에 밀려난 걸 보았으면서도, 그 뜰에 아직도 풀꽃이 피어 있다고 믿으려 하는 거짓됨을 만지작거리면서.

"여기야. 나중에 한번 놀러와라. 우리 신랑이랑 밥 같이 먹자."

"네, 그럴게요. 종종 연락드려도 되지요?"

살 때부터 중고였으리라 짐작이 되는 1톤 트럭에서 현순은 내렸다. 수한도 내려와 현순 앞에 섰다. 다소곳이, 선생 앞에 선 학생의 몸짓으로. 현순은 수한을 올려다보았다.

"너, 건강 조심해라. 몸 하나로 사는 애가. 생각했던 것보다 얼굴이 많이 야위었어."

가로등 흐릿한 빛살 아래 웃는 수한에게서 비로소, 스크린 뒤에서 비쳐지는 빛살처럼 옛 모습이 드러났다. 그처럼 미소를 띤 채, 수한은 현순이 저녁 내내 삭이고 삭인 말을 끄집어냈다.

"선생님, 저는 그것도 알아요. 지금은 제게 가장 소중한 게 돈이라서 돈 버는 일만 하고 있지만, 사람이 돈을 너무 탐하면 어느 순간 돈이 사람을 바꾸게 할 수도 있다는 거요. 제가 그러려고 할 때, 그때 선생님, 저 좀 붙들어주세요."

목밑에서 무언가 치받쳐왔다. 그것까지 알고 있구나. 안으로 당겨지려는 목소리에 힘을 주어, 현순은 짐짓 확고하게 말했다. 그러기 전에 네가 알아서 돌아올 거야. 넌 그럴 수 있어…… 그건 회피였다. 내겐 그럴 힘이 없다는 말을 감춘.

오래 전, 학교를 떠나려는 아이들을 확신없이 잡을 때처럼 속에서 이는 부끄러움에 고개를 비끼다가, 현순은 보안등 불빛에 비친 차의 문짝을 보았다. 만화에서 본 번개 표시, 그 위에 '불의 전차'라고, 끝이 삐죽삐죽 솟구치는 글씨로 씌어 있었다. 어딘지 낯익은 말이었다. 제가 쓴 거예요, 선생님. 수한의 말을, 아파트 단지 건너 큰길을 달리는 찻소리가, 쉬이익 텅 빈 운동장을 쓸고 가던 회오리바람처럼 쓸었다. 어디, 네 손 좀 잡아보자, 현순은 손을 내밀었고, 수한은 현순이 내민 손을 양손으로 감싸쥐었다. 여리게만 보이는 겉보기에 비해선 힘이 느껴지는 손이었다.

수한의 차가 저만큼 멀어지며 빨갛게 켠 미등이 점점 작아졌다. 잠들면 안돼, 그냥 잠들면 안돼, 밤새 운전하고 난 수한은 그러면서 책을 펴서 읽다 잠든다고 했다. 불면으로 충혈된 눈처럼 붉은 미등이 보이지 않게 되었을 때, 현순은 떠올렸다. 불의 전차.

언젠가 현순이 텔레비전에서 본 영화였다. 두 명의 마라토너 이야기가 교직되던 영화. 승부에 집착하는 유태인 출신의 마라토너는 왜 달리냐고 묻는 여자에게 그렇게 대답했다. 유태인이라는 것에 대한 무기라고. 유태인이라는 것은 물가에 세워두고 정작 물은 못 마시게 하는 격이라고. 그는 승리를 원했고 노력으로 승리했다. 수한에게 각인된 건 그 영화의 무엇인가. 자신의 재능과 노력만으로 승리를 쟁취할 수 있는 정정당당한 대결인가.

무언가를 성취하고 버리는 두 주인공을 보면서 울었지만, 현순은 영화가 끝난 뒤, 누구는 몇년에 죽고 누구는 몇년에 죽었다는 자막을 보면서 오래 전 국어교과서에 실렸던 아우렐리우스의 명상록에서 본 듯한 한 구절을 떠올렸었다. 그들은 지금 어디에 있는가. 아아, 남편이 당신은 몰라,라고 말했던 것도 무리가 아니었다.

글짓기 공모에서 상을 탄 뒤, 문화쎈터 창작반에 등록해볼까 아니면 아이들 글짓기 과외라도 해볼까 하면서도 현순은 한발짝도 더 나아가지 못했다. 남편은 현순이 재능을 썩힌다고 생각하는 눈치였지만, 사물을 말로 표현하려고 끙끙대는 동안, 현순은 이전만큼 즐겁지 않았다. 시루 안의 콩나물이 꽃술처럼 배게 들어차 있다,라고 말을 꾸미는 것보다는 미더덕찜을 할까 콩나물밥을 할까 생각하는 게 더 행복했다. 이대로 있을 수 없다는 들썽임과 막막한 무력감 사이에 끼인 현순이 옴쭉달싹 못한 채 지켜보는 동안 수족관의 투명하던 물은 고요히 부패해갔다.

열대어에게도 개성이 있었다. 느릿느릿 움직이는 놈이 있는가 하면, 일직선으로 퉁겨나듯 헤엄치는 놈도 있었다. 몸 전체가 은빛인 실버라는 놈이 가장 사나웠다. 걸핏하면 다른 놈을 쪼아댔다. 그러던 실버가 어느날부턴가 시름시름 활기를 잃었다. 그러자 실버가 움직이면 수초 속으로 슬그머니 숨어버리던 다른 놈이 실버를 공격했다. 완연히 굼떠진 실버는 어느날, 제 연원을 알았더라면 그 이름을 들을 때마다 쓸쓸해졌을 아마존이라는 수초 속에 몸을 뉜 채 아가미 호흡을 정지했다. 죽은 실버의 몸에선 보이지 않는 박테리아가 맹렬히 증식하고 물은 얼핏 눈에 띄지 않을 정도의 미미한 속도로, 그러나 꾸준히 탁해졌다. 살아남은 다른 열대어들의 호흡이 순조롭지 않을 것이라는 걸 짐작하면서도 현순은 기생식물이 된 듯한 무력감에 손놓고 지냈다. 현순이 들먹이던 마음을 겨우 가라앉히고 수족관에 전화해 물갈이를 부탁한 것은, 실버가 살아 있을 땐 눈에 띄지 않을 만큼 조용했던, 잿빛 바탕에 물방울무늬가 있는 놈이 다른 놈들을 쪼아대는 걸 본 오늘 아침의 일이었다.

쏴악, 빗소리 같은 찻소리를 들으며 현순은 오래 그 자리에 서 있었다. 수한은 지금쯤 현순에게 못다한 살수대첩의 어느 부분을 떠올리고 있을지도 모른다. 불가능해 보이는 게 어떻게 가능했는가를 설명하기 위해, 다시 검증하고 있을지도 모른다. 작은 것이 큰 것을 이길 수도 있다는 것을. 출발선상의 불리함을 딛고 이길 수도 있다는 것을.

그렇게 달려나가고 있을 것이다. 끝이 보이지 않는 길, 그 끝에서 무엇이 기다리는지. 현순은 수한이 달려나간 길에서 눈을 거두고 천천히 아파트 단지로 들어섰다.

──『창작과비평』1996년 여름호

침묵과 순명

정홍수

1

이제 조금 이혜경 소설에 눈이 익어가는지, 어지간히 고단하고 아픈 이야기가 나와도 타박타박 따라가며 기다려보고 싶다. 어스름녘의 착잡함을 견뎌보자 싶다. 그냥 안타까움 속에 지칫거리며 고갯마루에 서 있어보자 싶은 것이다. 뭐, 크게 환해질 일이 있겠는가. 숨을 고르며. 욕하지 않으며. 말하지 않으며.

가령, 집안의 재산을 거덜내버린 허랑방탕한 큰오빠, 그 몰염치를 감싸안으려는 「고갯마루」의 여성화자 '나'의 시선을 들여다보고 있으면 문득 세상이 전혀 다른 호흡으로 읽히고 만다. 부끄러움 모르는 탐욕에다 허세까지, '나'에 의해 예리하게 간파되는 큰오빠의 모습은 동정의 여지 없이 덜된 인간이다. 그러나 학습지 방문교사로 5년 만에 고향을 찾은 '나'는 세상 한 귀퉁이를 겨우겨우 붙잡고 있는 너나없는 모습들 위로 큰오빠의 실답지 못한 인생을 서서히 겹쳐, 이혜경 소설의 저 속깊은 화해를 또 한번 준비한다. 타성바지로 흘러들어와 당고모를 사랑했던 남자, 미친데기 명재의 그래도 남아 있는 부끄러움은 정작 큰오빠의 몫이 아니겠는가. 해서, "난데없이 왜 큰오빠에게 명재가 살아 있더라는 이야기 따위가 하고 싶어졌을까. (…) 그 옛날의 명재가 이 풍진 세상에서 그래도 살아남아, 허기지면 먹을 것을 찾고 뭇사람 앞에선 추레함을 부끄러워할 줄도 알더라고. 나는 왜 그 이야기가 꼭 하고 싶었을까" 하고 마음속 진동을 옮겨놓았을 때, 우리는 허랑한 인생에 대한 조용하지만 극심한 문책과 분노가 '입상'처럼 솟구치는 것을 느끼지 않을 도리가 없다. 그러나 이 문책과 분노는 동시에 깊은 안타까움인데, "큰오빠의 끝없는 욕망과 허세는 일종의 자절작용 같은 거 아니었을까" 하는 비범한 이해의 기반을 이면에 품고 있기에 그렇다. 숱한 고갯마루를 넘고 또 넘어야 하는 삶의 근원적 팍팍함에서 보자면, 스스로 꼬리를 끊고 달아나는 도마뱀의 사투는 비단 큰오빠의 것이기만 하겠는가. "잡초처럼 끈질기게 세상 한 끄트머리에 붙어 있는 동생들"은 또 어떠할까. 부끄러움이 문제라지만, 제삿날 저녁의 짧은 여백을 견디지 못하고 "잠깐 바람 쐬러 나"온 큰오빠임에랴. 이처럼, 문득 삶의 이러저러한 국면들이 아득하게 뒤로 물러서고 '목숨'의 속절없음이 전경화되는 순간은 이혜경 소설이 거듭 선사하는 결국(結局)의 장면이거니와, 이를 두고 현실의 산문적 탐구가 갑자기 증발해버린다고 말하는 것은 쉽다. 시적 현현의 순간이라고 말하는 것도 그럴듯할지 모르겠다. 그러나 허리띠를 조금 늦추고 소설에 대한 규범적 이해를 다른 일로 미뤄두고 보면, 말과 삶이 대면하는 얇디얇은 막 앞에서 절망하고 있는 인간이 보이지 않겠는가. 이혜경 소설의 되풀이되는 화두 '가족'은 그 절망이 찾아낸 최소치의 형식이 아닐까. "말이 마음을 어찌 전할 수 있을까"(「떠나가는 배」『그 집 앞』)야말로 이혜경 소설의 참주제가 아닐까, 하는 데 자꾸만 생각이 이르는 것을 어쩔 수 없다. 목숨에 대한 깊은 연민과 그에서 비롯하는 깊은 화해의 시선이 이혜경 소설(글쓰기)의 처음이자 끝임은, 굳이 예를 든 「고갯마루」가 아니더라도 두루 알고 있는 바일 텐데, 목숨과 마주서는 맨몸의 글쓰기가 소설이라는 장르 속으로 잠시 숨어들었다가 마침내 빠져나오는 어떤 지점, 거기 이혜경의 고갯마루가 있을 것 같다는 생각을 어쩔 수 없는 것이다. "나는 왜 그 이야기가 꼭 하고 싶었을까. 도무지 내 마음을 알 길 없어져서, 나는 명재가 스며들었을 밤거리 한 구석에 오래 서 있었다."

2

이혜경의 첫 소설 「우리들의 떨켜」(1982)에는 이상하게 마음을 흔드는 한 대목이 있다. 교회 안내판. 왜 이 광경이 가슴을 쳤을까. "정문 앞을 지나려다 문득 허전한 느낌이 들어 뒤돌아보았다. 나는 금방 그 허전함의 정체를 파악했다. 없어진 것이다. 기억 속에서 늘 빛나던, 그러나 실상은 허름한 판자를 이어붙인 것에 지나지 않던 교회 안내판이 사라진 것이다." 이 마지막 대목은 사실 소설의 처음과 이어져 있다. 마치 『길 위의 집』의 그 유명한 원환구성처럼. "터덜거리며, 우리가 탄 트럭이 마을로 향하는 비탈길을 오르기 시작했을 때, 우리를 맨 먼저 맞아준 것은 하얀 안내판이었다. (…) 침례교 달현교회, 침례교 성심교회……" 밀려나는 자의 시선에 다가온 그것들은 특정한 종교의 명패일 수가 없다. 마음의 가난이 당겨오는 그 풍경. 이혜경 소설은 그 자체 마음의 가난으로 그득하지만 읽는이에게도 그 가난을 자연스레 요청하는 것 같다.

이 글을 쓰려고 『그 집 앞』(1998)을 찾아보았더니 곳곳에 밑줄이다. 『길 위의 집』(1995)을 다시 읽다가 은용의 일기 대목에선 잠시 눈을 멈췄다. 뒤표지에 적힌 김사인 시인의 말대로 "문학적 총명의 또다른 이름일 '마음 가난함'이 이만해지자면 얼마나 모질고 독실한 견딤을 지불했을 것인가." 이 두 책으로 충분히 확인된 것이지만, 흔히는 침묵과, 가끔은 수다와 교직시키며 목숨에 대한 연민과 감싸안음으로 한땀 한땀 나아가는 이혜경의 호흡은 깊고 길다. 다만, 이번 소설집 『꽃 그늘 아래』에서는 그 호흡의 부림이 더 자재하다. 이혜경에게는 하염없는 이야기의 원천이며 은폐된 인간진실의 무궁한 보고임에 틀림없는 가족 화두와, 여성적 경험에 대한 비범한 천착으로부터 비롯되었을 아픈 자의 시선은 여전하다. 하지만 동어반복의 기시감을 느낄 수 없게 매번 처음이다 싶은 특유의 우회로를 작품마다 찾아내고 있다. 곧장 질러갔으면 달려나올 수 없었을 복합적 인간진실이 그 우회의 뿌리를 수북하게 덮고 있음은 물론이다. 하고 보면 좋은 소설가란 일차적으로, 물〔水〕의 기억을 도무지 짐작도 할 수 없는 와디(wadi)에 발견적 진실에 이르는 이야기의 강을 현전시키는 사람이 아닐까. 이혜경이 이번 소설집 편편에서 보여주는 발견의 우회로는 그만큼 다채롭다.

그 다채로운 우회로의 입구에는 침묵이 있다. "언어는 성스러운 침묵에 기초한다."(마리아-쿨룸 사원의 제단에 새겨진 글—괴테의 일기에서) 막스 피카르트가 『침묵의 세계』에 헌사로 인용해놓은 이 말은 이혜경 소설의 숨은 길이기도 하다. 「그늘바람꽃」「노래하는 여자 노래하지 않는 여자」(『그 집 앞』)에서 우리를 괄목하게 한 청승과 수다는 이번 소설집에서도 「봄날은 간다」와 「검은 돛배」의 애조에 다시 한번 실리지만, 기실 이런 수다조차도 말해지지 않은 침묵의 여백을 더 많이 거느리고 있다는 게 이혜경 소설의 특징적 양상이다. 멀쩡한 가정에 숨어 있는 폭력을 다룬 「봄날은 간다」는 두 여성 친구의 전화 넋두리를 통해 사태의 진상을 섬뜩하게 돋을새기는 방법을 취하고 있다. 무엇보다도, 세상에서 살아남아야 한다는 폭력적인 투지가 스스로에 대한 가학을 거쳐 아내에 대한 이유 없는 폭행으로 드러나는 대목은 현상적인 개선과는 달리 가정 안의 현실이 여전히 적지 않은 여성들에게 잠복한 악몽의 그것임을 아프게 환기시킨다. 그것은 또한 인간성의 파괴와 사회적으로 근사한 삶의 외양은 언제든 서로를 껴안을 수 있게 등을 맞대고 있는 것인지도 모른다는 비상한 작가적 통찰을 숨기고 있는 듯도 하다. 그러나 언제나 그렇듯 이혜경 소설에서 이러한 현실의 확인은 중요하면서도 부차적이다. 그 너머, 아픈 자들끼리의 희미하고 안타까운 교신에 늘 소설의 마지막 시선이 드리워져 있기 때문이다. 「봄날은 간다」만 해도 은근히 초점인물이 되는 것은 종애의 아픔을 들어주는 지원이다. "그제야 네가 얼마나 아팠을까 싶더라." 학교에서 괴롭힘을 당하는 아이 때문에 혹독한 가슴앓이를 하게 되면서 지원은 비로소 어린시절 불안에 지질린 선옥의 맨발과 종애의 멍자리를 처음으로 깊이 앓는 것이다. 하지만 정작 이혜경 소설이 이르고자 하는 마지막 지점은 그 '함께 앓기'로도 어쩌지 못하는 것들이다. 말로 전하려 하면, 그 말만큼 우수수 새어나가는 그 무엇. 두 친구 간 전화대화가 그대로 소설의 구성이 된 이 작품에서 노래가 그 끝에 놓일 수밖에 없는 사정이 여기에 있다. "미모사처럼 오그라든 마음을 한잎 한잎 펴듯, 수화기 건너편에서 종애는 볼륨을 조금씩 높인다. 꽃이 피면 같이 웃고 꽃이 지면 같이 울던…… 점점 커지는 노랫소리로 종애는 제 기척을 지워버린다." 이 노래가 끝나면 다가올, 아니 이 노래와 동시에 생성되고 있는 침묵의 공간. 부러 수다스러워 보일 때면 더 도드라지는 이 침묵의 공간은 이혜경 소설이 스스로를 지워 대면코자 하는 그 무엇인지도 모른다.

단편소설에서 특히 두드러지는 침묵의 공간, 그 여백의 환기가 유독 이혜경 소설만의 고유한 것이라고 이야기한다면 당연히 지나치다. 그러나 이혜경 소설이 마침내 울림으로 남기는 더 큰 운명에의 순응이 침묵 속의 대면을 소설의 내용과 형식에서 더 강력하게 요청하고 있음은 분명한 것 같다. 우리는 그것을 「일식」에서 새삼 확인한다. 인도네시아 족자카르타에서 있었던 "금세기 마지막 개기일식"을 보다가 실명한 사람의 이야기에 온통 마음을 빼앗겨버린 한 여성. "여자인지 남자인지, 아이인지 노인인지도 알 수 없는 그가 잠겨들었을 어둠, 그 어둠으로 잠겨들던 순간이 왜 그리 사무쳤던가." 가정 있는 남자를 사랑했던 한 여성(아내와 자식이 있는 남자가 다른 가정의 여자를 사랑하는 「언덕 저편」도 이번 소설집에는 있다. 표제작 「꽃그늘 아래」까지 이 범주에 넣는다면, 적지 않은 편수다. 작은 변환가? 「그늘바람꽃」의 소회가 없는 것은 아니지만, 이런 엇나가는 사랑 이야기가 소설의 전면에 나와 있는 경우는 의외로 이혜경 소설에 드물었다. 굳이 그러지 않아도 이혜경 소설의 촉수에는 너무 많은 아픔과 안타까움이 붙잡혔기 때문일 테다) 영월 역시 완벽한 어둠과 실명을 그리워하고 두려워했던 것이다. 이 어둠과 실명의 인력(引力)이 영월에게 침묵의 그것이었음을, 소설의 처음에 나오는 레코드가게 아이의 노래부르는 삽화가 조용히 환기한다. 마이크를 쥐고 절규하듯 노래하는 아이의 동공이 비어 있음을 영월이 알아차리고, 입모양과 몸놀림만으로 그애가 부르는 노래를 짐작해 머릿속으로 따라해볼 때, 그것은 인도네시아의 한 시장통에서 전개되는 "지질한 현실"의 풍경이 아니라 "어둠속을 더듬어가"고 있는 자들이 앓는 찢겨진 침묵의 풍경이다. 실명한 사람을 굳이 만나보고 싶던 사무침과 풀림, 작은 도마뱀 찌짝에 대한 집착과 놓여남이 남편과의 사이에 깃들이기 시작한 또다른 일식의 어둠속에서 말없는 마음의 풍경으로 흐르고 있는 이 소설은 시종 침묵의 공간을 여백으로 환기한다. 영월의 인도네시아인 친구 다마이가 신의 뜻을 좇아 사랑의 길을 선택하기로 했음을 전할 때, "뼈가 앙상히 드러나는 검누런 손등이 애처롭다. 그래서 그렇게 고요해 보였는가, 오늘 다마이는. 영월은 다마이의 손등을 제 손으로 가만히 덮는다."——이 고요 속에서 침묵은 깊어지고 개개의 말할 수 없는 운명들은 더 큰 순명(順命)의 자리를 얻는다. 이혜경 소설이 곧잘 스스로를 지워버리려는 욕망 앞에 서 있음은 여기에서도 확인되거니와, 소설에 대한 규범적인 이해만으로 그녀의 글쓰기를 가두기는 너무 벅차다.

　그러나 그 지움과 순명이 순연한 침묵 지향의 일시적 초월은 물론 아니며, 우리 일상의 꼼꼼한 재발견으로부터 비롯한 열림의 누적된 과실(果實)임을 지적해내지 않고서는 이혜경 소설을 제대로 읽었다고 하기 어려울 것이다. 즉 매편의 작품을 다채로운 발견의 우회로로 열어가는 소설적 창의야말로 자칫 간과하기 쉬운 이혜경 소설의 소중한 자원이다. 평온한 집안을 급습한 시아버지의 등장으로부터 그렇지 않았다면 은폐되거나 계속 잠복중이었을 '나쁜 피'의 문제를 환한 대낮의 시간 속에 드러내버리는 「대낮에」는 「봄날은 간다」의 문제의식과 일정하게 겹쳐지면서, 우리 일상의 바닥이 얼마나 허술한지를 예상치 못한 지점에서 날카롭게 파고든다. 유난스런 아이의 성정과 결혼생활에서 단 한번 겪은 남편의 폭력이 개망나니 시아버지의 '피'로부터 연유하였다고 한다면, '내'가 할 수 있는 일은 무언가. 전화번호를 바꾸고 주민등록을 친정으로 옮긴다고, 길가에 쓰러져 있는 할머니에게 물을 먹이고 그이를 파출소에 신고한다고 숨을 수 있는 것일까. "끝내 숨을 수 있을까, 내가 나를 가릴 수 있을까." 나쁜 피로부터, 아니 외면해버린 시아버지에 대한 근원적 죄의식으로부터. 이성(理性)의 가림을 받고 있는 백주의 질서를 급습해 얇은 전구알 같은 삶의 윤리를 파열시키는 「대낮에」의 매서운 순발력은 기실 저 「우리들의 떨켜」부터 이혜경 소설 곳곳에 장전되어 있던 무기였다. 자신의 생활을 뒤흔드는 뜨거운 기억들을 "청결한 실내에 내려앉는 불순한 먼지"처럼 떨어내고 "평화로운 일요일 아침"을 지켜내려는 「내게 바다 같은 평화」의 세계와 함께 「대낮에」가 전경화하는 기만적인 일상은, 그 어쩌지 못함에 대한 이혜경 특유의 깊은 안타까움을 동반하면서 마침내 순명과 지움으로 나아가는 창조적 발견의 리얼리티를 구성한다. 여기에 '불의 전차'처럼 자신의 재능과 노력만으로 끊임없이 달려야 하는 「어귀에서」의 사람들, "음악이 소음일 수도 있"고 '밤길의 시간이 아까워 살수대첩을 생각하는' 그 외로움들을 덧붙인다면 우리 시대 장삼이사(張三李四)의 벽화로 손색이 없을 것이다. 「검은 돛배」의 처연한 유머에 대해서도 그 창의를 말하기는 쉽다. 하지만 「그늘바람꽃」「노래하는 여자 노래하지 않는 여자」에서 이미 유려한 가락을 얻은 바 있는 이 계열의 작품들이야말로 어쩌면 이혜경 소설이 숨기고 있는 득의의 영역인지 모른다. "당신 도대체 왜 나한테 온 거였어?"라는 기구하달밖에 없는 물음을 머리에 이고서 인연의 횡포에 휘둘리는 한 삶을 풀어놓는 진양댁의 넋두리는 이문구로 대표되는 한국소설의 한 핍진한 지방성, 그 의뭉스러움을 유감없이 보여주거니와, 이혜경 소설의 정제가 삶의 신산스러움에 대한 단순한 요약이 아님을 확신케 한다.

「언덕 저편」과 「꽃그늘 아래」는 둘 다 어긋나는 사랑의 행로로부터 고통의 수긍에 이르는 발견의 우회로를 열어나가지만, 「언덕 저편」의 소품적 감상성은 조금 의외다 싶다. 남성화자의 가녀린 목소리가 주는 어색함과는 별개로, 사랑의 어긋남 그 자체에 대한 연민에 갇힐 때 이혜경 소설의 유다른 깊이도 길을 잃을 수밖에 없을 것이다. 이에 비해 「꽃그늘 아래」는 귀신의 세계를 들이는 듯한 아슬아슬함에도 불구하고 윤지라는 여인에게 침묵의 여백을 적절히 지불함으로써 초점화자 서연의 아픔을 서늘하게 대상화한다. 그 덕분에 발리의 화장 장례식은 순명에 이르는 제의로 숭고한 아름다움에 감싸인다. 그 아름다움이 이혜경 소설의 지워냄을 또 한번 예비하고 있는 듯한 소설의 마지막 대목을 여기 적는다. "제가 받았어야 할 벌인데…… 서연은 남은 꽃물을 한꺼번에 몸에 쏟아부어 윤지의 말을 지워냈다. 명부로 빨려들어가는 영혼처럼 하수구로 빨려들어가는 물. 물은 한국에서와 반대방향으로 소용돌이쳤다. 적도 아래쪽이라서 그렇다고 했다. 채 건져내지 못한 꽃잎 몇장이 흘러내렸다. 물이 빠지는 바람에 욕조 안쪽 네 면에 점점이 붙은 그것은 발자국, 아주 작은 발자국 같았다." 그

"작은 발자국"은 내가 이혜경 소설에 붙이고 싶은 은유다.

3

언젠가 이혜경 소설에 대한 짧은 서평을 쓰면서, 왠지 작가가 소설을 놓아버리려 한다는 바보 같은 걱정을 늘어놓은 적이 있다. 다시 읽으며, 그 방하(放下)의 기미가 기실 소설쓰기의 동력임을 조금은 알겠다. 제대로 따져보지도 못했지만, 이혜경 소설은 침묵의 행간으로 씌어진다. 목숨에 대한 연민과 말에 대한 절망이 서로 싸우면서 이혜경은 한단어 한단어 마음의 무늬를 잣는다. 그래서는 침묵으로 간다. 이 단연 예외적인 소멸의 글쓰기에 서툰 덧글이 길었다.

鄭弘樹 / 문학평론가